metro

James McClure
Gooseberry Fool

metro wurde begründet von
Thomas Wörtche

Zu diesem Buch

Laut dem Dorfpfarrer hatte niemand einen Grund, Hugo Swart, den treuen und angesehenen Bürger, zu hassen. Doch am Weihnachtsabend liegt dieser niedergestochen in seiner Küche. Es sieht aus, als könnte das einzige Motiv Geld gewesen sein, und so verdächtigt man Swarts Diener, Shabalala. Detective Michael Zondi verfolgt den Tatverdächtigen in entlegensten Dörfern, während Lieutenant Tromp Kramer mit einer anderen Angelegenheit beauftragt wird: einem Autounfall unter Alkoholeinfluss. Kramer zieht bald Parallelen zwischen beiden Fällen und versucht, den Bewohnern von Trekkersburg Informationen abzugewinnen. Die Behauptungen des Dorfpfarrers entpuppen sich langsam aber sicher als blanke Lügen.

»Das Tempo ist schnell, die Auflösung genial. Über allem aber steht der ungeschminkte Stil des Autors. Er ist ein seltener Fall – ein feinnerviger Schriftsteller, der seinen Standpunkt deutlich machen kann, ohne ihn dem Leser aufzuzwingen.«
The New York Times Book Review

»McClure hat mit seinem Duo Kramer und Zondi zwei Ermittler geschaffen, die weit von allen Stereotypen des Genres entfernt sind.«
P. D. James

Der Autor

James McClure, geboren 1936 in Johannesburg, arbeitete als Fotograf und Lehrer, bevor er sich dem Schreiben widmete. Weil er offen über Polizeigewalt gegen schwarze Südafrikaner berichtete, wurde er von den Behörden überwacht und drangsaliert. 1965 emigrierte er mit seiner Familie nach England, wo er als Journalist tätig war. Bekannt wurde er mit seiner achtteiligen Krimiserie um das Ermittlerduo Kramer und Zondi. Für Steam Pig wurde er 1971 mit dem CWA Gold Dagger ausgezeichnet. Er starb 2006 in Oxford.

Im Taschenbuch sind bereits erschienen: *Song Dog; Steam Pig* und *Caterpillar Cop.*

Als E-Book sind zudem bereits lieferbar: *Snake; Sunday Hangman; Blood of an Englishman* und *Artful Egg.*

Mehr über den Autor und sein Werk auf *www.unionsverlag.com*

James McClure

Gooseberry Fool

Kriminalroman

Aus dem Englischen von Erika Ifang

Unionsverlag

Die Originalausgabe erschien 1974
im Verlag Victor Gollancz Ltd, London.
Die deutsche Erstausgabe erschien 1976 unter dem Titel
Geheime Sünden, bar bezahlt im Scherz Verlag, Bern.
Für die vorliegende Ausgabe wurde die deutsche Übersetzung
nach dem Original durchgesehen.

Im Internet
Aktuelle Informationen, Dokumente und
Materialien zu James McClure und diesem Buch
www.unionsverlag.com

Unionsverlag Taschenbuch 766

Originaltitel: The Gooseberry Fool (1974)

Neptunstrasse 20, CH-8032 Zürich
Telefon +41 44 283 20 00
mail@unionsverlag.ch

Die erste Ausgabe dieses Werks im Unionsverlag
erschien am 26. September 2016
Reihengestaltung: Heinz Unternährer
Umschlagbild: Paula Vogg
Umschlaggestaltung: Heike Ossenkop
Druck und Bindung: CPI – Clausen & Bosse, Leck
ISBN 978-3-293-20766-0

Der Unionsverlag wird vom Bundesamt für Kultur mit einem
Verlagsförderungs-Sturkturbeitrag für die Jahre 2016–2020 unterstützt.

Auch als E-Book erhältlich

Für Frances

I

Hugo Swart fuhr kurz nach neun in der heißesten Nacht des Jahres zur Hölle. Es kam völlig überraschend für ihn, wie sich auch seine Bekannten, die ihn als gottesfürchtigen jungen Mann ohne Anhang kannten, keinen Reim auf seine brutale Ermordung machen konnten.

Seine Überraschung war allerdings von anderer Art; bei ihm gab es keine Vermutungen, sondern nur die plötzliche, reale Todesqual, so wirklich wie die improvisierte Waffe, mit der die Tat begangen wurde. Und im letzten Aufflackern seines Bewusstseins erkannte er, dass ihm ein unerklärliches Versehen unterlaufen war.

Es war die Annahme, in seinem Haus bei abgeschlossener und verriegelter Vordertür und ebenfalls verschlossener Hintertür allein zu sein. Er hätte wahrhaftig die Möglichkeit in Betracht ziehen sollen, dass sich während seines abendlichen Kirchgangs ein Eindringling hereinstahl. Oder zumindest routinemäßig einen prüfenden Blick in die Zimmer werfen sollen, wie es jeder Wohnungsinhaber bei seiner Heimkehr tut, ganz zu schweigen von einem Mann in seiner Situation. Dann hätte er vielleicht einen Schatten davonhuschen sehen, als er sein Messbuch durch das abgedunkelte Arbeitszimmer auf seinen Schreibtisch warf. Aber nichts dergleichen. Er blieb an der Tür stehen und betrat das Arbeitszimmer nicht einmal.

Stattdessen begab er sich, den Sinn von angenehmen

Gedanken erfüllt, geradewegs in die Küche, wobei er vor sich hin summte. Sein schwarzer Diener hatte das Deckenlicht und den Ofen angelassen. Der beißende Geruch des verbrannten Steaks stach ihm sofort in die Nase, aber seine einzige Reaktion war die, den Herd abzustellen. Er hatte eher Durst als Hunger.

Er machte den Kühlschrank auf und fand darin alles, was er für einen kalten Longdrink brauchte. Seine Wahl fiel auf Wodka, denn er glaubte, davon bekäme man keine Fahne – Wodka, Orange und viel Eis. Die einfache Zubereitung nahm ihn vollkommen gefangen. Zuerst maß er den Schnaps ab und legte die Flasche wieder in ihr Versteck im Gemüsefach zurück. Als Nächstes kamen zwei Fingerbreit unverdünnter Saft aus der Dose, dann drei Eiswürfel und als Abschluss Eiswasser. Das hohe Glas beschlug sofort, und Tropfen rannen an seiner dünnen Wand herab. Wenn es richtig kalt sein sollte, musste er allerdings noch warten, bis das Eis seine Wirkung tat.

Er schaltete das Radio neben dem Elektrokessel ein und hörte die Nachrichten. Der 23. Dezember war laut südafrikanischem Wetteramt der heißeste Tag des Jahres, was für niemanden eine Neuigkeit war. Aber sie hatten recht, wenn sie die Hitzewelle an erster Stelle brachten; es lag unzweifelhaft eine gewisse Befriedigung darin, zur Abwechslung einmal selbst Teil der Nachrichten zu sein, genau zu wissen, was für eine Tortur es gewesen war, und sich – wenn auch in Maßen – als Überlebender zu fühlen.

Hugo Swart war in jeder Hinsicht am Überleben interessiert, wie jeder, der eine strahlende Zukunft vor sich hat.

Der blöde Kessel fing an zu kochen. Zuerst dachte er, das Geräusch, ein merkwürdiges Pfeifen, ertöne hinter ihm, bis er das Flimmern über der Tülle bemerkte – es war einfach zu heiß und zu feuchtschwül, als dass sich Dampf hätte zeigen können. Kessel und Radio hingen an derselben Schalterdose; er hatte schon oft den Fehler gemacht, beide zusammen einzuschalten. Und tatsächlich gurgelte der Kessel nach einem Augenblick der Stille los und drohte durchzubrennen, wenn nicht schleunigst Wasser nachgefüllt wurde. Der verfluchte schwarze Affe hatte ihn mal wieder leer stehen lassen. Aber ein kurzer Ruck an der Schnur würde Abhilfe schaffen.

Er riss sie heraus, dann zog er sich die leichte Jacke aus, wünschte, er hätte das schon zehn Minuten früher getan, und legte sie mit allem Übrigen auf das Abtropfbrett.

Die überregionalen Nachrichten waren mittlerweile vorbei, es folgten die Lokalberichte. Ihnen war zu entnehmen, dass die Temperatur in Trekkersburg die Rekordhöhe von 45 Grad Celsius erreicht hatte.

»Im Schatten«, fügte der Nachrichtensprecher noch hinzu. Woraufhin Hugo Swart, der für solche Pedanterie nichts übrighatte, laut sagte: »Mir kommen die Tränen!«

Seine letzten Worte.

Einen Augenblick betrachtete er seinen Drink, dann entschied er sich, den Genuss zu steigern, indem er noch etwas länger wartete.

Also füllte er den Eiswürfelbehälter unter dem Wasserhahn und stellte ihn wieder ins Eisfach. Er schloss die Kühlschranktür. Machte sie wieder auf und schloss sie erneut, sinnend. Als Kinder hatten er und seine Schwester sich einmal heftig darüber gestritten, ob das Licht im alten General Electric ihrer Stiefmutter wohl ausging, wenn die Tür zugemacht wurde. Darauf waren sie durch die Behauptung eines fantasiereichen Freundes gekommen, der schwor, dass ein Elf, eine Art versklavtes Väterchen Frost, darin lebte und das Licht ausmachte, sobald es nicht mehr gebraucht wurde. Das war natürlich völliger Quatsch, aber die Frage blieb trotzdem ungeklärt. Er selbst hatte die Ansicht vertreten, es sei nur logisch, dass das Licht ausging, während seine Schwester – die Süßigkeiten besaß, von denen er etwas abhaben wollte – gemeinerweise von ihm verlangt hatte zu beweisen, dass es wirklich ausging. Dazu war er natürlich nicht in der Lage gewesen, und so hatte er schließlich ein Lippenbekenntnis zugunsten ihres irrationalen Standpunktes ablegen müssen. Er wusste zwar, dass das Licht mit Sicherheit ausging, aber darüber zu streiten war ebenso sinnlos, wie wenn ein Atheist und ein Priester über die Unsterblichkeit der Seele stritten: In beiden Fällen konnte auf dieser Seite der Tür nichts befriedigend geklärt werden.

Hugo Swart lachte leise. Es war schon etwas Wahres dran an dem Gerede von den prägenden Lebensjahren. Er hatte seit damals die Maxime befolgt, sich stets den Ansichten anzuschließen, die zum gegebenen Zeitpunkt seinen Zwecken am dienlichsten waren. Und das schien auch in dieser Sache genau das Richtige gewesen zu sein. Yes, Sir.

Sein Drink war fertig. Die Eiswürfel waren zur Hälfte getaut, und ein nasser Kranz hatte sich auf dem Frühstückstisch gebildet. Für diesen Augenblick hatte sich das Warten sicherlich gelohnt, aber er zögerte ihn noch länger hinaus: mit einem Toast auf seine Wohltäter.

Das Glas hoch erhoben, wandte er sich zum Fenster, in der Hoffnung, sich in dieser komischen, zynischen Pose im nachtdunklen Glas zu spiegeln. Leider waren die Jalousien herabgelassen, sodass er nichts sehen konnte.

Noch weniger, als er gedacht hatte.

Denn als er eben das Glas an die Lippen führen wollte, stach jemand von hinten mit einem Steakmesser auf ihn ein. Der erste Stich traf sein linkes Schulterblatt, die Klinge rutschte über den flachen Knochen und blieb zwischen zwei Wirbeln stecken. So stark war der Hieb, dass sich seine Kraft bis in die Gliedmaßen fortsetzte, sodass ihm das Glas, noch ehe es die Lippen erreichte, aus der Hand flog. Er sah, wie es zerschellte, und spürte den entsetzlichen Schmerz.

Seltsamerweise stand er einfach nur da; die Verschwendung war ihm zuwider, er fragte sich, was wohl mit ihm geschehen würde, hörte, dass der nächste Programmpunkt ein kurzes Zwischenspiel mit Kammermusik war. Er war verblüfft, als ihm schließlich bewusst wurde, dass noch jemand im Zimmer war, jemand, der keuchte und ihn sehr hassen musste.

Das war die erste Überraschung für ihn. Andere folgten.

Er taumelte herum und griff nach der Gabel, die noch auf dem für ein spätes Abendessen gedeckten Platz lag. Aber er verfehlte sie und konnte seinen Angreifer auch nicht mehr erkennen. Denn ehe er seinen schwankenden Kopf heben konnte, wurde er von seinem eigenen Blut geblendet – ein heftiger Stich mit dem Messer hatte die Wülste unter seinen Augenbrauen geöffnet.

Beim ersten Celloton traf ihn der tiefe Stich in die Brust, sodass er rückwärts gegen den Tisch fiel. Das war gar nicht gut, ihm blieb nichts anderes übrig, als sich auf den Glasscherben zu wälzen und sich etwas auszudenken, was er sagen könnte. Zum Beispiel: Ave Maria.

Dann, zwischen den zwei folgenden Takten Stille, vom Komponisten kunstvoll ersonnen, um die Zuhörer auf den vollen Schwall lebenspraller Klänge einzustimmen, wurde Hugo Swart der Adamsapfel durchbohrt, und ebenso schnell wie das Blut verrann sein Leben.

Es blieb ihm gerade noch genug Zeit, um zu hören, wie sein Hörgerät zertreten wurde – und darüber nachzudenken, was er doch für ein Narr gewesen war.

2

Lieutenant Tromp Kramer vom Morddezernat Trekkersburg saß allein in der Toilette im dritten Stock und fragte sich, ob ihm wohl irgendjemand ein Geburtstagsgeschenk machen würde. Er war splitternackt und hatte ein zerknülltes Stück Papier in der rechten Hand.

Mann, war es heiß. So heiß, dass es einem auf den Geist ging. Seiner hatte sich den ganzen Tag lang prickelnd kalte Gedanken gemacht, so weit entfernt von Mord wie ein Schwimmbad von einem Säurebad. Außerdem waren ihm noch ein paar außergewöhnliche Theorien eingefallen, die ebenfalls nichts mit der Arbeit zu tun hatten; zum Beispiel die, dass die Sonne nahe herankommen und – wie ein Junge mit einem Vergrößerungsglas – zuschauen würde, wie sie mit ihren Strahlen Löcher in die Landkarte brannte. Falls das nicht ganz stimmte, fühlte es sich immerhin so an – besonders in einem Loch wie Trekkersburg. Jetzt fing er an, sich über den schiefen Haken hinter der Tür zu ärgern und seine Kniekehlen zu hassen, die sich nicht an den kühlen Porzellansockel pressen ließen.

Die Außentür federte quietschend auf und knallte wieder zu. Das Wasser am Waschbecken wurde aufgedreht, und jemand ließ es laufen, in der vergeblichen Hoffnung, der lauwarme Strahl würde doch vielleicht noch kalt werden. Inzwischen widmete sich dieser Optimist der ortsüblichen Tätigkeit, dem Klang nach mindestens eine Gallone gefilterte Coca-Cola an die Wand zu befördern.

Kramer runzelte die Stirn, unangenehm berührt von dieser Störung seiner Privatsphäre. Er beschloss, sich auf kein Gespräch einzulassen und nicht einmal eine unflätige Bemerkung als Gruß loszulassen, sondern blieb vollkommen still. Er vermied auch sonst jedes Geräusch. Sogar dann, als etwa in der Höhe, in der seine Kleidung hing, flüchtig angeklopft wurde. Schade, denn als die Tür ein zweites Mal gequietscht hatte und zugeknallt war, ging das Licht aus.

Mistkerl. Jetzt war es nicht nur verflucht heiß, sondern auch noch stockfinster, und das war das Aus für die Lektüre, die er sich mitgebracht hatte. Er sog die Luft scharf ein. Auch das war ein Fehler, denn es war, als inhalierte er Stumpenqualm in dunkler Nacht: trocken und zum Ersticken unangenehm. Na ja, so weit brachten ihn seine genießerischen Anwandlungen eben immer – genau dahin, wo er jetzt hockte. In seinem stickigen Kämmerchen von Büro mit dem ewig nervenden Telefon und den Schlange stehenden Schwachköpfen, die sich nicht mal selbst die Nase putzen konnten, war ihm die Idee von einem Abstecher den Gang hinunter wie ein genialer Streich gegen alle Eventualitäten erschienen. Er hatte sich volle zehn Minuten in Gedanken ausgemalt, sich auszuziehen, einfach ungestört dazusitzen und ab und zu einen Becher voll aus dem Spülkasten über sich zu gießen, wenn er Lust dazu hatte. Doch schon zehn Minuten später stand fest, dass es nicht so sein sollte.

Mistkerl.

Er erhob sich, beugte sich vor, schob das Papier unter den Jackenaufschlag in die Brusttasche und begann, sich anzukleiden. Wieder kam ihm schlagend die Abwegigkeit von Konventionen in einem solchen Klima zu Bewusstsein, als ihn die Wärme seines Hemdes, seiner Hose und Strümpfe, an einem Wintermorgen gar nicht wahrnehmbar, einhüllte. Seine Schuhe, die hinter die Klobürste gewandert waren, schienen innen feucht zu sein, und das gefiel seinen Zehen. Aber sein purpurroter Schlips saß fest wie eine Aderpresse.

Aus. Die Langweiligkeit des Lebens – oder auch des Todes – konnte wieder beginnen. Um den Schein zu wahren, zog er an der Kette, eine alte Gewohnheit, die er nie hatte ablegen können, entriegelte die Tür, tastete sich in den Gang hinaus – und stieß auf Colonel Muller, den Finger auf dem Lichtschalter.

»Immer noch hier, Kramer?«

»Ja, Sir.«

»Zu viel Aufregung für Sie, was?«

»Klar, Sir. Aber ich bin schon auf dem Weg, keine Sorge.«

»Kramer!«

»Sir?«

»Doch eine Sorge – ich bin über Weihnachten im Freistaat, und dann übernimmt Ihr alter Kumpel Colonel Du Plessis das Regiment.«

Kramer entfuhr ein kurzes, hässliches Wort.

»Das hatte ich auch gerade im Sinn«, grinste der Colonel und verschwand durch die Tür.

Ganz wie es sich für einen netten, kleinen Schwarzen gehörte, stand der Bantubeamte Detective Sergeant Mickey Zondi mit dem Chevrolet, dessen Beifahrertür weit offen stand, startbereit genau vor dem Haupteingang des CID-Gebäudes.

»Ganz schön flott«, grunzte Kramer und schob sich

neben ihn. Wie zum Teufel Zondi es schaffte, in dem zugeknöpften Anzug am Leben zu bleiben, überstieg sein Vorstellungsvermögen, Schwarzer oder nicht. Doch es tat eine Menge für sein Image.

Zondi lächelte und leckte sich Salzgeschmack von der Oberlippe. Sein Gesicht drückte leise kochende Langeweile aus und glänzte von Schweißbächen. Er ließ den Motor an, gab Gas, hielt das Auto aber mit der Handbremse im Stand – er brauchte Anweisungen.

»Auf der Notiz für mich stand, dass die Adresse vierzig-irgendwas Sunderland Avenue lautet.«

Es ist nicht einfach, Reifen auf weichem Teer zum Kreischen zu bringen, aber Zondi brachte das mit einer Kehrtwende fertig, die nur er selbst für möglich hielt. In Sekundenschnelle kam ein so starker Luftzug durch die beiden Seitenfenster herein, dass Kramer die Augäpfel austrockneten.

Er blinzelte ein wenig und sagte: »Ich bekomme meine Beerdigung gratis, du verrückter Bastard, vergiss das nicht.«

»Umso besser«, seufzte Zondi und drosselte die Geschwindigkeit vor der Ampel. Er streckte die rechte Hand aus dem Fenster, um den Wind, der keiner war, mit dem Ärmel aufzufangen.

»Die Nachricht«, begann Kramer in belehrendem Ton, »die Nachricht lautet, dass es sich bei dem Toten um einen gewissen Hugo Swart handelt, dreiunddreißig Jahre alt, ledig. Er lebte allein, arbeitete als technischer Zeichner bei der Bezirksverwaltung und war ein eifriger Kirchgänger.«

Zondi schnalzte mit der Zunge.

»Mehrere Stichwunden – kann sonst was bedeuten. Ist um 20.30 Uhr zuletzt lebendig gesehen worden.«

»Von wem, Boss?«

»Von seinem Pfarrer, Pater Lawrence, beim Verlassen der Kirche. Derselbe Pfarrer hat auch die Leiche entdeckt, als er gegen 21.30 Uhr kam, um mit Swart über irgendetwas zu sprechen. Ein Steakmesser, keine Fingerabdrücke.«

»Und wo war die Leiche, Boss?«

»In der Küche. Frag mich bloß nicht, wie der Pfarrer reingekommen ist, ich weiß es nämlich noch nicht.«

»War Boss Swart *Katholik?* Römische Gefahr?«

»Nicht jeder mit einem Burennamen ist niederländisch-reformiert, Mann.«

Zondi warf Kramer einen unverschämten Seitenblick zu und gab, während er geschickt den Boxhieb abwehrte, beim ersten Grün Gas. Sein Herr und Meister gab sich, wenn überhaupt, den Anschein eines nonkonformistischen Agnostikers.

»Irgendwelche Verdächtigen, Boss?«

»Die Polizeiwache vor Ort behauptet, es müsse ein Bantueinbrecher gewesen sein – was auch sonst, schließlich ist das ihre Lösung für alles, verflucht. Aber ich nehme mal an, sie könnten recht haben: Wann ist das letzte Mal wirklich etwas passiert in dem Dreckloch?«

»Als hier noch die Elefanten lebten, glaube ich.«

»Stimmt genau. Halt an, wenn du ein Café siehst, das geöffnet hat.«

Ein paar Häuserblocks weiter war ein Nachtcafé, und Kramer ließ ihn für sie beide Eis am Stiel holen.

»Ich nehme das mit Schokolade«, sagte er, als Zondi wieder ins Auto stieg. »Könnte nicht mit ansehen, wie du dich in irgend so einen verfluchten Kannibalen verwandelst.«

Diese Köstlichkeiten mundeten ihnen sehr gut und hielten den ganzen Weg zur Stadt hinaus, über die Nationalstraße hinweg bis in die südliche Vorstadt von Skaapvlei. Sie warfen die Stiele weg, als die Sunderland Avenue, von den allgegenwärtigen Jakarandabäumen gesäumt, links abzweigte.

Der Name der Straße hätte schon gereicht. Zondi brauchte gar nicht nach Hausnummern Ausschau zu halten: Die Adresse, die sie suchten, war deutlich zu erkennen an allerlei Fahrzeugen, vom Pontiac des Kreisarztes bis hin zum Wagen des Leichenschauhauses und zwei Fahrrädern, die wahllos vor dem Haus abgestellt worden waren. Außerdem war ein ganzer Schwarm von Dienstpersonal auf dem gegenüberliegenden Bürgersteig, die hinter vorgehaltener Hand flüsterten und kicherten – und ein paar Weiße, die sich offenbar plötzlich entschlossen hatten, ihre Hunde selbst auszuführen. Für das, was sonst nur im Film geschieht, werden Ausnahmen gemacht.

Bevor der Chevy ganz stand, war Kramer schon ausgestiegen und sah sich, die Daumen in die Hosentaschen gehängt, die Menge an. Das tat er mit Vorsicht, denn irgendjemand dort wusste vielleicht etwas Nützliches zu erzählen. Später. Zuerst musste er den Tatort inspizieren und sich ein Bild machen. Kramer drehte sich um und nahm in sich auf, was Hausnummer 44 außen zu bieten hatte, und nickte Zondi zu, ihm zu folgen.

Der Bungalow war ein lächerlicher Zwerg in der langen Reihe ansehnlicher Häuser. Jedes einzelne war das Ergebnis eines eigenen, bewussten Schöpfungsaktes und entsprang jener segensreichen Verbindung von Reichtum und architektonischem Können, die aufgrund des dominanten Erbfaktors Geld unweigerlich ein Geistesprodukt hervorbringt, das der Individualität seines Erzeugers in nichts nachsteht. Dass es Wiederholungen im Grundstil gab – spanischer Kolonialstil, früher kapholländischer Stil, kalifornische Stromlinienform und gaststättenhafter Tudorstil –, zeigte nur, dass niemand so sehr Individualist ist, wie er meint. Sie hatten jedoch nichts von dem schäbigen Gepräge eines Spekulantenbesitzes an sich, auch der Bungalow nicht. Seine Wachstumshemmung war sicher auf einen Schock in der Entstehungsphase zurückzuführen, vielleicht einen Krach an der Börse. Armes kleines Ding, denn wenn es ein Stockwerk höher geworden wäre, hätte sein Dach nicht so unnatürlich groß gewirkt und seine gedrungenen dorischen Stützpfeiler nicht so plump. Es musste sich vollkommen fehl am Platz gefühlt haben und trotzdem unfähig, anderen Umgang zu pflegen.

Als Wohnsitz war der Bungalow eine Sache für sich – ziemlich ungewöhnlich für eine einzige Person, gelinde gesagt, und noch dazu einen kleinen Beamten. Kramer erwartete, in seinem Innern ein erstes aufkeimendes Interesse an dem Fall zu verspüren, aber nichts geschah.

Er ging auf die andere Straßenseite hinüber und blieb stehen.

Stattdessen hatte er das deutliche Gefühl, sich auf irgendeine seltsame Weise selbst zu verachten. Sich ebenso zu verachten wie einen erschöpften Don Juan, der sich wie unter einem Zwang zum nächsten Bordell schleppt, zum nächsten fremden Körper, zum nächsten Akt professioneller Intimität, zum nächsten Höhepunkt und der Entspannung, und das alles ohne eine Spur von Gefühl. Nicht eine Spur. Nur zur Befriedigung einer Begierde, um gleich darauf wieder zu gehen. Vorbei an den Müßiggängern, die einen fassen und herausquetschen wollten, was man wusste und was man getan hatte, die zu viel Angst hatten, es selbst zu tun, und doch lüstern waren. Und wie müde man schon sein konnte, noch ehe alles angefangen hatte.

»Jesus, ich brauche Urlaub«, murmelte er und marschierte los. Verlangsamte seine Schritte, als er Sergeant Van der Poel sah, der mit zum Gruß ausgestreckter rechter Hand auf ihn zugetänzelt kam, Gott helfe ihm.

»Sind Sie das, Lieutenant?«

»Ich bins, Kumpel.«

»Dachte es, Sir. Habe Sie gleich erkannt. Sagte zu meinem Constable, dass Sie angekommen wären, und so war es auch.«

Der blöde Kerl hatte jetzt schon eine Menge über nichts gesagt. Mochte wohl den Klang seiner eigenen öligen Stimme, dieser Van der Poel. Liebte sich wohl von Kopf bis Fuß, sodass selbst sein Arsch denken musste, er sei etwas Besonderes. Ein komisches Leben für einen Arsch musste das sein.

»Irgendetwas los, Sir?«

Und ob was los war: Kramer misstraute eitlen Männern. Und es war ganz offensichtlich Eitelkeit, dass die Ringellocken so angeklatscht waren, um eine kahle Stelle zu verbergen, dass die Uniform so maßgeschneidert saß wie ein Kondom und der Oberlippenbart fast bis zur Unkenntlichkeit kurz geschnitten war.

»Was ist denn mit Ihren Schuhen los, Van der Poel?«

»Verzeihung, Sir?«

»Sie gehen ja wie ein verfluchter Zuhälter.«

Wie befriedigend diese Bemerkung doch war: Sie brachte ohne viel Federlesens die Dinge für beide ins Lot.

»Hier entlang, Lieutenant.«

»Danke, Kumpel.«

Drinnen im Haus waren in jedem Zimmer Menschen und besonders in der Küche. Auf Kramers Anordnung mussten sie alle hinaus, mit Ausnahme des Pfarrers, Pater Lawrence, und des Pathologen und Kreisarztes, Dr. Christiaan Strydom.

»Jetzt können wir endlich zur Sache kommen«, sagte er und hockte sich auf den Boden, um die Leiche zu inspizieren. Die vielen Stichwunden sprachen für sich und brauchten keine Erklärung vonseiten Strydoms. Zuerst ein Stich in den Rücken, der nächste in die Brust und dann einer in die Kehle. Ein kleinerer Schnitt über den Augen.

»Hat sich gerade einen Drink gemixt, als ihn irgendein Kerl von hinten erwischt hat«, folgerte er.

»Das scheint mir auch so«, pflichtete ihm Strydom bei. »Hat er lange hier gelegen?«

»In diesem Punkt bin ich mir ziemlich sicher«, erwiderte Strydom. »Seine Temperatur und andere Faktoren geben 21.15 Uhr als Todeszeit an.«

»Aha. Um wie viel Uhr waren Sie denn hier, Reverend?«

Pater Lawrence blickte von seinem Platz neben der Tür auf.

Für einen Mann, der beruflich mit der Vorbereitung auf den Tod zu tun hat, war er auf diesen hier miserabel vorbereitet. Seine Stimme zitterte.

»Ich – ich bin um zwanzig nach neun hier gewesen, Lieutenant. Ich weiß, dass ich zehn Minuten früher als erwartet kam, aber es sind um diese Zeit im Jahr so wenig Leute im Krankenhaus, die ich besuchen muss – wegen Weihnachten, müssen Sie wissen.«

»Weiß ich«, sagte Kramer.

»Entschuldigung. Nun, ich dachte – äh, dachte mir, Hugo hätte sicher nichts dagegen, und so bin ich hierhergekommen und habe geklopft. Ich habe gewartet, aber keine Antwort. Wir hatten uns für 21.30 Uhr verabredet, um noch letzte Vorbereitungen für die Mitternachtsmesse zu treffen. Er sollte den Transport für die älteren Gemeindemitglieder organisieren, die allein leben, müssen Sie wissen.«

Diesmal wusste Kramer es nicht und gab einfach auf.

»Weiter!«, drängte ihn Strydom sachte.

»Ist ja merkwürdig, dachte ich bei mir. Hugo war eigentlich immer pünktlich – und sein Wagen stand in der Einfahrt. Ich weiß nicht, warum, aber ich habe ein bisschen gegen die Tür gedrückt, und da ist sie aufgegangen.«

»Die Zeit, Reverend?«

»Ich muss gestehen, dass ich nicht auf die Uhr geschaut habe, aber es war nur etwa eine Minute vergangen. Ich rief nach ihm, bekam jedoch keine Antwort. Das Radio war an, ich konnte klassische Musik hören. Ich rief noch einmal, lauter. Klopfte erneut. Hugo war nämlich außerordentlich schwach auf den Ohren, Lieutenant.«

»Taub, meinen Sie?«

»Völlig, aber er trug sein Kreuz sehr beherzt. Es ist schon traurig, wenn man so geboren wird, aber wenn es einem in der Blüte der Jahre passiert, ist es etwas ganz Anderes – irgendwie viel schlimmer.«

»Ach ja?« Jetzt war Strydoms berufliches Interesse geweckt.

»Ich kann Ihnen nicht sagen, was für eine Erkrankung es war, Doktor, ich weiß nur von einer Infektion. Das da drüben ist sein Hörgerät. Komisch, das kaputt zu machen, nicht wahr, Lieutenant?«

»Ich habe schon Komischeres gesehen, Mann, aber deshalb hat er wahrscheinlich den Mörder nicht von hinten kommen hören. Ich werde es vermerken. Ja, so weit, so gut.«

Kramer kroch wie eine Krabbe auf die andere Seite

der Leiche. Er deutete auf zwei seltsame viereckige hellere Flecken in dem geronnenen Blut.

»Doktor?«

»Die hatte ich noch gar nicht bemerkt, um ehrlich zu sein.«

»Eis«, sagte Pater Lawrence, »ich habe mich auch gewundert, aber sie waren noch nicht ganz getaut, als ich hier ankam.«

»Hm, Sie haben scharfe Augen, Reverend. Haben Sie sonst noch etwas entdeckt?«

»Nein, nichts, Lieutenant.«

»Und Sie sagen, er war vorher an diesem Abend in der Kirche?«

»Wir haben um 19.30 Uhr Messe und ab 20 Uhr Holy Hour. Er war die ganze Zeit da, auf seinem gewohnten Platz auf der Bank im Seitenschiff, hinter dem Beichtstuhl.«

»Was, bitte, ist eine Holy Hour?«

»In erster Linie eine Zeit der Meditation. Wir beten jeder für sich, aber in regelmäßigen Abständen gemeinsam. Zum Beispiel den Rosenkranz. Zu Anfang nehme ich allerdings meist die Beichte ab.«

»Kommen viele Leute zur Holy Hour?«

Pater Lawrence zögerte, darauf bedacht, keinen falschen Eindruck zu vermitteln.

»Genügend Gläubige, dass es sich lohnt.«

»Und das sind wie viele?«

»Außer denen, die zur Beichte kommen? Im Allgemeinen etwa ein Dutzend, würde ich sagen.«

»Ich frage nur aus Neugier«, sagte Kramer. »Was können Sie mir über Mr Swart erzählen? Wie lange ist er schon in dieser Gegend? Welche Pläne hatte er?«

»Ich kann Ihnen nicht ganz folgen, Lieutenant – Pläne?«

»Na ja, ein junger Mann kauft nicht grundlos ein Haus wie dieses, das meine ich damit.«

»Oh, natürlich! Hugo hat es nur gemietet; der Eigentümer wohnt gleich um die Ecke – Mr Potter, 9, Osier Way.«

»Ganz schön groß für eine Person.«

»Er wollte bald heiraten.«

»Tatsächlich? Kennen Sie die Frau?«

»Nein, sie ist Krankenschwester in Kapstadt. Ihre Ausbildung ist Ostern beendet, und dann wollten sie …«

»Ihr Name, Reverend? Jemand wird sie benachrichtigen müssen, wenn sie seine Verlobte ist.«

»Judith Jugg – mit zwei g. Ich weiß allerdings nicht, in welchem Krankenhaus. Vielleicht in einem kirchlichen, denn sie ist ebenfalls kath –«

»Keine Sorge, das klären wir schon. Mr Swart hatte also vor zu heiraten und hat deshalb dieses Haus gemietet. Ein bisschen teuer, nicht wahr?«

»Soweit ich weiß, hat Hugo es preiswerter bekommen als viele andere Häuser hier. Zwischen Mr Potter und ihm bestand irgendeine Verbindung. Schade, ich weiß nicht mehr, welche.«

»Ich will Ihnen nur noch zwei Fragen stellen, dann können Sie gehen. Okay?«

Pater Lawrence nickte. Im Grunde war er ein alter Mann mit grauem Haar, und sein Gesicht war inzwischen vor Erschöpfung ebenfalls grau geworden. Wäre er Großvater gewesen, hätten seine Kinder längst darauf bestanden, ihn zu Bett zu geleiten.

»Erstens: Fällt Ihnen ein Grund ein, warum jemand Mr Swart das antun würde?«

»Absolut keiner. In der verhältnismäßig kurzen Zeit, die ich ihn gekannt habe, habe ich ihn als einen der besten Laienchristen schätzen gelernt, denen ich je begegnen durfte. Hugo war still und bescheiden, aber stets hilfsbereit. Außerdem war er mit einer besonderen Macht des Gebetes gesegnet. Unsere Holy Hours nahmen einen …«

Pater Lawrence konnte sich kaum noch aufrecht halten. Strydom ging zu seiner Tasche hinüber und wühlte nach einem Medikament für ihn. Kramer hatte das Gefühl, als hätte er diese Szene schon einmal erlebt. »Noch eine Frage, Reverend, das wärs dann«, sagte er. »Hat Mr Swart alkoholische Getränke zu sich genommen?«

»Das verstößt nicht gegen die Gesetze der Kirche, Lieutenant.« Pater Lawrence lächelte schwach. »Tatsächlich wünsche ich selbst mir in diesem Augenblick nichts sehnlicher als einen Brandy in warmer Milch.«

Dann wurde er wieder ernst und schüttelte den Kopf.

»Hugo hat nie einen Tropfen angerührt«, setzte er hinzu. »Nicht aus Prüderie, wissen Sie. Schließlich hat unser Herr auch Wein getrunken. Er hat nie einen Grund genannt, ich glaube, es entsprach einfach nicht seinem Charakter, sonst nichts. Wir haben das natürlich trotzdem an ihm bewundert.«

Kramer erhob sich zum Händeschütteln, und dann begleitete Strydom den Pfarrer auf die Straße hinaus. Bei seiner Rückkehr in die Küche sah er Kramer einen Finger in die orange Flüssigkeit tauchen, die über die Anrichte gespritzt war. »Wodka«, bemerkte Kramer, als er daran leckte.

»Dann wird die Sache noch komplizierter. Hat Swart den Drink für jemand anders gemixt – zum Beispiel für einen Besucher?«

»Und der Mörder hat ihn wegen der Flasche umgebracht – denn wenn nicht, wo ist sie hingeraten? Jedenfalls in keins der Regale.«

Strydom sah sich um und nickte. »Stimmt, dann –«

»Dann nichts«, lachte Kramer, zog das Gemüsefach auf und enthüllte das Geheimnis des Toten.

»Ich will Ihnen mal was über unseren Mr Swart hier erzählen, Doktor: Er hat, wie die meisten Katholiken, in einer anderen Kirche gebeichtet. Die Wette gilt.«

Strydom wollte nichts dagegensetzen, er hatte schon mehr als einmal gegen den Lieutenant verloren. »Es braucht eigentlich niemand davon zu erfahren«, bemerkte er stattdessen.

»Einverstanden. Machen wir beide sie alle, wenn wir bei Ihnen sind. Haben Sie reichlich Eis?«

»Beweismittel vernichten? Na, hören Sie mal, Lieutenant!«

»Alles für einen guten Zweck.«

Es kam selten vor, dass Kramer eine gesellige Ader zeigte. Strydom musterte ihn mit einem langen Blick, ehe er antwortete.

»Also einverstanden. Aber zuerst müssen wir an die Arbeit.«

»Wohl wahr, Doktor, ich habe mich noch gar nicht richtig umgesehen – irgendwo müssen ja die Spuren eines Einbruchs sein, was immer Van der Poel auch sagt.«

»Und ich muss meine Jungs mit der Fleischbahre rufen. Bei diesem Wetter ist Mr Swart längst fällig für sein Gefrierfach.«

Nach genauester Überprüfung aller Möglichkeiten, ins Haus zu gelangen, musste Kramer schließlich zugeben, dass Van der Poel recht haben könnte. Niemand hatte sich gewaltsam Einlass verschafft; entweder hatten sie eine Tür oder ein Fenster offen gefunden, oder sie waren im Besitz eines Schlüssels gewesen.

»Ich behaupte immer noch, dass es der Diener war – er hatte nämlich einen«, erklärte Van der Poel.

»Vielleicht, vielleicht auch nicht«, erwiderte Kramer und zuckte die Achseln. »Haben Ihre Leute ihn noch nicht gefunden?«

»Nein, aber das werden sie schon. Wir haben seine Freundin in der Garage – Ihr Boy spricht mit ihr.«

»Zondi? Dann geht alles klar.«

»Ich wollte Sie eigentlich bitten, Sir, ob ich –«

»Lassen Sie Kaffern Kaffernarbeit tun, Van der Poel. Wo sind Sie denn aufgewachsen?«

Van der Poel besaß überraschenderweise die Geistesgegenwart, das als Scherz aufzufassen, was es zur Hälfte auch war. Sie wanderten ziellos durch ein paar Zimmer und blieben schließlich wieder im Arbeitszimmer stehen.

»Eine Menge Bücher, Sir.«

»Vielleicht sind ein paar Pornos darunter.«

»Nie im Leben!«

Kramer hätte beinahe seine Wodkaentdeckung preisgegeben, sah dann jedoch keinen Anlass, mit noch jemandem zu teilen. Es amüsierte ihn, wie Van der Poel sich an die Regale beugte und den Kopf schräg neigte, um einen schlüpfrigen Titel zu finden. Wenn der Mann auch nur etwas Verstand hatte, würde er hinter der dicken Bibel nachschauen.

»Du meine Güte, dieser Typ muss Professor gewesen sein«, rief Van der Poel am Ende einer unverständlichen Buchreihe aus. »Sonntags eine Stunde reicht mir – und das beileibe nicht jeden Sonntag. Ich mache immer Sonntagsdienst, wenn ich die Gelegenheit bekomme.«

»Hm? Wie das?«

Kramer hörte nicht zu. Er sah sich den Schreibtisch

an und fand das ungefähr so spannend wie die Durchsuchung einer Schaufensterpuppe. Es gab alles in allem sechs Schubladen, fünf mehr, als andere Leute für den dürftigen Inhalt gebraucht hätten. Rechnungen oben links, Quittungen oben rechts; Wagenpapiere Mitte links; Briefpapier unten rechts – und nicht das kleinste Stäubchen, nicht eine einzige herumliegende Reißzwecke störten diese peinliche Ordnung. Er lag also falsch mit den Büchern – der Tote hatte nicht einmal genug Leidenschaft besessen, um Kauspuren an einem verfluchten Bleistift zurückzulassen.

»Sie hatten unrecht mit den Büchern, Sir.«

»Aha.«

»Haben Sie etwas gefunden?«

»Wie mans nimmt. Swart lebte seinen Verhältnissen entsprechend, hatte sein Geld vor allem auf der Bank und stellte nur kleine Schecks aus für seine jeweiligen Bedürfnisse – mit anderen Worten: Ich glaube nicht, dass hier eine Kasse mit Bargeld fehlt. Und glaube auch nicht, dass er genug hatte, um irgendetwas zu kaufen, was sich zu stehlen gelohnt hätte, den Gedanken an einen Diebstahl können wir also fallen lassen.«

»Es ist aber eine ziemlich feine Gegend hier, Sir – ein Einbrecher hätte nicht vorher wissen können, dass nicht viel zu holen war.«

»Haben Sie nicht gesagt, es sei der Diener gewesen?«

»Habe ich – ich meine …«

»Ihre Fäden verheddern sich, Van der Poel, stimmts? Gehen Sie nur immer einem Gedanken nach. Einbruch: Dieses Haus kommt aufgrund seiner Lage und da es abends leer stand, weil Swart in der Kirche war und der Diener freihatte, durchaus als Objekt infrage. Sagen wir, ein Schurke wäre irgendwie hereingekommen und hätte sich bei Swarts Heimkehr gerade umgeschaut. Wenn Swart ihm den Weg abgeschnitten und dabei die Stiche abbekommen hätte, könnte ich das verstehen. Aber Swart war dabei, sich in der Küche einen Drink zu mixen – der Einbrecher konnte also seelenruhig zur Eingangstür hinausspazieren. Sie werden mir nicht erzählen wollen, Swart wäre ermordet worden, damit der Schurke das Haus fertig inspizieren konnte. Jeder verfluchte Dummkopf konnte doch sofort sehen, dass es hier nichts gibt, was dieser Mühe wert gewesen wäre.«

Ein weißer Polizist klopfte an die Tür und trat ein.

»Entschuldigen Sie, Lieutenant, aber der Sergeant wird am Telefon verlangt.«

»Nur zu, Kumpel«, sagte Kramer und entließ sie beide. Dann setzte er sich an den Schreibtisch, fand auf der Schreibtischauflage einen guten Platz für seine Füße und machte sich daran, seine eigenen Fäden zu entwirren.

Am Ende blieb als einzig mögliches Motiv für Mord etwas Persönliches zwischen Swart und seinem Mörder. Etwas Persönliches, das wars, eine Beziehung, die eine tödliche Wende genommen hatte. Damit war es einwandfrei Mord und kein Totschlag – eine nützliche Unterscheidung, die Kramer nach Möglichkeit immer sofort traf. Denn Mord hatte ein bestimmtes Muster, und das war immerhin ein Anfang, wenn einem bei einem Fall nichts Anderes ins Auge sprang. Dieses Muster zeigte sich in den zwischenmenschlichen Beziehungen und war statistisch belegt. Die genauen Zahlen waren unwichtig, wenn man einmal das Grundmuster erkannt hatte: Es bestand eine geringe Chance, von einem Arbeitskollegen, eine größere Chance, von einem Freund oder näheren Bekannten, und die größte Chance überhaupt, von einem Mitglied des eigenen Haushalts ermordet zu werden.

Pater Lawrence hatte klar ausgesagt, dass Swart in der Kirche bewundert worden und beliebt gewesen war, und es bestand Grund zu der Annahme, dass er auch in seinem Zeichenbüro nicht unangenehm aufgefallen war. Allerdings war die Möglichkeit nicht auszuschließen, dass er auch außerhalb dieser Kreise Freunde und Bekannte gehabt hatte, aber bisher sprach alles dafür, dass er kein Doppelleben geführt hatte. Es gab natürlich auch die Möglichkeit, dass Swart, weil er sich in seiner Vergangenheit einmal eines schweren Vergehens schuldig gemacht hatte, zum reuigen Sünder geworden war, um dann doch noch den Preis für dieses Unrecht zu zahlen, als es schließlich heimlich geahndet wurde. Auf ihre Art eine ganz ansprechende kleine Theorie, aber von der Sorte, die einen bei den Ermittlungen leicht in die Irre führte. Zuerst musste man bei den Nachforschungen naheliegenderen Dingen nachgehen.

Zum Beispiel der statistischen Wahrscheinlichkeit, dass die Lösung in der häuslichen Situation zu suchen war. Der Pfarrer hatte vermutlich die Wahrheit gesagt, aber in der Geschichte gab es in Hülle und Fülle Beispiele von großen und kleinen Heiligen, die in ihren eigenen vier Wänden wahre Teufel gewesen waren. Alles schön und gut – nur, dass die Freundin tausend Meilen weit weg war, sodass als Einziges die Beziehung zum Diener blieb.

Jetzt hatte Kramer sich genau dahin gefolgert, wo er nicht hatte auskommen wollen – auf Van der Poels Seite. Dieser Schwarze war letztlich, so langweilig es auch sein mochte, der wahrscheinlichste Kandidat. Zuerst einmal hatte er die Mentalität. Dieser schrieb Kramer nicht etwa eine geheimnisvolle Fähigkeit zu grundlosen scheußlichen Verbrechen zu, wie es Van der Poel zweifellos tat, sondern ein ihm völlig fremdes Denken – oder besser gesagt, eine ihm völlig fremde Reaktionsweise. In englischsprachigen Zeitungen hatte er ein Wort gefunden, das gut hierauf passte: Overkill. In den Barackenvierteln und Gassen von Trekkersburg wurde zu viel gemordet – im ganzen Land mit seinen zweiundzwanzig Millionen Einwohnern belief sich die Zahl der Morde auf 6500 im Jahr. Man konnte sich nur vorstellen, dass ein unbedeutender Vorfall als Tropfen genügte, um das Fass zum Überlaufen zu bringen, dass in jedem Schwarzen diese große Bereitschaft zur Gewalt schlummerte und eine Kleinigkeit ausreichte, um eine Explosion auszulösen. Woher sie eigentlich kam, hatte er sich nie die Mühe gemacht …

Zur Hölle, das war alles blödsinnige Philosophie, und dabei musste er einen Schurken fassen! Nein, einen Mörder.

Der Diener war vielleicht durch unerträglich hohe Anforderungen gereizt worden, bis er ausgerastet war. Augenblick mal, das verbrannte Steak konnte etwas damit zu tun haben. Swart kommt erhitzt und müde nach Hause, findet ein verdorbenes Abendessen vor, brüllt nach dem Diener, der Diener kommt aus seinem Zimmer im Hof herein, bekommt so die Leviten gelesen, dass ihm Hören und Sehen vergehen. Swart kehrt ihm danach den Rücken zu – und bekommt sein Teil mit dem erstbesten Gegenstand, der sich findet, einem Steakmesser. Dann verzieht sich der Diener nach hinten, schließt die Tür ab und rennt davon. Ganz plausibel, aber keineswegs originell. Originalität bei Verbrechen war etwas, was anscheinend nur Weiße für wichtig hielten.

Einen Vorbehalt hatte er allerdings: Hätte Hugo Swart, der gute Katholik, eine solche Szene mit seinem Dienstbefohlenen aufgeführt? Eine gute Frage in einer Zeit, in der die Kirchen Unruhe stifteten und ihren Schäfchen rieten, sich so sanft wie Liberale zu verhalten. Er würde das mit Zondi abklären.

Kramer verließ das Arbeitszimmer, nickte Van der Poel zu, der noch immer im Flur am Telefon hing, und ging zur Garage. Es stand nur ein Flügel des Tors offen, und drinnen war nicht viel Licht, aber er konnte ohne große Schwierigkeiten die Freundin des Dienstboten ausmachen.

Sie saß, fett und bemitleidenswert, auf einer Düngertonne, die aus einer Ecke gezerrt worden war, und hielt ihre hochhackigen Schuhe in einer Hand. Sie schwitzte wie jeder in dieser drückenden Nacht, nur, dass sie dabei einen stark süßlichen, kranken Geruch ausströmte, das Nebenprodukt kalter Angst. Sie zitterte und bebte und stieß lange Seufzer aus. Rieb sich mit dem Handrücken die Tränen in die Grübchenwangen und richtete sich so gehörig zu. Sie trug einen Hut von der Heilsarmee mit umgekehrt aufgenähtem Namensband und ein abgetragenes Kleid, das den Empfang eines Nachlassverwalters hätte zieren können – und einen eigenen Geruch nach Lachspaste von sich gab. Sie war völlig aufgelöst vor Angst.

»Lucy Kwalumi«, sagte Zondi und stellte sie einander formell vor. »Bantu, arbeitet als Köchin bei Mr und Mrs Powell in Nummer drei, sagt, sie wäre die Frau des Dienstboten hier.«

»Wie heißt er denn, Mann?«

»Thomas Shabalala, Sir. Sie sagt, sie hat ihn seit ihrem Dienstbeginn um vier Uhr nicht mehr gesehen. Sie weiß nicht, wo er ist.«

»Hast du sie über ihre Freizeit befragt?«

»Ja, Sir. Sie sagt, sie und Shabalala hätten von zwei bis vier frei. Heute hätten sie nur draußen auf dem Bürgersteig gesessen und sich unterhalten.«

»Worüber?«

»Daran kann sie sich nicht mehr erinnern. Sie sagt, es wäre nichts Wichtiges gewesen. Es waren noch andere dabei, auf dem Bordstein an der Einfahrt zum Haus.«

»Hat Shabalala von seinem Herrn erzählt?«

»Nie. Es war ein guter Herr.«

»Frag sie, ob er Shabalala je angebrüllt hat.«

Zondi übersetzte es ihr und dann Kramer ihre von Schluchzen unterbrochene Erwiderung, die nicht enden wollte.

»Sie sagt, der Herr hätte manchmal gebrüllt – schließlich sei er ja der Herr, nicht wahr?«

»Freches Stück.«

»Sie ist nicht frech, Boss.«

»Er mochte also seinen Herrn?«

Wieder übersetzte Zondi, und ihr Nicken sparte Zeit. Dann rückte sie plötzlich von selber mit etwas heraus.

»Schon gut, Zondi, ich habs verstanden. Mr Swarts abendliche Kirchgänge warfen einige Probleme auf, ja?«

»Richtig, Sir. Zuerst musste der Boy bis neun oder zehn Uhr auf ihn warten. Davon kam er ab, nachdem der Pfarrer einmal zum Essen da war und darüber einen Scherz gemacht hatte.«

»Er war also doch kein so guter Herr, was?«

Lucy, die Kramer nicht angeschaut hatte, während er Afrikaans sprach, riss den Kopf hoch, als er auf Englisch wechselte.

»Er war ein guter Herr, weil es nicht viel Arbeit gab«, erwiderte sie in erstaunlich kultiviertem Englisch und verriet damit, dass ihre Arbeitgeber aus einer fernen Heimat stammten.

»Aha, er konnte also faulenzen, wenn er wollte, stimmts?«

Lucy kicherte pflichtschuldigst. Das missfiel Kramer jedoch, und einen Augenblick später war sie wieder ein Häufchen Elend. Zondi wusste mit Frauen umzugehen – und mit einem Ersatzkeilriemen, den er unmissverständlich ans Hosenbein schlug.

»Du bist also seine Frau, ja?«

»Ja, Boss.«

»Bist du unfruchtbar?«

Sie antwortete nicht.

»Kinder – wie viele hast du?«

Keine Antwort.

»Frag du sie, Zondi.«

Zondi stellte ihr die Fragen auf Zulu noch einmal, und dann fand sie endlich eine Antwort.

»Sie ist unfruchtbar.«

»Dachte ich mir – du bist also nur seine Stadtfrau? Ja? Los, los, sonst gibt es Ärger.«

Die Unglückliche nickte wieder, unfähig zu verbergen, wie tief diese Enthüllung sie beschämte.

»Wo wohnt denn seine Landfrau, Lucy?«

Keine Reaktion. Zondi trat einen Schritt näher, nachdem er den Keilriemen gegen Insektenspray mit größerer Wirkung vertauscht hatte.

Aber Kramer überraschte ihn. »Raus, Mann«, sagte er, ging hinaus und ein Stück die Einfahrt entlang. Zondi folgte ihm, eine Augenbraue hochgezogen.

»Es ist so«, erklärte Kramer. »Dr. Strydom und ich haben noch etwas zu erledigen. Ich denke, ich lasse dich hier, um Miss Lucy noch ein wenig auszuquetschen.« Und er legte Zondi kurz seine Theorie dar, wie der Überfall in der Küche hätte stattfinden können.

»Klingt gut, Boss. Ich hatte mir fast genau das Gleiche überlegt.«

»Du brauchst also nur herauszubekommen, wo die Frau des Mistkerls wohnt, und dann weißt du, wo du ihn aufgabeln kannst. Nur ein echter Schurke weiß, dass er sich in den Townships verbergen muss – und er ist doch keiner, oder?«

»Nein, er ist ein ganz gewöhnlicher Hausdiener, Boss, da bin ich sicher.«

»Machs dieser Lucy aber nicht zu leicht, Zondi. Sie weiß wahrscheinlich etwas, denn sonst wäre sie nicht so verstummt, als das Wort ›Stadtfrau‹ fiel.«

»Da bin ich anderer Meinung, Boss, sie mochte bloß nicht zugeben, dass sie keine Babys bekommen kann. Das ist für eine Zulufrau sehr beschämend. Es bedeutet auch ein armseliges Leben – eine Stadtfrau ist nicht so hoch angesehen wie eine Landfrau.«

»Wohl mehr wie eine Stadthure.«

»Diese nicht, Boss – sie war nur mit Shabalala zusammen, seit er in dieser Straße arbeitet.«

»Dann überlasse ich alles dir. Mach aber keinen Fehler, sonst hänge ich dich an deinem verfluchten Schwanz auf. Klar?«

»Klar«, sagte Zondi, erfreut, freie Hand zu haben. »Aber was ist mit Sergeant Van der Poel?«

»Ich spreche mit ihm, keine Angst. Oh, und noch etwas, ich lasse dir den Chevy – ich fahre mit dem Doktor.«

Zondi hätte ihm gedankt, aber genau in diesem Augenblick bemerkten sie, dass Van der Poel auf sie zukam, und so zuckte er stattdessen nur schmollend die Achseln und schlurfte zur Garage zurück.

»Will wohl nicht allein gelassen werden, Lieutenant, was? Sind wie kleine Kinder, immer wollen sie Hilfe.«

»Stimmt, aber man kann ja nicht überall zugleich sein«,

sagte Kramer locker. »Im Moment ist es eher seine Sache als unsere. Ein Bantujob.«

»Der Diener Shabalala?«

»Vielleicht, Kumpel – unter Umständen haben Sie doch recht.«

Das sagte Kramer keineswegs aus Großmut: Er war sich zu neunundneunzig Prozent sicher, dass Shabalala Amok gelaufen war; dass Van der Poel darüber entzückt war – sein Pech.

»Vielen Dank, Sir! Werden Sie es – äh – vielleicht erwähnen in Ihrem …?«

»Selbstverständlich.«

»Wünschen Sie, dass ich sofort Jagd auf den Jungen machen lasse?«

»Energieverschwendung. Wir lassen ihm lieber Zeit, zu seiner Hütte zurückzukehren, und schnappen ihn uns morgen. Wenn wir heute schon suchen, bedeutet das bis zu zweihundert Meilen Straße und Busch.«

»Und die Züge, Sir?«

»Die Bahnpolizei würde es Ihnen bestimmt nicht danken.«

Van der Poel nahm diesen Dämpfer seines Arbeitseifers nur unwillig hin. »Was soll ich denn sonst tun, Sir?«

»Lassen Sie lediglich das Gelände von ein paar Bantupolizisten bewachen, und gehen Sie nach Hause – Sie hatten doch Schicht von zwei bis zehn, nicht wahr?«

»Ja, Sir. Kommt Ihr Boy hier allein zurecht?«

»Das wird er wohl müssen, ich habe ihm schon gesagt, was passiert, wenn etwas schiefgeht.«

Van der Poel kicherte in sich hinein. Dann fiel ihm wieder ein, warum er aus dem Haus gekommen war.

»Dr. Strydom muss zu einem Unfall, Sir«, sagte er. »Er sagt, Sie müssten mit.«

Der gerissene alte Teufel! Er hatte wohl inzwischen großen Durst und wollte ihr Geheimnis anscheinend schnell auf dem Tisch haben.

»Ich?«, protestierte Kramer, wie es sich seines Erachtens gehörte. »Himmel, ich hatte eigentlich genug Routinefälle für heute Nacht!«

Das war, ohne dass Kramer es wusste, Musik für kaum fünf Meter entfernte Ohren.

3

Dr. Strydom fuhr gut, allerdings schneller, als Kramer gedacht hätte. Sie überquerten die Nationalstraße und fuhren in nördlicher Richtung über die fast leeren Straßen auf das Zentrum von Trekkersburg zu. Es war nach Mitternacht und lange nach Anbruch der Ausgangssperre, und die einzigen Fußgänger waren ein paar Weiße. Es war noch immer sehr heiß.

»Wo ist der Schnaps?«, fragte Kramer.

Strydom wies mit dem Daumen über die Schulter. Kramer schaute nach hinten und sah die schwarze Arzttasche auf dem Rücksitz – einfach perfekt zur Entfernung eines solchen Beweismittels.

»Großartig«, sagte er.

»Ich muss schon sagen, dass ich überrascht war über Ihren Vorschlag, Lieutenant. Habe Sie immer ein bisschen als einsamen Wolf betrachtet.«

»Wenn Sie nicht Rotkäppchen sind, passiert Ihnen nichts, Doktor.«

Strydom hätte gelacht, war sich aber nicht sicher über Kramers Ton. Doch ein kurzer Seitenblick überzeugte ihn davon, dass sein Mitfahrer völlig entspannt und gut gelaunt war.

»Die Wahrheit ist«, sagte Kramer, »dass mir heute Nacht alles egal ist. Eigentlich schon die ganze Woche. Das ganze Jahr, wenn Sie so wollen.«

»Quatsch, Mann – Sie haben doch gute Arbeit geleistet da oben in Ladysmith. Wer sonst wäre schon auf die Idee gekommen, im Siege-Museum nach dem Revolver zu suchen! Könnte schwören, dass ich ahne, wo der Hase im Pfeffer liegt, Lieutenant.«

»Dass ich Urlaub brauche?«

»Nein, und die Hitze ist es auch nicht. Aber wie ich gehört habe, ist die …« Dann bremste er sich noch einmal, was gut war, denn Kramer hatte entschieden etwas dagegen, über sein Privatleben zu sprechen, besonders, wenn aus Neugier statt aus Anteilnahme gefragt wurde. Strydom war nicht der einzige elende Schnüffler, der gerne herausbekommen hätte, was die Witwe Fourie am Kap machte.

»Was haben Sie gehört, Doktor? Dass der Colonel im Freistaat ist?«

»Ja, genau, wirklich schade, denn Sie beide arbeiten doch gut zusammen«, sagte Strydom, dankbar, dass es so glimpflich abging.

Womit ihr Gespräch fürs Erste beendet war. Schließlich wurde Strydom das Schweigen unangenehm.

»Was denken Sie?«, wollte er wissen.

»Dass es verflucht weit ist bis zu Ihnen. Sind Sie umgezogen, oder was?«

»Erst die Arbeit, dann das Vergnügen, Lieutenant.«

»Wie – haben Sie noch einen Job zu erledigen?«

»Sie auch. Hat Van der Poel Ihnen das nicht gesagt?«

»Was?«

»Oben am Turner's Hill hat es einen Autounfall gegeben, und der Verkehrspolizei gefällt die Sache nicht besonders. Darum wollte man, dass Sie mitkommen.«

»Man? Colonel Du Plessis?«

»Das wars, was man Van der Poel gesagt hat.«

»O Gott!«

»Hat man Sie nicht informiert?«

Kramer war informiert worden, natürlich, aber er hatte keinen Augenblick – das war das Letzte. Das war, verfluchte Scheiße noch mal, das Allerletzte. Ein Autounfall, Allmächtiger! Demnächst würden sie ihn noch zur Ausweiskontrolle holen. Es ergab keinen Sinn. Überhaupt keinen. In tausend Jahren nicht. Nie. Doch. Es ergab doch einen Sinn, so wie das unvertraute Geräusch eines Schalldämpfers, wenn die Kugel über dem Kopf einschlägt.

Irgendein Mistkerl wollte ihm was, und dieser Mistkerl musste ausgerechnet Colonel Korinthenkacker Du Plessis sein. Der alte Scheißer hatte es Kramer nie verziehen, dass er ihn im Le-Roux-Fall lächerlich gemacht hatte, ebenso wenig wie er Colonel Muller verziehen hatte, seinen Platz eingenommen zu haben, als er aus dem CID herausgedrängt worden war. Aber jetzt, über Weihnachten, hatte er das Ruder wieder in der Hand und sich vorgenommen, sich zu amüsieren, und er würde ohne Zweifel willige Mitstreiter finden – Rotznasen, die immer nur Ärger gemacht hatten, seit sie aus den Windeln heraus waren. Ärger, Heimlichkeiten, ein schnelles Grinsen und gerade genug Grips, um den Weg nach oben zu erkennen und zu wissen, wie man jemandem in den Arsch kriecht, um dorthin zu kommen. Natürlich war es auch für sie eine Gelegenheit, auf die sie nur gewartet hatten. Scheißkerle wie Viljoen, Prinsloo, Evans, Van Reenen und … Wenn die Liste kürzer gewesen wäre, hätte er sie sich längst vorgeknöpft hinter dem Knast, wo die Schwarzen sich an dem Geschrei hätten freuen können. Was nicht ganz stimmte, denn normalerweise verschwendete er keinen Gedanken an sie, und zudem gab es immer wieder welche von der Art. Unfähige und Inkompetente, die neidisch auf seine Leistungen waren, sie dem Glück zuschrieben, die in gehässigen kleinen Zischeleien Trost suchten und Nadelstiche anbrachten wie verrückte alte Hexen an Wachspuppen, in der Hoffnung, ihn dahinwelken zu sehen. Jetzt kam er allerdings nicht umhin, an sie zu denken, denn er stand unter Befehl und musste ihnen gehorchen. Ihnen! Heiliger Himmel, aber so sah es nun einmal aus. Er musste ihren Befehlen gehorchen oder ausscheiden. Wenn er ging, war das auch für Colonel Muller eine Scharte. Widersetzte er sich den Befehlen, passierte das Gleiche. Zum Teufel mit ihnen! Er würde dabeibleiben und einen Weg finden, die Befehle so auszuführen, dass es einen bleibenden Eindruck hinterließ. O ja. Diese Schweine.

»Was gefällt der Polizei denn nicht an der Sache, Doktor?« Kramers Ton war knurrig und verriet seinen Gemütszustand. Und mit einem Kichern fügte er schnell noch hinzu: »Nicht, dass einem Autounfälle überhaupt gefallen sollten.«

Wieder ein rascher Seitenblick von Strydom. »Um ehrlich zu sein: Ich weiß es nicht, Lieutenant. Wir werden es gleich selbst sehen können, sobald wir über diesen Berg sind.«

Die Autoscheinwerfer beleuchteten eine lange, gerade Abwärtsstrecke, die in einer scharfen Rechtskurve endete. Diese Kurve war so gefährlich, dass die Autofahrer durch drei Warnschilder darauf aufmerksam gemacht wurden, obgleich jedem klar war, dass man herunterschalten und Vorsicht üben musste. Am Fuß des Berges lag ein Haufen Schrott, um den eine Schar von Leuten herumstand. Jemand war direkt durch die Leitplanke gebrochen.

»Ein Wahnsinniger«, murmelte Strydom und parkte. »Die erste Karambolage am Turner's Hill, seit die Schilder aufgestellt worden sind.«

Kramer stieg aus und reckte sich, er nahm es mit Fassung. Der verantwortliche Verkehrspolizist kam die Böschung heraufgeklettert und grüßte ihn. Kramer ignorierte ihn, ging die Straße entlang und betrachtete die Szene genau. Der Polizist schlurfte peinlich berührt hinter ihm her und sah Strydom Hilfe suchend, aber vergebens an.

»Keine Bremsspuren«, sagte Kramer. »Die Bremsen sind aber in Ordnung.«

Der Polizist war tief beeindruckt. »Jawohl, Sir!«

»Die Lenkung funktioniert auch.«

»Stimmt, Sir!«

»Und die Schaltung ist ebenfalls okay.«

»Sir!«

»Warum hat der blöde Kerl dann die Kurve nicht geschafft? Ist das die Frage?«

»Ich würde sagen, er wollte nicht, Sir – er wollte sich umbringen.«

»Ist das ungewöhnlich?«

»Nein, Sir, wir haben öfters damit zu tun, doch es ist immer schwer zu sagen. Manchmal sind wir sicher, aber …«

»Ich habe in einer Illustrierten gelesen, Selbstmord mit dem Auto käme immer häufiger vor.«

»Das ist auch meine Meinung, Sir.«

»So? Und warum haben Sie mich angefordert? Sie wissen doch anscheinend alles.«

»Ich habe Sie nicht angefordert, Sir. Ich wurde davon unterrichtet, dass Sie kommen.«

Darüber dachte Kramer einen Augenblick nach, dann ging er zum Wagen des Polizisten und nahm die Sprechmuschel des Funkgerätes heraus. »Den CID, bitte«, sagte er, »ich möchte Colonel Du Plessis sprechen.«

Nach drei Minuten Wartezeit wurde Kramer informiert, dass der Colonel das Gebäude längst verlassen hatte, aber der diensthabende Beamte, Captain Malan, bereit sei, mit ihm zu sprechen. Malan war ein Weißer und ein arroganter dazu.

»Trompie?«

»Koos, vielleicht können Sie mir sagen, was zum Teufel ich hier draußen bei diesem Verkehrsunfall mache. Die Polizei hat die Situation im Griff, und ich habe ganz andere Probleme, Mann.«

»Teufel auch, ich wünschte, ich wüsste es, Trompie.«

»Sollten Sie aber, oder?«

»Ich kann nur wiedergeben, was Colonel Du Plessis gesagt hat, bevor er ging. Er will, dass Sie sich den Unfall genau ansehen und die Ermittlungen führen.«

»Ist das alles?«

»Mehr habe ich nicht.«

»Weiß er, dass ich einen Mord habe?«

»Sagt, der sei in guten Händen.«

»Bei Zondi? Das wär ja ’n Ding!«

»Hat er gesagt.«

»Na schön, aber ich bin immer noch der verantwortliche Ermittlungsbeamte – ist ihm das klar?«

»Nehme ich an, Trompie. Hören Sie, es tut mir leid, dass ich Ihnen nicht mehr sagen kann. Vielleicht hat der Typ in dem Auto eine fette Lebensversicherung.«

»Ist nicht meine Aufgabe, Versicherungen aus der Patsche zu helfen, Koos.«

»Selbstmord ist eine Straftat.«

»So. Mord auch, habe ich gehört. Bis bald.«

Kramer legte die Sprechmuschel wieder an ihren Platz und zündete sich die erste Zigarette in zwölf, nein, achtzehn Stunden an. Der Tabak schmeckte wie das Gras an einem Laternenpfahl.

»Na, denen haben Sies aber gegeben«, scherzte Strydom und duckte sich, als ein Schimpfwort an ihm vorbei in die Nacht flog. Auf manche wirkte sein Sinn für Humor in Gegenwart einer völlig deformierten Leiche etwas makaber.

»Also los«, sagte Kramer und zückte sein Notizbuch.

»Lassen Sie das, Lieutenant, Sie bekommen meinen Bericht morgen früh.«

»Dienst nach Vorschrift«, sagte Kramer, dem inzwischen eine Ahnung kam, wie er beim Ausführen von Befehlen auf seine Kosten kommen konnte.

»Unter uns«, beharrte Strydom, »ich bin viel zu müde, um heute Nacht noch genau zu sein. Der Tote in der Karre da ist toter als alles, was ich seit Langem gesehen habe.«

»Ach ja?«

»Enthauptet.«

»Hmmm.«

»Und zusammengeschoben.«

»Wieso?«

»Er muss gestanden haben, als er aufprallte, sich nach hinten über den Sitz gelehnt haben. Die Oberschenkelknochen haben sich ihm in den Leib gebohrt.«

»Und die Arme?«

»Das ist nun wirklich seltsam. Er muss vor dem Aufprall beide Hände vom Steuer genommen haben, denn –«

»Ich glaubs Ihnen. Hat er getrunken?«

»Ja, es roch eindeutig danach. Aber keine Flaschen im Wagen. Eine Menge Blut.«

»Kein Wunder.«

»Davon haben wir heute Abend schon reichlich gehabt, Lieutenant. Gibt es irgendeinen Grund, noch hierzubleiben?«

»Wodka kann es nicht gewesen sein«, sagte Kramer

mit dem Anflug eines Lächelns, »nicht, wenn Sies riechen konnten.«

Wie sich zeigte, brachte ihnen der konfiszierte Wodka nicht viel. Strydom schlief vor Erschöpfung schon beim ersten Glas ein, und Kramer, der selten trank und dann nie allein, verlor nach dem zweiten die Lust. Aber das Eis war ein willkommener Genuss, und es knirschte zwischen seinen Zähnen, während er über den nächsten Zug nachdachte.

Vielleicht hätte er am Unfallort bleiben und die Messungen des Sergeant überwachen sollen. Er hatte allerdings nicht das Gefühl, dass das nötig war – und kaum noch Interesse daran, sich dem Vorfall voll und ganz zu widmen. Damit konnte er Colonel Du Plessis in Verlegenheit bringen, musste aber auch teuer dafür bezahlen. Vielleicht fiel ihm am Morgen etwas Anderes ein.

Es war schon Morgen, verdammt noch mal. Nach der Kuckucksuhr vier Uhr, falls der Vogel nicht unter Rülpsen litt. Nein, vier wars, und sein Denken verlangsamte sich allmählich. Es war mittlerweile erheblich kühler, und ein schwacher Wind röchelte in den trockenen Wedeln der Palmen vor dem Fenster. Ein Todesröcheln zu einer Stunde, in der Alte im Schlaf zu sterben pflegten, wie es hieß. Manchmal vergaß er ganz, dass es solche Leute gab, Menschen, die friedlich im eigenen Bett starben, die sich einfach ohne großes Theater davonmachten …

Zondi. Er musste erfahren, was in der Luft lag, denn Du Plessis hatte früher bereits Missfallen über ihn geäußert, und nicht gerade auf die nette Art.

Kramer griff nach dem Telefon, überlegte es sich jedoch noch einmal; Van der Poel war womöglich noch da und spitzte klatschsüchtig die Ohren. Also stand er auf, hob

Strydom wie ein schlafendes Kind hoch und trug ihn ins Schlafzimmer. Ma Strydom murmelte etwas Zärtliches, als das Bett unter dem Gewicht des Gatten nachgab, und drehte sich mit dem Gesicht zur Wand. Sie schlief auch weiter, als er von Männerhänden unter das gemeinsame dünne Laken manövriert wurde.

Ehe er das Zimmer verließ, blieb Kramer in der Tür stehen und blickte noch einmal zurück. Er wäre nie darauf gekommen, dass er eines Tages den guten alten Strydom nackt ausziehen und unter ein Laken hieven würde. Die Vorstellung war belustigend – aber nicht halb so erheiternd wie der Gedanke, was Strydom, dessen Schlafanzug noch immer unter dem Kissen lag, am Morgen als Erklärung anbieten würde.

Den Himmel erhellte ein trügerisches Zwielicht, als Kramer endlich den Abzweig zur Sunderland Avenue erreicht hatte. Er hatte zu Fuß nach Hause gehen müssen, um seinen Privatwagen zu holen, einen Ford, und eine Tankstelle gesucht, die die ganze Nacht geöffnet hatte.

Gott sei Dank stand der Chevy immer noch vor Nummer 44, denn das hieß, dass auch Zondi noch da war. Van der Poels Landrover war weg, ebenfalls eine Erleichterung, und ebenso auch alle anderen Fahrzeuge bis auf die zwei Fahrräder.

Kramer stellte den Motor ab, ließ den Wagen die letzten fünfzig Meter rollen, stieg aus und machte die Wagentür leise zu, um keine Aufmerksamkeit zu erregen. Dann hielt er sich dicht an der Hecke und ging zur Garage. Sie war leer.

»Guten Morgen, Boss«, ertönte direkt hinter ihm eine Stimme.

Als er sich umdrehte, stand da einer der Bantupolizisten und fingerte nervös am Schalter seiner Taschenlampe herum.

»Name?«

»Mkize.«

»Und wo ist Sergeant Zondi, Mkize?«

»Weg.«

»Was?«

»Er ist weg, Boss, ich glaube, zu den Reservaten.«

»Wie denn? Mein Auto steht ja noch da draußen.«

»Ich – ich weiß nicht genau, Boss.«

»Aber auf wessen Befehl hin, Mann? Ihr Kaffern könnt doch nicht einfach machen, was ihr wollt! Wer hat denn gesagt, dass er gehen kann?«

»Ich, Lieutenant Kramer«, sagte irgend so eine Schweinebacke von der Tür her.

»Wer zum –?« Kramer konnte sich gerade noch bremsen.

»Geh schon, Boy«, sagte der Fremde seufzend zu dem Bantubeamten und wartete, bis er davongeeilt war.

»Was sagten Sie gerade?«

Kein Zweifel, das war nicht bloß eine Schweinebacke, sondern auch noch eine gefährliche dazu.

»Ich will wissen, wer zum Teufel Sie sind und was zum Teufel Sie hier eigentlich machen!«

»Kein Grund, sauer zu werden, Mann. Lieutenant Scott.«

»Ach ja?«

»Und ich führe lediglich Befehle aus.«

Diese letzte Äußerung nahm Kramers saftigstem Fluch die Spitze. Er stand sprachlos da und starrte den Kollegen an, bemerkte, dass der rosig, fett und unsauber unter den Armen war. Erstaunlich, wie gut er ihn im Bruchteil einer Sekunde im Halbdunkel eingeschätzt hatte. Ebenso erstaunlich war, wie entschieden er sich innerlich dagegen wehrte zu verstehen, was vor sich ging.

»Ich habe Kaffee im Haus – was würden Sie davon halten, wenn wir uns drin zusammensetzen und uns mal über diese Sache unterhalten?«

Kramer gab keine Erwiderung, ging jedoch durch die Eingangstür voraus in den Bungalow. Der Kaffee stand auf dem Schreibtisch im Arbeitszimmer, eine große Kanne voll, und daneben zwei Henkelbecher.

»Mit Milch?«

»Ohne.«

Scott hob die schwere Kanne und goss ein, ohne zu zittern. Kramer wurde klar, dass er besser daran tat, Luft abzulassen, da er sonst ins Hintertreffen geriet.

»Scott, sagten Sie? CID?«

»Richtig, aber nicht in dieser Abteilung. Bin für ein paar Monate aus Südwest abkommandiert worden.«

Kein Wunder, dass Kramer nie von dem Kerl gehört hatte. Südwest war ungefähr so weit weg, wie man von Trekkersburg kommen konnte, ohne die Republik zu verlassen.

»Zu viel Wüste?«

»Zu viel von allem da draußen. Der wahre Grund ist, dass ich ein paar Erfahrungen in Städten sammeln muss.«

»Trotzdem hätte man mir was sagen können.«

»Bin gestern erst angekommen – das übliche Spielchen, keiner wusste, dass ich komme, nicht mal Ihr Colonel.«

»Muller?«

»Du Plessis.«

»Er hatte also schon das Kommando übernommen, als Sie eintrafen?«

»Wie meinen Sie, äh –«

»Tromp. Tromp Kramer. Und Sie?«

»John.«

Da waren sie also schon bei den Vornamen; es lief gar nicht so schlecht, wenn er an seine anfänglichen Gefühle dachte. Jetzt musste er zum Kern der Sache vorstoßen.

»In der ersten Nacht werden Sie gleich an die Arbeit geschickt, John? Sie müssen ganz schön sauer sein.«

»Ist nicht so schlimm, kenne niemanden, Baracken sind nichts für mich. Jedenfalls suche ich mir ein billiges Hotelzimmer, sobald ich kann.«

»Hm.«

»Nein, passiert ist es folgendermaßen: Der Colonel hat mich gegen elf Uhr abends in sein Büro gerufen und gesagt, einer seiner höheren Beamten hätte alle Hände voll zu tun. Ein Weißer sei ermordet und ein anderer bei einem Autounfall ums Leben gekommen, alles unter verdächtigen Umständen.«

»Wusste nicht, dass ihm das Sorgen macht.«

»Doch, doch, er hat gesagt, es sei schließlich Weihnachten, und er wollte Sie nicht zu sehr beanspruchen. Meinte auch, dieser Mord sei ziemlich unkompliziert, und Ihr Boy könnte ihn wahrscheinlich allein bewältigen, da es sich um eine Bantusache handelt.«

»Ist das nicht ein bisschen viel vermutet?«

»Ist es denn keine Bantusache?«

Kramer zuckte die Achseln.

»Und wie der Colonel sagt, ist Ihr Boy nicht schlecht.«

»Stimmt.«

»Damit hätten wirs. Ganz einfach.«

Ja, das war einfach. Unkompliziert, wie der Mann gesagt hatte. Nichts, worüber man sich aufregen müsste. Und doch …

»Mit anderen Worten, John: Sie haben übernommen. Schade, dass niemand –«

»Man hat Sie nicht erreichen können.«

»Nein? Und was haben Sie nun vor?«

»Nichts. Ich habe die Küche säubern lassen und dafür gesorgt, dass Swarts Verlobte benachrichtigt wurde – telefonisch, habe die Jungs von Kapstadt rumgeschickt zu ihr. Zum Glück hatte sie Nachtschicht.«

»Und sonst?«

»Sonst nichts – Zondi scheint sich in seinem Job auszukennen. Hat die Heimatadresse des Hausdieners herausbekommen und ist losgesaust, um ihn zu suchen.«

»Zu Fuß? Wie weit ist es denn?«

Scott lachte und lud Kramer ein, ebenfalls Platz zu nehmen.

»Teufel, nein, er wohnt in Nordnatal, in Robert's Halt. Ich hatte Anweisung, ihm das Auto zu überlassen, das sie mir gegeben hatten, und das andere für Sie hierzubehalten.«

Kramer setzte sich und legte die Füße wieder auf die Schreibtischauflage. Wenn man von seiner äußeren Erscheinung absah und sein angeborenes Misstrauen gegen Buren mit englischem Namen überwunden hatte, war dieser Scott eigentlich ganz in Ordnung. Mehr Bauer als Schweinebacke, befand er nun.

»Familie?«, fragte Scott.

»Ich? Nein, warum?«

»Morgen ist Weihnachten, ich dachte nur gerade, was Sie da machen.«

»Nichts Besonderes. Habe ja noch diesen Unfall, aber bis zum 27. wird mir niemand eine große Hilfe sein.«

»Ich weiß, das örtliche Labor hat mir bereits gesagt, bei ihnen liefe bis dahin nichts. Ich könnte das Zeug auch nach Durban schicken, denke ich. Vielleicht können wir zusammen einen trinken, ja?«

»Vielleicht«, erwiderte Kramer, der angestrengt auf die Schreibtischauflage rechts von seinen Schuhen starrte. Er war sicher, dass dort vorher etwas gelegen hatte, was inzwischen verschwunden war. Dann musterte er die Bücherregale; sie hatten zuvor sauber und ordentlich ausgesehen, und Van der Poel hatte keins der Bücher angefasst. Er zog beiläufig die unterste linke Schublade auf und sah eine Büroklammer auf einer Broschüre der Catholic Truth Society liegen.

»Haben Sie dieses Zimmer durchsucht?«, fragte er Scott.

»Habe gedacht, Sie hätten mir das abgenommen, Tromp.«

»Aha, man hats Ihnen also gesagt. Wollte Ihnen nicht noch mehr Arbeit aufbürden.«

»Danke, Mann. Wollen Sie weg?«

»Nur pinkeln«, sagte Kramer und tat die ersten paar Schritte so, als ginge er steifbeinig.

Im Badezimmer hinten im Flur öffnete er das Arzneischränkchen und fand gleich, was er suchte. Er benutzte die Toilette, hielt einen Augenblick an der Küchentür inne und gesellte sich dann wieder zu Scott.

»Da hat ja jemand hervorragend sauber gemacht«, sagte er leutselig. »Ist am besten, wenn sie auf Linoleum bluten, Teppichboden muss immer rausgerissen werden. Wer hat es denn gemacht?«

»Das örtliche Revier hat einen Boy hergeschickt.«

Die Bantupolizisten hatten also ihren Posten nicht verlassen. Er musste der Sache weiter nachgehen. »Ich glaube, ich werde mal ein paar Minuten Schlaf nachholen, John.«

»Hier?«

»Zu dieser Tageszeit genauso gut wie anderswo. Wie stehts denn mit Ihnen?«

»Gar keine so schlechte Idee.«

»Lassen Sie mich von einem der Boys bei der Dienstablösung um sechs wecken, ja?«

Scott ließ Kramer allein, der entgegen seiner Erwartung sogleich fest einschlief.

Das wurde mehrere Male überprüft.

Um zehn nach sechs verließ Kramer, ohne Scott noch einmal zu sehen, die Sunderland Avenue Nummer 44 und fuhr statt in die Stadt in Richtung Skaapvlei-Polizeiwache.

Nach weniger als einer Meile erspähte er sein Opfer und drängte es von der Straße ab.

Der Bantupolizist riss sein Fahrrad auf den Bürgersteig hoch, schwankte heftig, fing sich wieder und hielt an. Er war vollkommen verstört. Und das war ein guter Anfang.

Kramer schwang seine Beifahrertür auf und rief: »Steig ein – ich hab was für dich.«

Der Polizist stieg ein und drückte sich möglichst weit an die Türseite wie eine Jungfrau in einem Drive-in.

»Das hier«, sagte Kramer und hielt ihm eine Pille hin, »das schluckst du für mich.«

Was den Constable in eine Zwickmühle brachte, aber Kramers Rang, Hautfarbe und Gesichtsausdruck ließen ihm kaum eine Wahl. Er würgte das Aspirin mit Mühe herunter, denn sein Mund musste sehr trocken geworden sein.

»Ist das Medizin, Boss?«

»Nein, ein Zauber.«

»Yebobo!«

»Ein besonderer Zauber, der deinen Samen abtötet.«

Der Polizist, bis ins Innerste entsetzt, plapperte auf Zulu drauflos, und Kramer hörte das Wort für »unfruchtbar« heraus, an das er sich zu erinnern versucht hatte.

»Richtig, du hasts erfasst. Es wird allerdings nichts passieren, wenn du mir die Wahrheit sagst, Söhnchen.«

»B-Boss?«

»Sag mir die Wahrheit und erzähl niemandem, dass ich mit dir gesprochen habe.«

Der Polizist nickte – alles, alles, was den Fortbestand der Sippe garantierte.

»Also, wer war in dem Haus, nachdem ich weg war? Zondi?«

»Nein, er ist nie mehr hinein. Er ist weggegangen, wie ich vorher sagen.«

»Der andere Lieutenant?«

»Nur er, Boss. Keine anderen mehr.«

»Bestimmt?«

»Mkize sagt Wahrheit, auf Ehre und Gewissen.«

»Die Hintertür war doch abgeschlossen, nicht wahr?«

»Kein Schlüssel dafür.«

»Richtig, dann lauf, du hast deine Arbeit gut gemacht.«

Der Bantupolizist sprang hinaus und brachte sich auf dem Bürgersteig in Sicherheit.

»Oh, noch was, Mkize – mögen sie nie abfallen.« Womit Kramer Gas gab und den Weg nach Hause einschlug. Er hatte den Schwarzen mit einem schmutzigen Trick reingelegt, aber dadurch, dass er den schwächsten Punkt des Zulus ausnutzte, konnte er sicher sein, die Wahrheit herauszubekommen.

Als er das Haus mit Strydom zusammen verlassen hatte, waren alle – die Spurensicherung, die Fotografen und alle Übrigen – längst weg gewesen. Zondi war nicht wieder hineingegangen. Das bedeutete, dass Scott das Blaue vom Himmel heruntergelogen hatte mit seiner Behauptung, das Arbeitszimmer nicht durchsucht zu haben.

Was das eigentlich zu bedeuten hatte, das war jetzt die

große Frage. Kramer dachte lange und gründlich nach, bis er schließlich auf die einzig mögliche Antwort kam: Die Mistkerle wollten ihm anscheinend wirklich eins auswischen, ihm und Zondi.

Colonel Du Plessis hatte sie getrennt, indem er Kramer für den einzigen anderen Todesfall ausersah und ihn damit beschäftigte, während er schlauerweise einen Beamten gleichen Ranges an seine Stelle setzte. Die Tatsache, dass Zondi mit Lob überschüttet wurde, war ein Beweis für das Teuflische ihrer Pläne. Pläne, die zweierlei zum Gegenstand hatten, aber für sie auf jeden Fall gut ausgingen. Plan A war der, durch Spaltung des Teams erschwerende Umstände herbeizuführen und darauf zu hoffen, dass der Schwarze, wenn er auf sich allein gestellt war, alles versauen würde. Bei Plan B sollte Scott wohl sehen, ob er nicht eine andere Lösung für den Mordfall fand – eine, die Kramer und Zondi nicht für möglich gehalten hatten.

Er konnte sich gut die Szene vorstellen, wie Colonel Muller heimkehrte und den Swart-Bericht erhielt.

Plan A: Wenn Kramer, würden sie sagen, Zondi so viel von den Ermittlungen überließ, hätten sie doch mitziehen müssen – der Lieutenant sei schließlich hoch angesehen. Sie hätten keine Veranlassung gehabt, an diesem Arrangement etwas zu ändern, obwohl sie natürlich jetzt einsähen, dass ihr Vertrauen unbegründet gewesen sei.

Plan B: Zondi wäre offenbar der Meinung gewesen, dass es der Bantubedienstete war, Sir – ihm hätte Lieutenant Kramer dort im Haus wohl nachgegeben. Nur gut, dass Lieutenant Scott rechtzeitig eingeschaltet worden wäre, da sie es sonst nie herausbekommen hätten. Colonel Muller sei jetzt sicher enttäuscht, aber einige von ihnen hätten sich schon länger über die beiden gewundert. Er wüsste doch, was sie meinten.

In beiden Fällen mussten sie damit Erfolg haben – immer vorausgesetzt, dass wirklich etwas schiefging. Zum ersten Mal seit Jahren ertappte Kramer sich dabei, wie er Zondis Fähigkeiten sorgfältig abschätzte und mit vollkommener Ehrlichkeit prüfte, wie viel Vertrauen er in den Mann setzte; schließlich hingen ihrer beider Stellungen davon ab. Aber auf Zondi war Verlass, und Kramer war sicher, dass er es bis Robert's Halt schaffen und ohne Probleme alles Notwendige tun würde. Damit lag die Last ganz auf ihm selber. Gewiss, seine Hausdurchsuchung war nicht gerade erschöpfend gewesen, aber das war bei diesem Fall auch kaum nötig: alles sonnenklar, das war das richtige Wort. Gewiss, er hätte das Arbeitszimmer etwas gründlicher durchsuchen können; aber Scott hatte das getan und lungerte immer noch herum, ein Anzeichen dafür, dass nichts dabei herausgekommen war. Nein, die Wahrscheinlichkeit, dass Plan B je etwas fruchten würde, war äußerst gering.

Also zurück zu Plan A und einem Gegenzug. Wenn Zondi ins Schleudern geriet, weil sein Boss nicht da war, dann konnte der absurde Grund für seine Abwesenheit mit ein bisschen Nachhilfe noch absurder dargestellt werden. Und Absurdität war etwas, was Colonel Muller fuchsteufelswild machte.

»Ich werde mich wohl voll und ganz auf dieses absurde Theater einlassen!«, schwor Kramer sich laut, als er ein Café gefunden hatte, in dem er frühstücken konnte. »Mann, irgend jemand wird glauben, er spinnt!«

Zuletzt sollte er selbst es sein.

4

Das Frühstück bestand aus einem Riesenpaket durchwachsenem Speck, einem ganzen frischen Weißbrot und einer Familienflasche Erdbeerlimo, was er alles zusammen voller Genuss am Rand der Nationalstraße nach Norden verspeiste. Zondi wusste nicht genau, was der Tag ihm bringen würde, und er wollte sich keine Gedanken um verpasste Mahlzeiten machen müssen. Er hätte ein Feuer gemacht für den Speck, aber die Farmer waren um diese Jahreszeit oft schießwütig.

Sicher, das Gras war sehr trocken, und ein Funken konnte leicht die hügeligen Weiden in Minutenschnelle schwarz färben. Trostloses bleiches Land mit verstreuten Dornbüschen, die mattgrüne Kleckse bildeten wie der Lidschatten weißer Frauen, und kahle Flecken Erde, rosarot wie deren Sonnenbrand. Ein hartes Land war es auch, das nichts umsonst hergab. Gut für Puffottern, Echsen und die Würger, die ihre Beute an die Stacheldrahtzäune hängten.

Seine Uhr war stehen geblieben, und im Auto gab es kein Radio und kein Funkgerät. Aber nach dem Sonnenstand zu urteilen, war es immer noch vor acht. Noch reichlich Zeit, eine Stuyvesant zu rauchen und einen Blick auf die Karte zu werfen. Das war das einzig Nützliche in diesem Auto, einem verbeulten Anglia.

Zondi hatte noch etwa zehn Kilometer Teerstraße zu fahren, dann ging es rechts ab und auf einer unbefestigten

Kreisstraße weiter – die Nummer war unleserlich. Nach fünf Kilometern musste er links ab an einer Missionsstation vorbei. Zwei Kilometer dahinter der Handelsposten und das Dörfchen Robert's Halt.

Er war froh, keine Eile zu haben, als das Wellenrelief der Sandpiste, so regelmäßig wie bei einem Waschbrett, unter den vier höchst zweifelhaften Reifen zu rumpeln begann. Es gab außerdem Schlaglöcher, die groß genug waren, um ein Rad zu verschlingen, und spitze Steine, die wie Hagelkörner gegen den Wagenboden knatterten. Am schlimmsten war jedoch der Staub, der kurzen Prozess mit den schlecht schließenden Türen machte und bald alles überzog. Doch er war froh, in einem Auto zu sitzen und nicht, wie vor langer Zeit, auf einem Eselskarren neben seinem Vater. Damals waren die Steine das Schlimmste gewesen, von den überholenden Autos wie Schrot auf sie abgefeuert. Einmal war er am Ohr getroffen worden – wobei er mehr Glück gehabt hatte als der Esel, der irgendwann ein Auge verlor.

Durch Gummibäume und Gestrüpp zur Linken schimmerten mehrere weiß getünchte Häuser aus Hohlblocksteinen, die von einer Kirche mit Blechdach überragt wurden. Von der Größe des Kreuzes obenauf schloss Zondi auf römisch-katholisch, und dann sah er ein Schild mit der Aufschrift »St. Bernard's Missionsschule und -hospital«. Für eine Schule wirkte die Anlage seltsam ausgestorben, aber die Schüler waren vielleicht alle im Unterricht. Was allerdings nicht erklärte, warum keine Patienten zu sehen waren – merkwürdig. Aber das war nicht seine Sache, die lag noch einen Kilometer weit weg hinter dem Hügel.

Der Anglia heulte den Berg hinauf, blieb schlimme zehn Sekunden mit zwei Rädern in einer Fahrspur hängen, erklomm endlich die Höhe und kam schleudernd zum Stehen. In dem Tal unten lag Robert's Halt – von noch mehr Gummibäumen und Gestrüpp verdeckt. Das passte Zondi sehr gut, denn er hatte sich überlegt, dass es besser war, langsam und wie zufällig auf Shabalala zuzuschlendern, statt hinter ihm herjagen zu müssen.

Er parkte das Auto neben der Straße und schloss es ab. Dann verfiel er auf seinen alten Trick, seine Jacke auf links zu wenden – was die meisten Landbewohner taten, weil sie das glänzende Satinfutter so schön fanden –, und achtete darauf, dass sein Schulterhalfter nirgends klemmte. Alles in Ordnung.

Ein guter Tag, um zu Fuß zu gehen, längst nicht so heiß wie der vorige, und die Luft über dem Tal war klar. Zondi schaute erst einmal den Mauerseglern zu, die hoch oben am Himmel Insekten fingen, und wollte dann sehen, welche Sorte Vieh auf den Hängen ringsum weidete. Gar keins da. Er horchte auf das hohe Pfeifen der Hütejungen, womit sie ihre Herde zusammenzuhalten pflegten, hörte aber nichts.

Er blieb stehen. Dieser Ort war wirklich sonderbar. Wenn die Schmerzen in seinem Körper ihn nicht hartnäckig daran erinnert hätten, wie er die Nacht verbracht hatte, hätte er sich verflucht, so viel getrunken zu haben. Doch selbst wenn er ein ganzes Ölfass von Moses Makatinis Selbstgebranntem getrunken hätte, wäre ihm Robert's Halt immer noch unwirklich vorgekommen.

Nicht dass seine Beobachtungen etwas Greifbares gebracht hätten, aber sie sorgten dafür, dass er innerlich auf der Hut war. Er fand einen Feldweg zum Handelsposten, auf dem er unbemerkt bleiben würde – einen Weg, der so zugewachsen war, dass es sehr unwahrscheinlich war, darauf überhaupt jemandem zu begegnen.

Während er zum Fluss abstieg, hörte Zondi schließlich Geräusche, die genauso verwirrend waren wie alles andere hier: dumpfe Schläge, Schleifgeräusche, metallisches Quietschen, aber keine Stimmen. Dabei war er mittlerweile so nahe daran, dass er sogar ein Kinderlachen hätte hören müssen.

Das Astgeflecht wurde dünner, und auf der anderen Seite des Flusses lag Robert's Halt – ein höchst ungewöhnlicher Anblick. Der Ort war umzingelt von Polizei, die Weißen mit leichten Maschinengewehren ausgestattet, die Schwarzen mit Speeren. Leider versperrten ihre Mannschaftswagen die Sicht auf das, was dahinter vorging.

Zondi fluchte. Er fluchte Stein und Bein, weil er ein Auto ohne Funk hatte. Es mussten dramatische Entwicklungen in dem Fall eingetreten sein, von denen er nichts wusste.

Während er weiter auf das Dörfchen zuschritt, stellte er Vermutungen an und überlegte, welchen Grund es für ein solches Großaufgebot geben könnte. Selbst wenn Shabalala eine Waffe aus Swarts Haus entwendet hatte und anzunehmen war, dass er sich einer Festnahme widersetzen würde, wären sechs Mann mehr als genug gewesen.

Die dumpfen Schläge und das Quietschen verstummten.

Zondi verlangsamte seine Schritte und schlüpfte hinter eine Aloe, um zu beobachten, was als Nächstes geschehen würde. Er hörte, wie ein Motor angelassen wurde, und dann kam hinter den Mannschaftswagen ein Lastwagen zum Vorschein, vollgetürmt mit Dorfbewohnern und ihren Habseligkeiten.

Was war er doch für ein Idiot: Es handelte sich um eine Zwangsräumung. Um die ganz normale Zwangsräumung einer Schwarzensiedlung, eine von Hunderten, ein alltägliches Ereignis – und er hatte sich von seinen Fantasien den Blick trüben lassen. Natürlich gab es dumpfe Schlaggeräusche, wenn Möbel auf einen Lastwagen geladen wurden; natürlich machte es Lärm, wenn kostbares Dachblech abgelöst und mitgenommen wurde; es war ganz offensichtlich nicht der richtige Zeitpunkt für Unterhaltungen oder Kinderlachen. Was den Polizeikordon anging, so war das die übliche Prozedur, um irgendwelchen Dummheiten vorzubeugen.

In einen Bulldozer kam Leben, er dröhnte heiser auf und kam aus dem Gebüsch, um die verlassenen Häuser niederzuwalzen. Er wartete immerhin noch, bis drei weitere Lastwagen die restlichen Menschen abtransportiert hatten. Sie durchquerten ganz in der Nähe von Zondis Standplatz den Fluss; er konnte keine Männer unter den Leuten entdecken, nur ein paar Hochbetagte. Und von ihnen entsprach niemand auch nur im Entferntesten Shabalala, wie er ihm beschrieben worden war.

Was nicht weiter verwunderlich war – Robert's Halt während einer Zwangsräumung war der letzte Ort, an dem sich ein flüchtiger Mörder an diesem Morgen aufhalten würde.

Das offizielle Trekkersburger Leichenschauhaus war ein flaches rotes Backsteingebäude, kaum auszumachen in einer von hohem Gras und Unkraut bewachsenen Senke hinter den Baracken. Für den Fahrer eines modernen amerikanischen Autos mit niedrigen Fenstern war es praktisch unsichtbar; man musste sich einfach einer gut ausgefahrenen, gewundenen Fahrspur anvertrauen, die einen unvermittelt ans Ziel brachte.

Kramer bremste scharf und fuhr seinen Chevrolet neben den Pontiac, der Strydom gehörte. Nur ein Fenster in den vier ausdruckslosen Mauern war auf Augenhöhe; durch dieses konnte er Sergeant Van Rensburg sehen, der sich gerade im Büro einen stärkenden Schluck Kapbrandy genehmigte. Zum Glück sah Van Rensburg ihn nicht – der Mann war bestenfalls ein unausstehlicher Langweiler.

Erst die Fliegengittertür und dann die dicken Eisentüren, eine plötzliche Kälte, die nicht allein temperaturbedingt war, und der vertraute Anblick von Strydom, der die Arme bis zu den Ellbogen in einem Mann vergraben hatte. Und der noch dazu jeden Augenblick davon genoss.

»Aha!«, sagte Strydom, zog ein Paar Lungenflügel heraus und brachte sie zum Spülbecken.

»Tsss«, gab Kramer von sich und steckte sich eine Zigarette an.

Strydom ließ das Wasser laufen, dann schnitt er das schwammige Organ auf und schabte mit dem Skalpell an der Innenseite.

»Wo ist denn unser Freund, Doktor?«

»Dritter Tisch rechts.«

»Das da?«

»Ich hatte letzte Nacht bereits so etwas erwähnt, Lieutenant. Eine menschliche Ziehharmonika. Den Kopf habe ich da drüben abgestellt, damit er nicht davonrollt.«

Van Rensburg hatte ihn reichlich mit Wasser abgesprüht und anscheinend gekämmt. Denn Mark Clive Wallace, weiß, männlich, vierzig Jahre alt, der Kramer aus einer flachen Schale im Geräteschrank anstarrte, hatte sowohl ein sauberes Gesicht als auch einen Scheitel.

»Hallo, alter Freund«, sagte Kramer und bückte sich, um Wallace in das Auge zu schauen, das offen war. »Nun sag mal, was war los?«

»Literweise Schnaps im Bauch, ums gleich vorweg zu sagen, Lieutenant. Allerdings nicht besonders viel im Blut. Muss sich, kurz bevor es passiert ist, auf die Schnelle ein paar hinter die Binde gegossen haben.«

»Ich werde schon eine Erklärung finden. Was noch?«

»Ich möchte schwören, dass er die Hände nicht am Lenkrad hatte, als er gegen die Leitplanke prallte. Sehen Sie, normalerweise sind dann die Daumen hier an der Wurzel gebrochen. Ich vermute, dass er sie über die Guckerchen gelegt hatte.«

»Warum sollte er?«

»Blendendes Licht?«

»Nicht schlecht, Doktor. Oder er wollte einfach nicht sehen, wohin die Fahrt ging.«

»Selbstmord?«

»Reine Theorie.«

»Das Einzige, was ich Ihnen noch sagen kann, ist, dass er seit dem Frühstück nichts gegessen hatte.«

»Wie stand es um seine Gesundheit?«

»Nicht übel. Nichts Unheilbares – auch kein Magengeschwür, falls Sie darauf hinauswollen.«

Kramer setzte seine Untersuchung des dreidimensionalen Konterfeis fort, nahm die Lachfältchen wahr, die den breiten Mund einrahmten, und den buschigen Wuchs des nach oben gebogenen Schnurrbartes. Das war nicht das Gesicht eines Mannes, der sich leichtfertig das Leben nimmt.

»Vielleicht hat er sich verschätzt und ist dann in Panik geraten, Doktor«, murmelte er.

»Könnte durchaus sein.«

»Aber dieser Dummkopf Du Plessis –«

Strydom hätte zweifellos auch dafür Verständnis gezeigt, wäre nicht genau in dem Moment Van Rensburg mit einem Klemmbrett hereingekommen, um Notizen aufzunehmen.

»Morgen, Lieutenant! Noch so ein glühend heißer Tag, was?«

Van Rensburg neigte den Kopf und hörte zu; Kramer fiel auf, dass das Blechdach Geräusche von sich zu geben begann, während es sich in der stechenden Sonne ausdehnte. Er fragte sich, wie das Wetter wohl in der Gegend sein mochte, wo Zondi hingefahren war. Und er hoffte von ganzem Herzen, dass alles nach Plan ging.

Zondi hatte eine lange Zeit im stacheligen Schatten der Aloe gesessen und beobachtet, wie der Polizeitrupp die totale Zerstörung von Robert's Halt ins Werk setzte. Er beobachtete, wie sie streunende Hunde verscheuchten und sich dann ein Picknick mit Tee gönnten. Er beobachtete sie bei ihren derben Späßen. Er beobachtete einen Mistkäfer, der sich aus einem Kothäufchen zu seinen Füßen eine perfekte Kugel rollte.

Dann kam er zu dem Schluss, dass es wenig Sinn hatte, hinüberzugehen, sich auszuweisen und nach Shabalala zu fragen. Niemand würde etwas wissen: Räumkommandos hatten nie etwas mit persönlichen Angelegenheiten zu tun. Auch war es problematisch für ihn, Beamte, die er gar nicht kannte, um einen Gefallen zu bitten. Und sie würden ihm seine Geschichte, er wäre allein losgeschickt worden, um den Mörder eines Weißen zu fangen, gar nicht abnehmen.

Aber der eigentliche Grund für sein Widerstreben, andere mit einzubeziehen, war der, dass es wirklich sehr schmeichelhaft für ihn war, selbst die Initiative ergreifen zu dürfen – was er mit einem hübschen Hals für den Galgen zurückzuzahlen gedachte.

Alle Anzeichen sprachen inzwischen dafür, dass das Polizeikommando bald ins Quartier zurückkehren würde. Der befehlshabende Officer schaute immer wieder nach Westen, wo sich über dem bewaldeten Abhang mit erstaunlicher Schnelligkeit Wolken zusammenballten und auftürmten wie der Rasierschaum aus der Spraydose des Lieutenants. Noch eine Stunde, und die himmlischen Trommeln würden ertönen, und die langen Beine der Blitze würden zu tanzen beginnen und Tod in den Staub stampfen. Niemand war gern dabei, wenn es sich vermeiden ließ.

Zondi war davon nicht ausgenommen, und zudem kam ihm zu Bewusstsein, dass der Anblick seines Wagens am Straßenrand Schwierigkeiten verursachen könnte. Nach einem letzten Blick auf das, was zuvor als einfache Lösung erschienen war, trat er den hastigen Rückzug durch das Dornengestrüpp bergauf an und überlegte beim Laufen, wie er etwas über Shabalalas gegenwärtigen Aufenthaltsort in Erfahrung bringen konnte. Ein Regenvogel begleitete ihn einen Teil der Strecke und kündigte das ohnehin Unübersehbare an. Dann flog er in Richtung Missionsstation davon und erwies sich damit als echte Hilfe.

»Die Mission!«, grunzte Zondi, während er ins Auto stieg, das Wagenfenster herunter- und zugleich seine träge Denktätigkeit ankurbelte. Dort musste jemand etwas über die Shabalala-Familie wissen, was ihm weiterhalf.

In wenigen Minuten hatte er das Tor der Mission erreicht und ratterte über den Viehrost. Der Platz wirkte bis auf ein paar Hühner in der Nähe des Brunnenlochs verlassen, und nur der Wind, der sich eben erhoben hatte, murmelte etwas, als Zondi auf der Rückseite parkte, außer Sicht von der Straße. Die Situation weckte ungute Gefühle bei ihm.

Während er noch dasaß und sich eine neue Packung Stuyvesant aufmachte, vernahm er ein anderes Murmeln, das ebenso feierlich war wie das Geräusch der Luft in den Baumkronen, nur dass es in gleichmäßigem Rhythmus höher und tiefer wurde. Es war ein menschliches Geräusch – es wurde gebetet.

Er steckte die Kingsize wieder in die Packung zurück, prüfte, ob die Gurte seines Schulterhalfters nicht zu sehen waren, und stieg aus dem Auto. Der Duft des Blauen Eukalyptus beschwor Erinnerungen herauf, er fühlte sich viele Jahre zurückversetzt in seine eigene Missionsschule in einem entlegenen Tal in Zululand. Dort hatte er die schönsten Träume seines Lebens geträumt; du musst nur deine Lektionen gut lernen, hatten die weißen Nonnen gesagt, dann kannst du, wenn du erwachsen bist, alles werden, was du willst. Sie hatten unrecht gehabt, diese dummen, lieben Frauen, die glaubten, alle Menschen wären Brüder, vollkommen unrecht, aber Zondi konnte ihnen trotzdem nicht böse sein. Im Gegensatz zu seinem Klassenkameraden Matthew Mslope, der mit einer Bande zurückgekehrt war und Feuer gelegt, geplündert und vergewaltigt hatte. Aber Matthew hatte ebenfalls unrecht gehabt, und Zondi hatte ihn verhaftet und an den Galgen gebracht. Dabei hatte er den Lieutenant kennengelernt. Und gelernt, dass aus zweimal Unrecht Recht entstehen kann, anders als Schwester Therese gesagt hatte.

Zondi schritt lächelnd auf die Kirche zu, nicht ganz sicher, ob er noch den Rosenkranz beten konnte, aber willens, es zu versuchen. Er stieß die Tür zu dem Gebäude aus lehmbeworfenem Flechtwerk auf und konnte, nachdem sich seine Augen an das Dämmerlicht im Innern gewöhnt hatten, sieben Ordensschwestern und einen weißen Laienbruder erkennen, die am Altargitter knieten.

Nur der Mann drehte sich bei dem Geräusch um, das der Eindringling machte, schaute aber sofort mit unbewegter Miene wieder weg. Zondi ging auf Zehenspitzen den Gang hinunter und kniete sich vor eine Bank aus einem Brett, das über zwei alte Ölfässer gelegt war.

»Gegrüßet seist du, Maria, voll der Gnade …« Er sprach die Worte aus, ohne nachzudenken, und sie waren so seltsam tröstlich wie Miriams braune Brüste unter seiner Wange hinterher, wenn sie einschliefen und den schweren Tag vergaßen. »Bitte für uns jetzt und in der Stunde unseres Todes, amen.«

Dennoch nahm Zondi eine gewisse Spannung wahr, die schon da gewesen war, ehe seine Anwesenheit bemerkt wurde. Deshalb blieb auch er angespannt, und in seinem Kopf jagten sich die Gedanken. Aber es fiel ihm kein möglicher Grund ein.

Der nächste Abschnitt des Rosenkranzes begann; im Strohdach oben löste ein kleines Tier, wahrscheinlich eine Maus, einen Halm, der in einer langsamen Spirale nach unten schwebte. Bevor er den Fußboden erreicht hatte, war das Geräusch eines Landrovers zu hören, der draußen schlingernd zum Stehen kam. Zondi erhob sich.

Ebenso der Laienbruder, der ihm mit einer raschen Geste bedeutete, in den roh aus Milchpulverkisten zusammengezimmerten Beichtstuhl mit einem Vorhang aus dem abgelegten Brokatstoff eines Gönners zu schlüpfen. Das war eine gute Idee – und er ging sofort darauf ein. Durch eine der vielen Spalten in der Seitenwand hielt er ein Auge auf die Tür.

Eine halbe Minute später betrat der Officer des Räumkommandos die Kirche und klatschte dabei großspurig mit einem Offiziersstöckchen auf die Handfläche, um seinen Worten Nachdruck zu verleihen.

»He, ihr da«, sagte er, an die Gläubigen gewandt, die immer noch beteten, »wo ist der Priester?«

Der Laienbruder ging auf ihn zu und blieb zwei Meter von ihm entfernt stehen. »Pater Lofthouse hat die Leute gestern begleitet – ich bin Bruder Kerrigan.«

»Warum ist er noch nicht zurück?«

»Das kann ich nicht sagen, vielleicht gab es eine Menge für ihn zu tun.«

»Die Regierung kümmert sich um die Leute.«

»Sicher, aber er nimmt geistliche Pflichten wahr.«

»Das kann man wohl sagen! Ein Unruhestifter ist er!«

»Das wohl kaum.«

»Und Sie? Was machen Sie denn hier allein mit all diesen schwarzen Frauen?«

»Nichts.«

»Ach nein?«

»Wir haben gemeinsam gebetet.«

»Für die lieben Heimgegangenen, was?« Der Officer, einer von der Sorte, die zu sechst einen Ochsenkarren ziehen können, freute sich über seinen kleinen Scherz – da es sonst niemand tat. Immerhin wurde er dadurch ein wenig freundlicher und steckte seinen Stock weg, schob ihn in seinen rechten Strumpf. Dann schlug er sich den Staub von den Händen. »Die ganze Bagage ist weg«, sagte er voller Befriedigung. »Heute Abend sind sie bereits alle wieder in den Homelands angesiedelt.«

»Homelands?«, wiederholte der Laienbruder mit sarkastischem Unterton.

»Mann, manchmal finde ich es schändlich, dass ich *Sie* nicht in *Ihre* Homelands zurückschicken kann«, erwiderte der Officer grinsend.

»Ich mag ja ein Kerrigan sein, Sir, aber spreche ich etwa mit irischem Akzent?«

Das Grinsen erstarrte. »Was tut das denn jetzt zur Sache?«

Nicht viel, musste Bruder Kerrigan mit einem müden Achselzucken einräumen: »Homelands«, im Sinne von Heimatland war ja nicht mehr faktisch, sondern höchstens historisch zu verstehen.

»Ach, streiten wir uns nicht über die Politik«, sagte der Officer entgegenkommend. »Wir sind schließlich keine Politiker. Nur zwei Kerle, die für die Einhaltung der Gesetze sorgen müssen. Sie haben Ihre Zehn Gebote – und auch ich habe meine Befehle von oben, stimmts? Ha, ha. Es hat keinen Ärger gegeben.«

Bruder Kerrigan zeigte sich erleichtert, als er das hörte. »Wir haben ihnen erklärt, dass es keinen Sinn hätte«, sagte er.

»Wahr, Mann, sehr wahr.«

»Und?«

»Ach, sonst nichts – ein rein freundschaftlicher Besuch, könnte man sagen.«

»Ach so.«

»Dann machen wir uns wohl am besten wieder auf den Weg – also dann: Auf Wiedersehen.«

»Gott segne Sie«, sagte Bruder Kerrigan.

Er wartete, bis das Viehgatter die Abfahrt des Landrovers bestätigte, ehe er an die Wand des Beichtstuhls klopfte. Zondi kam heraus, grüßte die Nonnen mit einem Kopfnicken und stellte sich dem Bruder formvollendet auf Zulu vor. »Mein Name ist Matthew Mslope«, sagte er.

»Nun, Matthew, in dieser Kirche ist für einen Vormittag genug geschnattert worden – du kannst mir drüben im Haus erklären, was du hier machst.«

Zondi fiel gerade noch rechtzeitig ein, das Knie zu

beugen, bevor sie die Kirche verließen. Im Geiste war er schon mit einer Erklärung beschäftigt.

Die Leute hatten kein Recht, genau vor Weihnachten ihr Leben vor die Hunde gehen zu lassen, klagte Kramer – die Feiertage waren auch so schon übel genug. Aber es war niemand im Fahrstuhl, der das gehört hätte.

Er hatte der frischgebackenen Witwe, Mrs Paula Wallace, einen Besuch abgestattet, die eben geistesabwesend Weihnachtsdekorationen aufhängte und sich mit der Watte, die Schnee vorstellen sollte, fortwährend die Augen betupfte. Sie hätten zwar keine Kinder, sagte sie, aber so hätte Mark es haben wollen. Eine Nachbarin versuchte gerade, sie eines Besseren zu belehren, und es war schwierig dazwischenzureden. Am Ende ging Kramer, mit ebenso wenigen Fakten bewehrt wie ein blutgieriger Mob.

Und das wenige brachte ihn schließlich dahin, wo er im Augenblick war: in den fünften Stock des Sanlam-Gebäudes in der Innenstadt. Die Aufzugtür glitt zur Seite und gab den Blick frei auf die glasverkleideten Büros der *Montreal Life,* einer Versicherungsgesellschaft mit Hauptsitz in Kanada. Kramer stieg aus und blieb im Schutz des Firmenemblems aus Goldbuchstaben stehen, um die Empfangsdame zu taxieren.

Er schätzte sie auf hundert Pfund und ihr Alter auf neunzehn oder zwanzig Jahre, und ihre Muttersprache war unstrittig Englisch.

»Lieutenant Kramer«, verkündete er und ließ die Automatiktür hinter sich zuknallen. »Hat Mr Wallace hier gearbeitet?«

»Wer?«

»Mr Wallace. War er nett?«

»Ja, sehr.«

»Hat Ihnen Geschenke gemacht, ja? Blumen? Pralinen? Ihnen den Hintern getätschelt?«

»*Wie bitte?*«

»Sie müssen schon ein bisschen schneller spuren, Schnuckelchen, und Sie haben schon richtig gehört. Also: Und wenn ers getan hat?«

»Was?«

»Was ich sagte. Sie sehen gut aus – na und?«

»Er …«

»War verheiratet?«

»Äh – ja.«

»Sind wir das nicht alle?«

Das rückte die Dinge für sie in ein neues Licht, und sie dachte eine Weile nach, ehe sie ihre Fassung wiedererlangte. »Sieh mal an«, sagte sie ganz von oben herab.

»Tue ich ja unentwegt – und mit Vergnügen.«

»Also wirklich! Wollen Sie Mr Cooper sprechen, Sir?«

»Wer ist das denn, wenn er zu Hause ist?«

»Der Geschäftsführer.«

»Was mich betrifft, kann er weiter rumsitzen und Däumchen drehen.«

»Wen dann?«

»Sie, Schnuckelchen. Sie sind diejenige, mit der ich sprechen möchte.« Kramer angelte mit seinen Sprüchen, in der Hoffnung, sie würde den Köder schlucken, bevor sie den Haken bemerkte. Bis jetzt war sie nicht abgeneigt.

»Oh, ach so, das ist vermutlich Ihre Art –«

»Sie zum Essen einzuladen? Volltreffer Nummer eins.«

»Sie können mich mal, wer immer Sie sein mögen!«

»Lieutenant Kramer von der Mordkommission, um genau zu sein. Hatte ich das nicht gesagt?«

Nein, genau das hatte er nicht gesagt – und sie merkte es.

»Mord?« Sie biss an.

»Erst mal was zu trinken?«, fragte Kramer aufmunternd und machte die Klapptür an der Empfangstheke auf. Sie erhob sich hinter ihrer Telefonanlage.

»Ich – und Mr Cooper?«

»Ach, sagen Sie ihm, Sie hätten Ihre Tage oder so was.«

»Also wirklich!«

»Ich geh inzwischen mal für kleine Königstiger«, sagte Kramer und trat den Rückzug an.

Sie blieb mit einem dümmlichen Grinsen von einem hübschen Ohr zum anderen zurück. Komisch, er wusste immer gleich, welche so reagieren würde wie ein Pudel beim ersten Schnuppern an einer Promenadenmischung.

Auf der Herrentoilette in der Nähe des Aufzugs tauchte Kramer sein Gesicht in ein Waschbecken voll kaltem Wasser und hielt dann die Handgelenke unter den Hahn. Sehr erfrischt, tupfte er sich nur halb trocken an dem Rollenhandtuch, um sich anschließend zu bücken und einen prüfenden Blick auf seine Haare zu werfen – der Spiegel war von irgendeinem Winzling aus Rache zu niedrig angebracht worden.

»Der heilige Georg, nehme ich an?«

Ein großer Mann, fast so groß wie er selbst, mit gepunkteter Fliege und noch einigem mehr, strahlte Kramer vom Eingang her an. Er starrte zurück.

»Montreal Life, konnte nicht umhin, bei offener Tür und dem Gelärme, wollte Sie nur begrüßen.«

»Mr Cooper?«

»Um Himmels willen, nein – McDonald.«

»Also, Mr McDonald –«

»Old McDonald. Das sagen alle zu mir; nicht dass ich je eine Farm gehabt hätte, weiß Gott nicht. Aber warum sollte ich mich mit meinen Freunden herumstreiten!«

»War Mark Wallace ein Freund von Ihnen?«

»Ein Freund? Weit mehr als das! Wir sind Kumpels, alte Gefährten, er hat mir alles beigebracht, was ich weiß, ein wunderbarer Mensch. Ein richtiger Mann ist dieser Marky-Boy.«

»War.«

»Sie behaupten also auch, dass er tot ist?«

»Aber sicher.«

»Jesus Maria, das kommt mir alles total *unwirklich* vor!«, protestierte McDonald und schien verärgert zu sein. »Es kann nicht sein. Mark tot, und dabei kommt heute Morgen eine Karte von ihm an? Unmöglich.«

Kramer sah zu, wie er sich ungeschickt eine verbogene Kingsize in den Mund fummelte, und bemerkte, dass sein Händezittern dabei eine messbare Größe wurde. McDonald war in sehr schlechter Verfassung. Kramer fragte sich, warum.

»Wieso ist es unwirklich für Sie?«

»Habs doch schon gesagt, er hat mir alles beigebracht, was ich weiß. Oft genug haben wir zusammengesessen und über seinen Tod gesprochen –«

»Wie bitte?«

»Das Leben, das ganze Leben lang – mein Gott, wie makaber! – haben wir geübt, wie man es jemandem beibringt, wissen Sie, und Mark pflegte zu sagen: Also los, Söhnchen, jetzt bin ich mit dem Sterben dran, *ich* – und ich will diese Witwe förmlich *sehen* können!«

McDonald schnürte es die Kehle zusammen.

»Wie hoch war er versichert?«, fragte Kramer nach einiger Zeit.

»Bis an die Ohren«, erwiderte McDonald mit einem ziemlich schiefen Grinsen. »Paula wird es an nichts mangeln, das steht fest.«

»Können wir uns vielleicht später einmal unterhalten?«

»Warum nicht jetzt gleich?«

»Ich habe eine Verabredung.«

»Es war doch nicht Ihr Ernst, Pat auszuführen, oder? Miss Weston, die Empfangsdame?«

»Aber sicher.«

»Bitte –«

»Bitte was? Bitte nicht?«

McDonald unterdrückte ein Nicken und sah Kramer gequält an.

»Keine Sorge, Mr McDonald, wenn sie irgendwas verlauten lassen sollte über Sie beide, werd ichs bestimmt nicht ausposaunen.«

»Aber Sie liegen völlig falsch!«

Gleichwie, Kramer kam auf einmal der Gedanke, es könnte sich doch um einen richtigen Fall handeln. Das wäre ein Triumph!

5

Bruder Kerrigan und die sieben Nonnen teilten ihre einfache Kost mit Zondi und schluckten seine ganze Geschichte. Dass Robert's Halt ausradiert worden war, war für sie ein einschneidendes Ereignis, und so merkten sie gar nicht, dass diese Nachricht kaum eine Zeitungsstory aus erster Hand wert war.

»Ausgezeichnet, ganz ausgezeichnet«, applaudierte Bruder Kerrigan, »je mehr Leute davon erfahren, umso besser. Haben Sie auch Fotos gemacht, Matthew?«

»Nur ein paar, ich habe kein Objektiv, das so weit reicht.«

»Dann gehen Sie doch heute Nachmittag noch mal hin, wo jetzt alle fort sind.«

»Mein Chefredakteur hält mehr von einem Artikel über das Umsiedlungsgebiet.«

»Den Abladeplatz? Ist das nicht ein bisschen riskant?«

Zondi, in seiner Rolle als hartgesottener Reporter für eine Zuluwochenzeitung, zuckte bescheiden die Achseln. »Vielleicht können Sie mir ein Priestergewand leihen – Ihnen verwehrt die Regierung nicht den Zutritt.«

Die Nonnen kicherten zustimmend, selbst die Gierige mit vollem Mund, und reichten ihrem Gast die Schüssel mit Sauermilch. Dann drängten sie ihm noch eine Sardine auf. Es wunderte Zondi, dass sie alle so vertrauensselig waren – er hatte sich in seiner angenommenen Rolle überhaupt nicht ausgewiesen. Aber sie waren wahrscheinlich an einfühlsame Fremde gewöhnt, die aus Rücksicht auf ihre geistliche Stellung möglichst wenig von sich offenbarten. Alles hatte auch sein Gutes.

»Sie sagten, ehrwürdiger Bruder, dass diese Leute heute nicht alle waren, die in Robert's Halt wohnten?«

»Bruder genügt, Matthew – nein, nicht alle. Die Hälfte ist schon seit gestern fort.«

»Etwa dreißig?«

»Fünfundvierzig, um genau zu sein – sehen Sie selbst, ich habe die Liste des Paters hier.«

Bruder Kerrigan griff nach einer Schulkladde und gab sie Zondi, der die Spalte mit den Namen durchsah und »Shabalala«, in der Mitte fand. Das Wort schien reliefartig hervorzutreten.

»Wie lange hat die Regierung den Leuten Zeit gelassen zu packen?«

Eine Nonne gab ein abschätziges Geräusch von sich, und die anderen seufzten.

»Na ja, dieser Platz ist natürlich längere Zeit als Unruheherd im Gerede gewesen. Pater Lofthouse hat getan, was er konnte, er hat die Farmer reihum aufgesucht, Briefe geschrieben, hat sich mit dem Regierungsamt in Verbindung gesetzt. Selbst an den Erzbischof ging eine Petition, aber es war nichts zu machen.«

Bruder Kerrigan, ein aufrechter Christ, drehte sich wieder auf seinem Stuhl um und legte dann die entsprechenden Schriftstücke vor, ein umfangreiches Bündel von Briefen, die mit dem Amt für Bantuverwaltung und -entwicklung ausgetauscht worden waren. Zondi warf kaum einen Blick darauf. »Wie lange, Bruder?«

»Es ist letztlich aus heiterem Himmel passiert. Vor drei Tagen kam ein Beamter von der Bantuverwaltung und sagte den Leuten, jetzt wäre genug geredet, und daraufhin trafen gestern Morgen Polizei und Lastwagen ein.«

Der Zeitfaktor ist immer von ausschlaggebender Bedeutung bei Ermittlungsarbeiten – nur lag Zondi nicht viel an der einfachen Erklärung, die sich nun anbot. Er drängte sie beiseite. Und stand auf.

»Vielen Dank«, sagte er, »aber es wird Zeit, dass ich mich auf den Weg mache. Es ist doch in der Nähe von Blitzkop, nicht wahr?«

»Heiliger Himmel, nein, Matthew, viel weiter – es heißt Jabula, ob Sies glauben oder nicht.«

»Wieviel Kilometer?«

»Mindestens hundertfünfzig.«

»*Hau!* Das haben sie mir nicht gesagt. Wie spät ist es?«

»Zwei. Aber Sie fahren doch hoffentlich trotzdem, oder?«

Zondi zog seine Uhr auf. »Vielleicht. Ich muss erst mit meinem Boss telefonieren.«

»Das können Sie von hier aus.«

Zondi sah ihn mit einem Blick an, der so schief war wie das Instrument aus Nussbaumholz mit Kurbel, das in der Ecke stand, und alle lachten nervös. Es herrschte weithin die Überzeugung vor, dass Privattelefone, selbst auf Missionsstationen, längst ihre Unschuld verloren hatten.

»Dann wollen wir Sie nicht aufhalten – Sie müssten ohnehin auf die Hauptstraße zurück, um nach Jabula zu kommen. An der ersten Tankstelle ist ein Kiosk nur für Weiße, aber der gute Mann dort ist nicht kleinlich, er ist Pole.«

Zondi nahm auf der Veranda von den Nonnen Abschied und ging schweigend mit Bruder Kerrigan zum Auto, wobei er den Lehmpfützen auswich. Es bockte wie ein Maultier, sprang aber schließlich doch an.

»Schwere Zeiten, Matthew«, sagte Bruder Kerrigan und trat winkend vom Fenster auf der Fahrerseite zurück.

Zondi winkte zurück, aber er war schon durch das Tor, als er erwiderte: »Verdammt richtig, Boss!«

Und dann fuhr er mit Höchstgeschwindigkeit die gefährlich matschige Straße entlang, schlingernd und rutschend, und es war ihm ziemlich gleichgültig, ob er ins Schleudern kam. Es war, als fordere er das Schicksal dazu heraus, ihm einen ehrenvollen Ausweg aus dem Schlamassel, den er angerichtet hatte, zu eröffnen; nicht dass er sich nach dem Jenseits sehnte, eher schon nach ein paar Tagen mit einer barmherzigen Gehirnerschütterung und Krankfeiern.

Ein solches Denken entsprach überhaupt nicht seiner Art, aber es entsprach ihm ebenso wenig, vorschnelle Schlüsse zu ziehen. Er versuchte herauszubekommen, warum er so zuversichtlich gewesen war, dass Shabalala gar nicht zu verfehlen war, und kam zu dem Schluss, dass auch den Lieutenant Schuld traf, da er sich in der betreffenden Nacht alles in allem sehr seltsam benommen hatte. Doch nein, das war ungerecht: Der Lieutenant hatte ihn nicht davon abgehalten, Busdepots und Bahnhöfe zu überprüfen, ebenso wenig, wie er ihn daran gehindert hatte, sich an ihre Informanten in den Townships zu wenden. Er, Zondi, hatte selbst beschlossen, im Morgengrauen nach Robert's Halt zu fahren. Weil nämlich er, Zondi, ihnen unbedingt zeigen wollte, was für ein cleverer Kaffer er war. *Slima!*

Dieser Fluch war mehr als berechtigt, denn er galt zugleich einem blauen Volkswagen, der ihn völlig unerwartet überholte und seinen Anglia beinahe in den Graben abdrängte. Er war zwar Sekunden später außer Sicht, aber

Zondi sah die Nummer: NTK 4544. Das nächste Stück Weges fuhr er etwas langsamer und beschäftigte sich mit der Frage, was eigentlich ein Trekkersburger Fahrzeug so weit von zu Hause entfernt machte, um anschließend über die noch aktuellere Frage nachzusinnen, wo es eigentlich jetzt gerade herkam – er war noch immer auf dem Straßenabschnitt, der in Robert's Halt endete. Dann fiel ihm ein, dass er ein Schild zu einer Farm hin gesehen hatte, und er ließ dieses Thema fallen.

Als seine Gedanken wieder um die Shabalala-Sache kreisten, war er viel ruhiger und zu Verhandlungen mit sich selbst bereit. Zuerst einmal musste er sondieren, welcher Art der Schlamassel war: Ganz einfach – Shabalala war nicht da, wo er hatte sein sollen, Zondi hatte keine Ahnung, wo er als Nächstes suchen sollte, die Zeit verstrich, und dabei standen sein eigener und der Ruf des Lieutenants auf dem Spiel. Um Hilfe zu bitten, stand außer Frage. Und das hieß, dass er sich mit der Suche wieder auf ein bestimmtes, begrenztes Gebiet beschränken musste. Das ging am besten, wenn er Informationen einholte und dann entsprechend handelte – aber bei wem? Bei der Stadtfrau Lucy vielleicht oder auch bei anderen Bediensteten in der Sunderland Avenue. Am Busfahrkartenschalter oder beim Orangenverkäufer in der Trichaard Street. Sie alle konnten vielleicht bei der Spurensuche helfen, aber sie waren auch alle sehr weit weg, und es würde Stunden dauern, sie zu kontaktieren.

Nicht ganz so lange würde es dauern, schoss ihm plötzlich durch den Kopf, als er in die Nationalstraße einbog, nach Jabula zu fahren, wie auf der Missionsstation versprochen. Wenn überhaupt irgendjemand eine Liste der Verwandten und anderer möglicher Anlauforte des Flüchtigen nennen konnte, dann seine Familie. Ob sie mit dieser

Information freiwillig herausrückten oder nicht, er würde sie auf jeden Fall bekommen. O ja, und zwar schnell.

Kramer rief von einer Telefonzelle im Vestibül des Bayswater Hotels aus an und hielt dabei ein Auge auf Pat Weston an ihrem Tisch auf der Veranda. Sie waren noch nicht zur Sache gekommen, und sie durfte nicht allzu lange allein gelassen werden.

»Hallo, Lieutenant Scott? John? Hier ist Tromp Kramer.«

»Wie gehts, Mann?«

»Wollte mich nur mal kurz melden wegen der Drinks, die wir zusammen zur Brust nehmen wollten. Steht das noch an, ja?«

»Von mir aus ja – und wann?«

»Gegen fünf, in der Bar vom Albert Hotel.«

»Dann bis nachher, Tromp.«

»He, noch eine Sekunde – wie läufts denn mit dem Fall?«

»Meinen Sie, mit Ihrem Boy, diesem Zondi?«

Kramer holte tief Luft und versuchte, nicht vernehmlich zu schnaufen. »Shabalala. Irgendwelche Neuigkeiten?«

»Nur, dass es keinen Ort namens Robert's Halt gibt.«

»Seit wann denn das? Himmel, ich habe –«

»Seit gestern, Tromp.«

»Was?«

»Zwangsräumung – habe es vor zehn Minuten in den Regionalnachrichten von da oben gesehen.«

Diesmal ließ Kramer die Luft mit lautem Zischen entweichen, zum Teufel damit.

»Der Junge hat also richtig Glück«, sagte Scott. »Mann, es gibt Probleme. Colonel Du Plessis will, dass ich selber hinfahre und so was wie eine Fahndung in den Bergen veranstalte. Was meinen Sie denn dazu? Sie kennen diesen Zondi doch – ist er zuverlässig?«

»Er kommt schon zurecht.«

»Bestimmt? Colonel Du –«

»Ich bin mir da sicher, Mann. Aber ich dachte, wir hätten uns für ein paar Drinks verabredet! Oder wollen Sie lieber Ihren Arsch in den Busch hinaustragen am Heiligen Abend? So was Verrücktes! Es gibt keine Verwandten in diesem Fall, um die man sich Sorgen machen müsste. Wenn ich Sie wäre, würde ich Zondi noch bis zum Tag nach Weihnachten Zeit lassen, mit irgendetwas aufzuwarten – vorher interessiert es eh niemanden. Und Sie werden mir auch nicht erzählen wollen, dass Du Plessis deswegen seinen Plumpudding versäumt.«

Scott lachte.

»Vermutlich haben Sie recht, Tromp.«

»Recht? Natürlich habe ich recht!«

»Dann bis fünf.«

Am anderen Ende der Leitung wurde der Hörer aufgelegt, sodass die Muschel an seinem Ohr *ungut ungut ungut* zu tuten begann. Er hätte sich erst Zeit zum Nachdenken nehmen sollen. In seiner Hast, Zondis Interessen zu wahren, hatte er seine eigenen vergessen. Wenn jetzt nicht innerhalb von zwei Tagen etwas bei den Ermittlungen herauskam, würde Scott ihm den Schwarzen Peter zuschieben, und das zu Recht. Und bei den Schwierigkeiten, die Zondi da draußen erlebte, waren die Chancen dafür ziemlich gut. So gut, dass der Colonel womöglich sein schönstes Weihnachtsgeschenk seit Jahren erhielt: beide, Kramer und Zondi, auf einen Schlag im Sack.

Ein indischer Kellner klopfte zögernd ans Glas und wies auf einen Hotelgast, der das Telefon benutzen wollte.

Kramer legte den Hörer auf, nahm seinen Drink und unterließ es, sich zu entschuldigen, obwohl er das eigentlich vorgehabt hatte.

Ungut. Es war eine Menge ungut an dem Fall Shabalala, wenn man es recht bedachte. Es war nicht gut, dass er davon abgezogen worden war, und es war auch nicht gut, dass Scott den ganzen Tag über nichts getan hatte – so schien es jedenfalls. Ungut war ferner, dass Colonel Du Plessis nicht einfach die Fahndung befohlen hatte, ohne zuerst Scott zu konsultieren, und wahrscheinlich war es überhaupt ungut gewesen, nicht gleich von Anfang an in großem Stil vorzugehen. Aber am unangenehmsten war das ungute Gefühl, das Kramer bei seiner Rückkehr in die Sunderland Avenue gehabt hatte, als er die kleinen Veränderungen im Arbeitszimmer bemerkt und gedacht hatte, es fehlte etwas. Hinter alledem steckte ein undefinierbares …

»Ich dachte schon, Sie würden nie mehr wiederkommen«, sagte Miss Weston und steckte ihr Puderdöschen weg.

Großer Gott, er konnte aber auch gar nicht in Ruhe nachdenken. »Tut mir leid, Pat, erst die Arbeit, dann das Vergnügen.«

»Es wird immer später, und ich wollte doch noch etwas einkaufen, ehe die Läden schließen.«

»Sie mögen mich wohl nicht mehr, was?«

»Warum sollte ich Sie denn überhaupt mögen?«

»Als ich zum Klo gegangen bin, haben Sie die obersten zwei Knöpfe aufgemacht, stimmts?«

Sie wurde so rot wie eine Kohlenmonoxidleiche und bedeckte den Spalt mit der flachen Hand. Dann wollte sie ihren Stuhl zurückschieben, aber die Rohrbeine blieben im Kokosfaserteppichboden hängen.

»Ihr Buren«, sagte sie, »ihr seid wirklich so grob, wie mein Vater immer gesagt hat! Ich bin Gentlemen gewohnt!«

»Buren klingt nicht nett, Miss Weston – Kapholländer«, sagte Kramer und lächelte freundlich, wenn auch mit Mühe. »Ich bin Kapholländer. Aber wo wir gerade von Gentlemen sprechen – wen meinen Sie denn da? Herrn Mr Mark Wallace etwa?«

»Ich gehe jetzt!«

»Bestimmt nicht!«

»Ha! Das glauben Sie nicht?«

Kramer tat nichts, um sie zurückzuhalten, sondern lehnte sich zurück und streckte die Beine aus.

»Und warum nicht?«, fragte sie giftig.

»Sie wollen doch schließlich das Ende der Show nicht verpassen.«

Sie war schon halb vom Stuhl hoch, als sie innehielt und ihn seltsam ansah.

Langsam erschien ein sarkastisches Lächeln auf ihrem Gesicht, und ebenso langsam setzte sie sich wieder hin.

»Das ist es also, Lieutenant? Da bin ich ja gespannt. Sagen Sie, wo haben Sie bloß all Ihre Ideen her, aus dem Kino?«

»Gut geraten. Vorwiegend von Walt Disney – *Susi und Strolch* zum Beispiel.«

»Da bin ich aber geschmeichelt!«

»Was glauben Sie eigentlich von mir? Dass ich mich vor Ihnen aufführe wie ein Straßenköter? Einmal schnuppern und drauf?«

»Mein Vater – «

»Ach, natürlich hat er auch das gesagt, Miss Weston! Ich bin schließlich nicht von gestern!«

Als sie dieses Mal errötete, lief sie so rosig an wie ein Schulmädchen. Die arme Kleine.

»Bi-bitte entschuldigen Sie, Lieutenant.«

»Keine Ursache. Mein Fehler, dass es so persönlich geworden ist.« Und das war sein Ernst. Er war zu weit gegangen, was ihn wieder daran erinnerte, dass er seit seinem Eintreffen in Swarts Haus gestern Abend nicht mehr ganz er selbst war. Er hatte versucht, irgendetwas aus dem Fall Wallace zu machen, und die Sache zu sehr forciert. Um allem die Krone aufzusetzen, hatte er nun auch noch die Kinder der Witwe Fourie mit hineingezogen und den Zeichentrickfilm, zu dem er sie ins Durban Drive-in eingeladen hatte. Und genau daran wollte er jetzt am wenigsten denken. Noch immer kein Sterbenswörtchen von ihr.

»Sie sagten Mordkommission?«

»Wie? Oh, ja. Alle verdächtigen Todesfälle fallen in diese Kategorie, bis wir sie sortiert haben. Und verdächtig ist schon ein Tod, der keinen rechten Sinn ergibt.«

»Was ist so geheimnisvoll an einem Autounfall? Wir haben jede Woche Kunden, die –«

»In diesem Ermittlungsstadium kann ich nichts darüber sagen.«

»Na schön, dann lassen Sies. Darf ich die Sandwiches aufessen?«

»Bitte. Aber eins würde ich doch gern mal klären: Wie sind Sie mit Mr Wallace ausgekommen?«

Die Frage war so freundlich formuliert und ausgesprochen, dass Miss Weston gar nicht aufschaute, sondern weiterhin sorgsam mit den Fingern den Fettrand vom Schinken abzog.

»Ich fand ihn, um ehrlich zu sein, sehr attraktiv – die meisten Mädchen bei der *Montreal* fanden das. Er war immer höflich und gut gelaunt, und *er* hat uns nicht den Po getätschelt, ganz im Gegensatz zu jemand anderem, den ich nennen könnte.«

»Old McDonald?«

Sie lachte und zwinkerte über den sauberen Bissrand ihres Brotes. »Mit den Geschenken hatten Sie fast recht, Lieutenant, denn an jedem Geburtstag – und davon hatte ich bei der Firma drei – hat er ein Sträußchen mitgebracht und gesagt, das hätte seine Frau gemacht.«

»Hm.«

»Nur kannte ich den Marktstand, von dem sie stammten! Der arme Kerl.«

Kramer setzte sich anders hin, er beugte sich vor und stützte das Kinn auf die Hände, sodass er wie jemand wirkte, der begierig Klatsch in sich aufnimmt – eine Haltung, an die er gleich zu Anfang hätte denken sollen. Sie zog daraufhin instinktiv ihren Stuhl etwas näher heran, und dann waren sie wie zwei Schulfreundinnen.

»Und war er ein armer Kerl, Pat?«

»Na ja, eigentlich sind es reine Vermutungen, aber ich war lange genug am Telefon in der Zentrale und habe ziemlich oft ins Schwarze getroffen.«

»Hat sie ihn genervt?«

»Furchtbar. Nörgel, nörgel, nörgel – jedes Mal, wenn die Diener etwas ausgefressen hatten, sollte er nach Hause kommen und damit drohen, ihnen den Laufpass zu geben.«

»Grauenhaft«, murmelte Kramer, denn dieses unwissentliche Geständnis, gelauscht zu haben, amüsierte ihn.

»Allerdings, ich habe ihm schließlich von mir aus immer ein warnendes Klingelzeichen gegeben, damit er sich entscheiden konnte, ob er überhaupt mit ihr sprechen wollte.«

»Die anderen Mädchen, von denen Sie gesprochen haben, fanden sie ihn auch attraktiv?«

»Nicht so wie ich, glaube ich – wissen Sie, ich fand, dass wir eine Menge gemeinsam hatten, obwohl er ein bisschen vierschrötig war.«

»Es muss Sie hart getroffen haben, Pat.«

»Ja und nein. Ich habe ein Gefühl, als weinte jemand ganz tief in meinem Innern.«

Sie schob den Teller weg, auf dem noch ein halbes Brötchen lag. »Wo war ich stehen geblieben?«

»Dass Mr Wallace ein bisschen vierschrötig war. Oder gabs eher ein Dreiecksverhältnis?« Sein Ton war höchst vertraulich und eindringlich.

»Es wäre nicht recht gewesen.«

»Warum denn nicht?«

»Weil ich mir nie ganz sicher war.«

»Na los, Sie könnens mir ruhig erzählen, es tut ihm nicht mehr weh – und uns könnte es helfen, falls etwas – oder vielmehr jemand – dahintersteckt.«

»Also«, sagte sie, froh darüber, nun kein schlechtes Gewissen haben zu müssen, »also, ich glaube, Mr Wallace hatte sich vor sechs Monaten eine Freundin zugelegt.«

»Ach ja?«

»Ich habs an Kleinigkeiten gemerkt, die einem Mann nicht auffallen würden – aber mir. Ich habe ihn beobachtet, wie er aus dem Fahrstuhl trat, wissen Sie, ehe er wieder in seine gewohnte Rolle geschlüpft und ganz der Alte war.«

»Sie sind wirklich helle. Und sonst?«

»Nichts sonst.«

»Wie bitte?«

»Egal, er ist jedenfalls seit zwei Wochen total down –

war, meine ich –, die Sache muss also zu Ende gegangen sein.«

»Und das ist alles?«

»Ja.«

»Keine Ahnung, wer es war?«

»Keine. Er hatte übrigens auch gar keine Zeit dazu.«

»Na, hören Sie mal!«

»Hatte er wirklich nicht. Er kam um acht Uhr früh ins Büro, ist um elf eine halbe Stunde weggegangen, um ein Buch in die Bibliothek zurückzubringen und sich ein neues zu holen, ist mittags dageblieben und hat etwas gegessen, das ihm der Bürogehilfe auf einem Tablett aus der Cafeteria brachte, und ist Punkt fünf nach Hause gegangen. Wenn ich etwas Dringendes für ihn hatte, konnte ich ihn dort um halb sechs erreichen.«

Kramer musterte ihr Gesicht prüfend und versuchte, davon abzulesen, ob sie vielleicht absichtlich Informationen zurückhielt – das, was er zuerst für ein vielversprechendes Spotlight auf Mark Wallace gehalten hatte, war inzwischen nur noch eine Seifenblase. Sie bestand aber die Prüfung.

»Waren Sie sich deshalb nicht sicher? Weil Ihre Ahnung nicht mit dem Zeitplan in Einklang zu bringen war?«

»Wahrscheinlich. Ja, so wars wohl, und deshalb habe ich auch nichts sagen wollen.«

»Nehmen wir einfach mal an, Sie hätten recht gehabt – was hätte seine Frau denn gemacht?«

»Die? Wenn die Ziege ihn bei irgendwas erwischt hätte, hätte sie – «

»Danke sehr, Miss Weston.«

Es war das Beste, das Mädchen schleunigst einkaufen gehen zu lassen, und zwar ohne das Gefühl, die Mittagspause verschwendet zu haben. Eine andere Rechtfertigung gab es nicht dafür, sie zu dieser letzten Bemerkung verleitet zu haben, und für seine jähe Unterbrechung, mit der er eine plötzliche, schockierende Einsicht vortäuschte.

Denn Kramer wusste verdammt gut, dass Mrs Paula Wallace wohl ebenso wenig als Auslöser für einen tödlichen Verkehrsunfall infrage kam, wie sie einen Engel einigermaßen gerade an ihrem Weihnachtsbaum befestigen konnte. Als er auf ein mögliches Dreiecksverhältnis zu sprechen gekommen war, hatte er eher an ein anderes Dreieck gedacht, mit einem Typen an der Spitze statt mit einer Phantomtussi. An irgendeinen findigen Geliebten, der Ehemann Mark aus dem Weg haben wollte. Sicher, es konnte auch ein Dreieck mit Wallace, der Tussi und *deren* rechtmäßigem Ehemann gegeben haben …

»Ach, Quatsch«, sagte er und machte damit unabsichtlich den Kellner auf sich aufmerksam.

»Sir?«

Er blickte überhaupt nicht mehr durch. Zurück zu den Tatsachen. Da war ein gewöhnlicher Verkehrsunfall, hinter dem er mehr vermutete. Er hatte etwas über das Opfer in Erfahrung bringen wollen und deshalb die klassische Quelle von Büro- und Privatklatsch angezapft, das Mädchen von der Telefonvermittlung. Sie hatte ihm vages, sentimentales Zeug erzählt, das wahrscheinlich zur Hälfte Wunschtraum war; schon dieser Unsinn von der Veränderung, die in Wallace vorgegangen sein sollte, als er aus dem Fahrstuhl trat – ein abgenutzter kleiner Trick, den Millionen täglich praktizieren. Im Grunde war aus ihren vertraulichen Mitteilungen nur hervorgegangen, dass Wallace im netteren Sinne des Wortes einer ihrer Gentlemen für sie gewesen war. Und ein langweiliger Pantoffelheld obendrein. Mehr konnte man ja auch bei aller Fairness kaum von ein paar zusammengewürfelten Verdachtsmomenten erwarten.

Trotzdem hatte Kramer ein nagendes Gefühl der Frustration und Enttäuschung. Teufel auch, natürlich! Mann, er ließ wirklich nach – es war McDonalds Benehmen, seine unverhüllte Besorgnis über Pat Weston, die seine hohen Erwartungen für das Gespräch geweckt hatte. Davon hatte sich nichts erfüllt.

Er zahlte seinen Drink und goss ihn schnell hinunter. Die Situation war klar. Erstens: Wie McDonald behauptet und Pat Weston bestätigt hatte, war nichts zwischen diesen beiden. Zweitens: Das hieß, dass McDonald fürchtete, sie würde der Polizei etwas über Wallace erzählen, von dem auch er wusste, das er aber für sich behielt. Drittens: McDonald hatte *fälschlicherweise* angenommen, Pat Weston sei im Besitz solcher Informationen. Viertens: Kramer brauchte nur noch McDonald gegenüber fallen zu lassen, dass sie wirklich etwas ausgeplaudert hatte, und sehen, was dann passierte.

Nachdem er seine Einkäufe gemacht hatte, war keine Zeit so teuer wie die Gegenwart.

Zondi sah den blauen Volkswagen durch Zufall wieder. Er war weit in eine wellige Landschaft hineingefahren, die so ausgebrannt und kahl war, dass sie aussah wie eine Sandpiste in Nahaufnahme. Dornbüsche waren längst verschwunden, ebenso Gras, das für Rinder getaugt hätte – Ziegen waren das einzige Vieh, das von den trockenen Stachelgewächsen, die übrig geblieben waren, leben konnte. Er sah schon bald ein paar von ihnen, auch die zusammengedrängten Hütten, von denen sie herkamen, aber nach dem einsamen Handelsposten mit einem Rostloch im Regenwassertank keine mehr. Die Fahrt war inzwischen sehr eintönig geworden, und entsprechend hoch war seine Geschwindigkeit auf der selten benutzten Nebenstrecke. Und so gelang ihm, ohne dass er es darauf angelegt hätte, was nur wenigen gelingt, wie sehr sie sich auch bemühen – er traf ein eben auffliegendes Perlhuhn voll mit dem Kühler.

Es passierte gleich hinter einer engen Kurve an einem Berghang, und die Wirkung war beträchtlich. Ein lauter Schlag, Blutspritzer und noch ein Schlag, als das Tier vom Dach plumpste. Er trat voll auf die Bremse, schleuderte im Zickzack über die Straße und kam gute hundert Meter weiter zum Stehen. Auf die Verzögerung fluchend, sprang er aus dem Wagen und wischte die Windschutzscheibe sauber; schwarze Federn mit weißem Punktmuster bestätigten seine vorherige blitzschnelle Diagnose.

Dann schaute er die Straße zurück. Das Perlhuhn musste über den Steinwall am Straßenrand und in die Aloen geschleudert worden sein, denn es war nirgends zu sehen. Ein Jammer, denn er hätte eine so köstliche Trophäe gern mitgenommen, aber danach zu suchen, dauerte zu lange.

Also fuhr er wieder los und ließ das Getriebe um Gnade kreischen, während er aus jedem Gang das Letzte herausholte, ehe er schaltete. Das hielt ihn fast einen Kilometer lang beschäftigt, und erst dann kam er auf die Idee, einmal auf die Uhr zu schauen. Er lag wahrhaftig sehr gut in der Zeit. Und ein Perlhuhn war immerhin ein erstklassiger Lockvogel, falls er mit Shabalalas Nachbarn feilschen musste, um einen Tipp zu bekommen.

Doch noch ein Kilometer verstrich, ehe er sich zu dem Entschluss durchgerungen hatte zurückzukehren. Es kam ihm viel weiter vor, als es eigentlich sein sollte, aber schließlich tauchten die Bremsspuren an dem Hang vor ihm auf. Er ließ den Anglia weitab von der Straße stehen und begann, nach dem toten Vogel zu suchen, besorgt, ein Räuber könnte ihm zuvorgekommen sein. Gerade kauerte er gebückt im Geröll und beklagte eine zermatschte, kaum genießbare Masse, als er das Jaulen eines Volkswagenmotors hörte.

Und erhaschte nur noch einen flüchtigen Blick auf NTK 4544, unterwegs in Richtung Jabula.

Es war ein rührender Anblick. Zwei Engel knieten vor McDonalds Schreibtisch und sangen laut »Stille Nacht«. Ihre Stimmen waren lieblich, ihr Englisch jedoch fürchterlich. Kramer blieb höchst belustigt unter der Tür stehen. »Nun ist es genug, frohe Weihnachten!«, sagte McDonald peinlich berührt und händigte den beiden etwas Geld aus, das blitzartig in den Hüllen aus Betttüchern verschwand.

Die Engel, deren Flügel sorgfältig aus Zeitungspapier ausgerissen und angeheftet waren, wollten das Weite suchen.

»Nicht so schnell, ihr Lausbuben«, sagte Kramer und versperrte ihnen den Weg. »Bist du das da drin, Ephraim?«

»Hau, Boss Kramer!«

Der etwas größere der beiden schwarzen Jungen zog sein Betttuch zurück und grinste zu Kramer hoch. »Geht das Geschäft gut?«

»Lambele, lambele«, sang Ephraim mutwillig.

»Den Teufel bist du hungrig. Los, ab mit dir.«

»Weihnachtsgeschenk, Boss Kramer?«

»Einen Tritt in den Hintern, wenn dir das was nützt!«

Der andere Engel flüchtete, und Ephraim spuckte erzürnt hinter ihm her. »Mein Vetter«, erklärte er, »hat keinen Funken Respekt. Ich muss weg, ihn einholen.«

Kramer schloss die Tür.

»Ich muss schon sagen, Sie überraschen mich, Lieutenant, hätte ich doch nicht im Traum daran gedacht, Freunde von Ihnen vor mir zu haben.«

»Wie?«

»Nur ein kleiner Scherz.«

McDonald probierte es mit einem Lachen und musste husten.

»Die meisten Leute kennen Ephraim«, sagte Kramer, dem die Aufgeregtheit des Mannes merkwürdig vorkam. »Der schlaueste Siebenjährige in Trekkersburg. Sein Pa hat seine Ma ermordet, wir haben ihn eingelocht, aber Ephraim kann für sich selber sorgen.«

»Sicher ungewöhnlich, mal etwas anderes als die Kids, die auf Gitarren aus Blechdosen einen Höllenlärm machen. Verblüfft mich aber, warum Neger meinen, sie müssten sich die Gesichter schwärzen! Scheinen jedes Jahr mehr zu werden, eine verfluchte Pest, kommen zu mir nach Hause und ins Büro. Normalerweise kommen sie nicht an Pat Weston vorbei. Äh, ist sie wieder da?«

»Nein«, sagte Kramer, »am Empfang sitzt irgendein älteres Fräulein.«

»Miss Godfrey? Das ist eigentlich noch erstaunlicher, denn sie ist ein richtiger alter Drachen. Sagen Sie, wollen Sie nicht Platz nehmen?«

»Danke.«

McDonald bemühte sich, auf seinem Schreibtisch etwas zu finden, mit dem er herumspielen konnte, aber die Platte war bis auf die Schreibunterlage leer. Deshalb holte er seinen Schlüsselbund hervor und klingelte damit herum.

»Sagen wir, ich wüsste jetzt Bescheid, McDonald. Hat sich der ganze Wirbel darum denn überhaupt gelohnt?«

Klingeling, klingeling.

»Na los, Mann.«

Klingeling, klingeling.

»Lassen Sie endlich Ihre Spielchen, sonst –«

»Genau das würde mich interessieren, Lieutenant – was können Sie schon machen?«, sagte McDonald und versuchte, hart zu klingen. »Mein Bruder ist Anwalt.«

»Und meiner bei der Staatssicherheit.«

Schön geschwindelt! Damit hörte das blöde Geklingel endlich auf.

»Sollen wir noch einmal von vorn anfangen, Mr McDonald? Erzählen Sie mir, was Sie denken.«

»Nur das: Sie werden feststellen, dass an Marks Tod nichts faul war. Er hatte mehr getrunken, als ihm guttat – und er trank so gut wie nie –, und dann hat er eine verfluchte Dummheit gemacht.«

»Woher wissen Sie, dass er getrunken hatte?«

»Ich war gerade im Old Comrade's Club, als er letzte Nacht hereinkam.«

»Uhrzeit?«

»Vor 21.40 Uhr, denn ich musste noch einen Kunden anrufen, und da sah ich ihn ankommen. Das war eine Überraschung, denn er gönnte sich selten etwas, aber es war ja auch kochend heiß.«

Kramer erinnerte sich nur zu gut, aber es war besser, den Zeugen reden zu lassen. »Hm.«

»Bei solcher Hitze zählt man ja nicht mehr, nicht wahr? Schüttet das Zeug bloß runter, kalt, wie es kommt. Drei oder vier davon, und man ist hin, ohne es zu merken.«

»Wohl wahr.«

»Um ehrlich zu sein, *ich* war gegen neun hin, und da kommt Mark hereinspaziert, völlig hinüber, hatte sogar Nasenbluten, wie Kinder, wenn das Thermometer so hochklettert, und ehe ich michs versah, war er wieder weg.«

»Tatsächlich?«

»Bin ein bisschen ins Singen geraten, Weihnachtslieder und so was, am Klavier, mit dem Rücken zu ihm, wusste die halbe Zeit über nicht mal, ob es mein eigenes Glas war, aber niemand hat sich beschwert, kam richtig in Schwung, habe ihn ganz vergessen. Ja, ich habe Schuldgefühle, weil er mit mir reden wollte und ich ihn hätte nach Hause bringen sollen, aber so wars nun mal, und jetzt habe ich Ihnen alles erzählt.«

»Tut mir leid, haben Sie nicht.«

Drückende Stille. McDonald zuckte zusammen, als die unbeachtete Streichholzflamme seine Finger verbrannte.

»Hier«, sagte Kramer und steckte ihm die Kingsize an. »Und jetzt zurück zum Thema, warum Pat mir nichts davon erzählen sollte.«

Inhalieren, ausatmen, ganz langsam. »Paula, Lieutenant – Paula macht genug durch. Und es war nichts dran an seiner kleinen Affäre, das schwöre ich.«

»Mit so einer Ehefrau –«

»Typisch Pat, ich wusste es! Das kleine Aas. Paula ist ein Prachtstück. Hat für Mark viel aufgegeben.«

»Ach ja?«

»Deshalb hat es mich auch umgeworfen, als er es mir erzählt hat. Wollte sich eigentlich einen Rat bei mir holen, und den hat er auch bekommen, der blöde Trottel, habe ihm gesagt, er solle Schluss machen, und das hat er dann auch getan. War nichts dran.«

»Aber warum das Ganze?«

»Ich würde es auf die Midlife-Crisis schieben, darauf, dass er sich nie in seinem Leben getraut hat, eine fremde Frau anzusprechen, geschweige denn, sich ranzumachen, und dann kam –«

»Hat er es dann getan?«

»Nicht im herkömmlichen Sinne, am Anfang sowieso nicht, wenn überhaupt.«

»Er hat also einfach nur mit ihr geschlafen?«

»Großer Gott, nein! Hat sie nie angerührt, ich habe ihn gefragt.«

Kramer zündete sich selbst eine Zigarette an und fragte sich, ob er dabei war, verrückt zu werden. »Warum dann die Aufregung?«

»Das Vertrauen. Er hat das Vertrauen gebrochen, ist zu weit gegangen, hat riskiert, Paula das Herz zu zerreißen, dabei hat er sie geliebt, wissen Sie, geliebt!«

»Bis auf eine halbe Stunde pro Tag.«

»Das hat sie auch mitbekommen, was? Hoffentlich kriegt Pat, was sie verdient, sie gehört zu Ihrem Bruder in die Staatssicherheit!«

Das war eine gefährliche Bemerkung, aber McDonald war inzwischen ganz schön aus dem Leim. Er hatte Asche überall auf seinem schönen Seidenhemd, und seine Fliege hatte Schlagseite nach links.

»Schon gut, Mr McDonald, Mrs Wallace braucht nichts von alledem zu erfahren, wenn, wie Sie sagen, am Tod ihres Mannes nichts faul war.«

»Geben Sie mir Ihr Wort darauf?«

»Ja. Und jetzt den Namen der Dame, bitte.«

McDonald stand entschlossen auf. »Ich kenne ihn nicht«, sagte er trotzig. »Ich weiß auch nicht, wo sie wohnt und was sie macht – Sie sind doch von der Polizei, Sie werdens schon herausfinden.«

»Sicher«, sagte Kramer und wusste, dass er log, »werde ich.«

Nur so zum Spaß.

6

Das Wort Jabula hat im Zulu mehr als eine Bedeutung: Es wird für Glück verwendet und für Bier. Und jetzt war es auch noch der Name der Siedlung in dem flachen Tal vor ihm, und er, Zondi, empfand es als großes Glück, da zu sein.

Nach dem zu urteilen, was er durch das Hitzeflimmern erkennen konnte, war Jabula ein offenes Gelände, durch weiße Fähnchen in Parzellen unterteilt, mit ein paar Reihen Wellblechhütten und vielen provisorischen Behausungen, die ihn an etwas viel Gepflegteres erinnerten, ihm fiel bloß nicht ein, was. Es waren kaum Leute auf der windgewellten Sandebene zu sehen, aber immerhin spielten ein paar Kinder am Fuß einer stillstehenden Windmühle. Der Priester musste schon wieder fort sein, was die Sache vereinfachte.

Er hatte sich wieder dafür entschieden, zu Fuß anzukommen, denn ein Auto, das an einem so entlegenen Ort ankam, sorgte unweigerlich für unnötige Aufregung. Die Staubwolke dahinter würde auch eine gute Meile weit sichtbar sein – er dachte immer noch in den alten Maßeinheiten vor Einführung des metrischen Systems. Also hatte er den Anglia außer Sicht geparkt, und alles, was er brauchte, trug er bei sich: die Automatik im Halfter, entsichert, die Handschellen im Hosenbund unter den Ärmeln des Jacketts versteckt, das er sich wie eine umgedrehte Schürze umgeknotet hatte, und die lange Taschenlampe, wie Reisende sie mitzuführen pflegen, in der rechten Hand. Er war sicher, dass seine Kleidung, so schmutzig von der Fahrt, als abgelegt durchgehen würde.

Zondi salutierte zum Spaß vor dem Lieutenant, den er im Geiste vor sich sah, und begann den Abstieg. Er ging absichtlich nicht schnell, sondern schlurfte mit niedergeschlagenen Augen daher. Deshalb erwartete ihn am ersten Markierungsfähnchen eine kleine Überraschung.

Als er den Blick hob, sah er, dass in der Tat eine Menge Leute in Jabula wohnten – über dreihundert, schätzte er, und die einzigen männlichen Wesen waren entweder sehr alt oder sehr jung. Vorher hatte er die Bewohner nicht sehen können, weil sie im Schatten ihrer Behausungen saßen, still, bewegungslos in verschiedenen Haltungen. Seine erste Reaktion war rein instinktiv: Ein Prickeln lief seine Wirbelsäule entlang, seine Muskeln spannten sich an, und er blieb abrupt stehen. Dann merkte er, dass nichts Unheilvolles in dem Anblick lag, denn niemand wandte den Kopf, um ihn zu betrachten – diese Leute nahmen nichts um sich herum wahr, sie waren völlig apathisch. Etwas Ähnliches hatte er nur einmal erlebt nach einem Wirbelsturm, der eine Township in der Nähe von Kokstad ausradiert hatte – aber das war etwas Anderes gewesen.

»Ich grüße dich, Mutter.« Zondi hatte den erstbesten Menschen angesprochen, eine alte Frau, die neben einem Eisenbett hockte, das in Einzelteilen auf dem Erdboden lag. Sie drehte sich zu ihm um – ihre Pupillen waren milchig blau, sie war blind.

»Sei gegrüßt. Wer spricht?«

»Ein Reisender, Mutter, Matthew Shabalala, der Arbeit auf den Farmen im Westen sucht.«

Die Alte gackerte und kam mühsam auf die Füße. Sie streckte die Hand aus und packte Zondi, ehe der sich eines Besseren besann. »Dann wird deine Reise lang und beschwerlich sein, mein Sohn. Die Männer, die noch bei uns waren, sind schon dorthin aufgebrochen.«

»Vielleicht habe ich Glück.«

»Ha! *Das* möchte ich erleben!« Sie lachte und zeigte drei Zähne, nicht mehr. Zondi, der fand, dass gute Manieren ihre Grenzen hatten, wollte sich zurückziehen. Aber sie krallte sich an ihn. »Sag mir«, bat sie ihn, »sag mir, was du hier ringsherum siehst – du wirst mich nicht anlügen wie meine Kinder!«

In diesem Augenblick kam eine ungepflegte Frau mit Brüsten wie Satteltaschen aus einer Hütte. Sie schüttelte die Faust. »Sei bloß still, du alte Teufelin! Willst du uns vor einem Fremden blamieren?«

»Sei *du* still, Dora Dhlamini – du, die du sogar deine alte Mutter anlügst! Die du sagst, es wäre kein Platz für ihr Bett im Haus, und sie müsste bei den Kindern auf der Erde schlafen! Was soll dieser Unsinn! Ich weiß, ich weiß – du wünschst ihr, sie möge hier draußen wie ein Hund im Gras sterben!«

»Schau du dir mein Haus an«, bat Dora Zondi, der schon ein flaues Gefühl im Magen hatte, weil er so viel unerwünschte Aufmerksamkeit erregte. Jetzt versammelten sich noch andere Leute, sodass es kein Entkommen gab – er musste sich fügen.

Er sah sich die Hütte an, über die rotznasigen Kinder in der Tür hinweg, und schätzte sie auf zwölf Fuß in der Länge und neun Fuß in der Breite. Der Fußboden bestand aus Erde und das Dach aus Wellblech.

»Wie viele, Fremder?«, fragte Dora Dhlamini.

»Hier drinnen?«

»Ja.«

»Vielleicht vier – fünf«, sagte Zondi achselzuckend.

»Es sind zehn!«

»*Hau,* du bist doch eine Lügnerin, meine Schwester!« Die Zuschauer knurrten ärgerlich.

»Zehn, weil ich keinen Mann habe und die Miete nicht bezahlen kann. Ich muss für diese Kinder sorgen, alles Waisen, und dafür lässt mich die GG hier wohnen. Und jetzt sag ihr, was du siehst – es ist einfach kein Platz für ein Bett.«

Das war nicht mehr nötig – der Griff der alten Frau hatte sich gelockert.

»Aber ich habe doch die GGs sagen hören, wir würden diesen Ort mögen«, sagte sie. »Wir werden nicht gezwungen, wir kommen, weil es hier besser für uns ist. Niemand zwingt uns … Also: Was siehst du da drüben, Shabalala?«

Da sie eine List vermutete, zerrte sie Zondi geschickt andersherum.

»Viele Möbel, Mutter – wie dein Bett, im Gras.«

»Da hast dus!«, lachte Dora Dhlamini, und die Zuschauer lachten schallend über Zondis Unbehagen. Er riss sich los, verdrossen, dass er den wahren Grund dafür nicht angeben konnte. Dann wischte er sich mit der Hand über den Mund.

»Habt ihr etwas Wasser?«, fragte er.

Wieder amüsierten sich die Umstehenden auf seine Kosten.

»Das hier ist Jabula«, sagte einer, »hier gibts kein Wasser.«

Zondi wies mit seiner Taschenlampe auf die Windmühle.

»Morgen«, fuhr der Mann aus der Menge fort, »morgen bringen sie Wasser mit einem Tankwagen – das blöde Ding da funktioniert nicht.«

»Morgen?«, wiederholte ein anderer.

Und ein Dritter höhnte: »Morgen, morgen, was meinst du, Bobesi?«

Zondi wollte sich nicht in einen unergiebigen Streit über die GGs – ein Slangausdruck für Beamte nach den Nummernschildern der Lastwagen aus der Government Garage – ziehen lassen. Deshalb versuchte er es selbst mit einem Witz.

»Hau«, sagte er, »kann ein Mann sich wenigstens betrinken in Jabula?«

Diesmal hatte er die Lacher auf seiner Seite. Er nutzte seine Chance, um zu fragen, ob vielleicht einige seiner Verwandten in der Siedlung wären, und erfuhr, dass ein paar Shabalalas am Vortag angekommen seien – sie waren auf der anderen Seite, wo die Zelte standen.

Das waren also die provisorischen Behausungen – bestimmt hatte keiner der Bewohner dort auch nur die leiseste Ahnung, wie man ein Zelt aufstellt. Eine Vermutung, die sich voll und ganz bestätigte, als er beim Zelt der Shabalalas ankam, das von allem Möglichen gestützt wurde, nur nicht von Zeltstangen.

Dort informierte ihn ein Nachbar, dass Wilhelmena Shabalala fort sei, um Essen einzukaufen.

»So schnell?«, fragte er beiläufig, denn er wusste, dass der Staat an alle, die freiwillig in die Homelands zogen, Nahrungsmittelrationen austeilte.

»Sie geben uns drei Pfund Maismehl für drei Tage.«

»Und?«

»Die Familie ist groß.«

»Wo ist denn der Handelsposten, in dem sie einkauft?«

Die Nachbarin, eine Vogelscheuche mit mürrischem Gesicht, blähte die Nasenflügel, um die Fliegen zu verscheuchen, und deutete in die ungefähre Richtung.

»Aber das ist doch sehr weit!«, rief Zondi, der sich erinnerte, wie lange es her war, seit er das Loch in dem Wassertank gesehen hatte.

»Wo sonst? Wenn du auf sie wartest, sitzt du bei Mondschein noch hier. Was willst du denn von ihr, Fremder?«

»Familienangelegenheiten.«

Er kehrte ihr den Rücken zu und schaute sich demonstrativ die Gegend an. Auf einem kleinen Hügel im Osten fiel ihm ein seltsames Muster aus Hunderten von Löchern ins Auge.

»Was ist denn das?«, fragte er.

»Von den GGs«, erwiderte die Frau. »Die ersten Leute sind gestorben, aber wir können nicht graben. Die GGs kommen und dann die Soldaten, und sie machen mit großem Knallen viele Gräber.«

Zondi stampfte versuchsweise mit dem Fuß auf und spürte die Härte des gewachsenen Felsens bis in die Hüfte. Er fragte sich, was die Leute hier pflanzen wollten. Er fragte sich auch, wie lange es dauern würde, bis Shabalalas Frau wieder zu Hause war – und ob es sich wirklich lohnte, auf sie zu warten.

Eine andere Nachbarin hatte den Wallace-Haushalt in der Chestnut Road übernommen; es belustigte Kramer, dass die reichen Müßiggänger sich zu Schichtarbeit herbeiließen. Weder richtig reich, um genau zu sein, noch Müßiggänger, aber doch in angenehmeren Verhältnissen und dabei weniger aktiv, als es Kramer je in seinem Leben gewesen war.

»*Well,* ich weiß nicht recht«, sagte diese neue Nachbarin, an deren amerikanischen Akzent er sich erst gewöhnen musste, als er Mrs Wallace sprechen wollte. »Ich weiß nicht, was der Arzt dazu sagen würde. Aber treten Sie doch ein, ich frage ihn eben.«

»Ist er hier?«

»Ich meine telefonisch. Er hat gesagt, Paula sollte keinen Besuch empfangen, ich sollte die Vorhänge in ihrem Zimmer zuziehen und sie in Ruhe lassen.«

»Tabletten?«

»Beruhigungsmittel. Erst vor einer halben Stunde.« Sie schloss die Tür hinter ihm.

»Falls Sie sich wundern, warum das Hausmädchen nicht auf Ihr Klopfen reagiert hat – sie ist so verstört, dass ich –«

»Das ist schon okay.«

»Hier entlang, bitte.«

Kramer fand das Wohnzimmer in ziemlich genau dem gleichen Zustand vor, wie er es verlassen hatte – Papiergirlanden hingen einsam von der Bilderleiste herab, und der Baum in der Ecke brauchte einen größeren Kübel. Immerhin hatte jemand den Kaminsims hübsch mit Plastikzweigen und Weihnachtskarten dekoriert. Er machte eine Bemerkung darüber.

»Das? Das war ich. Ich glaube, ich kann es einfach nicht aushalten, wenn ich nichts zu tun habe.«

»Sehr hübsch. Und sehr nett von Ihnen, dass Sie jetzt hier sind, um ihr beizustehen.«

»Paula? Sie würde das Gleiche für mich tun. Nun ja, Steve und ich sind noch nicht allzu lange ihre Nachbarn, wir sind im Herbst gekommen – in unserem Herbst –, aber wir haben ein wirklich gutes Verhältnis zueinander gehabt, das ich vermissen werde. Steve hat ein Sabbatjahr.«

Sie sah nicht gerade jüdisch aus.

»Ach ja?«

»Ja, und wir müssen in ein paar Monaten ans Kap, da heißt es, bald wieder packen.«

Kramer graste die Bücherregale ab und fand, was er suchte: einen Band mit Bibliothekssignatur auf dem Rücken. »Hat Mr Wallace viel gelesen?«

»Unglaublich viel.«

»Eins pro Tag?«

»Bestimmt – der arme Kerl hat unter chronischer Schlaflosigkeit gelitten.«

So weit mit seiner wackeligen Theorie.

»Sie kennen also beide Wallaces gut, gnä' Frau?«

»Alicia, bitte. Alicia Brown. Ja, wir sind bei ihnen und sie bei uns ein und aus gegangen, meistens ohne anzuklopfen.«

»Dürfte ich dann Ihnen ein paar Fragen stellen und Mrs Wallace die Mühe ersparen?«

»He, einen Augenblick mal, es kommt ganz darauf an, was für Fragen. Unsere Polizei macht nicht so viel Aufhebens um einen Autounfall.«

»Mag sein, Mrs Brown, aber hier haben wir unsere eigenen Methoden. Doch immer mit der Ruhe, es ist reine Routine. Um einen allgemeinen Überblick zu kriegen, wenn Sie es genau wissen wollen – geistige Verfassung und so weiter.«

»Klingt, als wärs in Ordnung.«

»In welcher Verfassung war Mr Wallace denn gestern?«

Sie runzelte die Stirn, war aber immer noch hübsch und sehr ernsthaft. Kramer, der seit Lisbet nichts mehr für blonde Haare übriggehabt hatte, schmolz zusehends dahin. Auch ihren Duft mochte er.

»Jetzt, wo Sie mich daran erinnern, glaube ich, dass er nicht gut beieinander war.«

Der arme Kerl, Kramer kannte das Gefühl. »Worauf haben Sie das zurückgeführt?«

»Auf seine Schlaflosigkeit, die gottverdammte schreckliche Hitze. Ich war gleich nach dem Frühstück mit der Post drüben. Wissen Sie, etwas ist versehentlich in unserem Briefkasten gelandet. Nur eine Karte, ich hätte also ruhig warten können, aber so war das eben mit uns. Mark sah gerade den Poststapel durch und öffnete die Umschläge, während Paula die Namen vorlas. Da bin ich reingeplatzt. Paula hat es jedoch nicht übel genommen, sie ging in die Küche, um dem Koch den Auftrag zu geben, mir einen Kaffee zu machen, und Mark saß einfach nur da.«

»Ach ja?«

»Sagte keinen Ton, starrte nur vor sich hin. Ich musste ihn erst ein bisschen aufziehen, ehe er wieder zu sich kam.«

»Und dann?«

»Dann hat er einen Witz gemacht, den ich vergessen habe. Bald danach ist er zur Arbeit gegangen. Das wollten Sie hören? War aber meines Erachtens nichts Besonderes.«

Jetzt war es Kramer, der in Gedanken versunken dasaß – nur kam er von selbst wieder zu sich.

»Und Mrs Wallace?«

»Wie immer, ein echter Schatz, und quietschvergnügt wie ein Eichhörnchen. Sagen Sie, darf ich Ihnen Kaffee, äh, Tee anbieten?«

»Wo meine Vorfahren herkommen, trinkt man Kaffee, genau wie bei Ihnen«, erwiderte Kramer lächelnd. Das war ideal, er wollte nämlich, dass sie einen Moment aus dem Zimmer ging. »Aber Sie sagten doch, die Dienstboten seien weg!«

»Es macht mir keine Mühe, Lieutenant.«

Kramer nahm, soviel er konnte, vom Schwung des Plisseerocks in sich auf, dann kam Bewegung in ihn. Er nahm das Bibliotheksbuch, schloss die Lücke in der Bücherreihe geschickt wieder und schob seine Beute hinten in den Hosenbund. Es war eine Sache von Sekunden, und seine Haltung verbesserte sich dadurch erheblich.

Anschließend wanderte er mit der höflichen Neugier eines Besuchers, der etwas für guten Geschmack übrighat, im Zimmer umher, fand jedoch keinen Gefallen an der kalten Pracht. Aus reiner Gewohnheit nahm er das oberste zerknüllte Papier aus dem Papierkorb neben dem Schreibtisch – und zog eine Augenbraue hoch. Darunter lag eine Weihnachtskarte, in Fetzen gerissen. Er hatte sie eben herausgeklaubt und glücklich in seiner Tasche verstaut, als Alicia Brown leise mit einem Tablett hereinkam.

Eine halbe Meile zurück von der Chestnut Road war ein kleines Einkaufszentrum, wo Kramer eine Rolle breites Klebeband und die letzte Ausgabe der *Trekkersburg Gazette* kaufen konnte. Dann fuhr er weiter zu einem kleinen Park und suchte sich einen Schattenplatz. Der Rasen dort war genauso wie der Rasen überall im Vorort Caledon: grün. Das tat ihm in der Seele wohl. Eine Zeit lang schaute er einfach ins Gras und bemerkte weder die schwarzen Kindermädchen, die ihre Nachmittagspause verplauderten, noch ihre kleinen Schützlinge, die nach den Regenbogen im Sprühnebel der Sprenger haschten. Rasen; es musste mehr Quadratmeter guten Rasen pro Kopf in Caledon geben als in der gesamten übrigen Stadt zusammengenommen, und alles nur zum Anschauen oder um den Hintern darauf zu pflanzen. Verdammt schön.

Er blieb jedoch im Auto sitzen, weil er noch was zu erledigen hatte. Zuerst sah er die Zeitung durch und stellte fest, dass von dem tödlichen Unfall berichtet wurde, aber ohne Namen zu nennen. Gut so. Dann riss er Klebebandstreifen ab und klebte sie so auf das Wagenfenster, dass sie sich etwas überlappten wie die Lamellen einer alten geschlossenen Jalousie. Als er ein Rechteck von etwa fünfzehn mal zwanzig Zentimetern fertig hatte, klebte er zum besseren Zusammenhalt noch ein paar Streifen kreuz und quer darüber, bis das Ganze so fest war, dass er es abziehen und mit der Klebeseite nach oben auf seinen Autoatlas legen konnte.

Nach dieser Vorbereitung holte er alle Schnipsel der zerrissenen Weihnachtskarte aus der Tasche und legte sie auf dem Beifahrersitz aus. Es erforderte keine besonderen Geisteskräfte, darauf zu kommen, dass die weißen Schnipsel, die Druck- und Tintenspuren trugen, zur Innenseite gehörten. Diese sammelte er zusammen, während er die anderen aussonderte. Das Glück war ihm hold: Auf einem rautenförmigen Fetzchen war links ein kleines s, dann eine Lücke und rechts ein großes *C: Kersfees* – Lücke – *Christmas,* eine zweisprachige Karte, auf der die beiden Amtssprachen Afrikaans und Englisch Seite an Seite erschienen, und man durfte wohl davon ausgehen, dass der Drucker diese Worte in die Mitte der Karte gesetzt hatte.

Kramer klebte die Schnipsel in die Mitte der vorbereiteten Klebefläche und suchte weiter. Er fand gleich ein intaktes *Merry,* das genau zu den angeklebten Teilchen passte. Dann verließ ihn das Glück, und es dauerte eine Stunde, bis er auch den Rest des abgedroschenen Wunsches zusammenhatte: *Merry Christmas and a Happy, Prosperous New Year* – Frohe Weihnachten und Glück und Wohlstand im neuen Jahr. Immerhin war er dabei auf etwas Ungewöhnliches gestoßen – das Wort »Wohlstand« war in der englischen Version viermal unterstrichen.

Jetzt ging er zum handschriftlichen Teil über, und bald hatte er einen Männernamen gefunden: *Sam.* Sam Smith? Sam Jones? Sam van der Merwe? Das war die Quizfrage, aber seine einzige Spur war ein *a* auf einem Schnipsel und ein *anth* auf einem anderen. Außerdem waren die Reißkanten so gerade, dass die Schnipsel fast immer passten, was die Sache nur noch komplizierter machte. Verdammt, er musste ein paar Schnipsel in dem Papierkorb übersehen haben.

Es sei denn, dass es so einen –

Er rief den Bereitschaftspolizisten über Funk und fragte ihn, ob es Nachricht von Zondi gäbe.

»Kein Sterbenswörtchen, Tromp. Aber Sie wissen ja, wie diese Kaffern sind – wahrscheinlich schläft er irgendwo seinen Rausch aus.«

»Ach, wie wahr.«

»Kann ich sonst noch was für Sie tun?«

»Allerdings. Je von Samantha gehört, Koos?«

»Bing Crosby, oder?«

»Wie bitte?«

»Er hats gesungen, in einem Film. *High Society?* Die Schnecke ist jetzt Prinzessin von Marokko, fällt Ihnen sicher wieder ein. Warum?«

»Ich dachte nur, Sie würden heute Nachmittag Wunschkonzert machen. Oder wozu haben Sie das Funkgerät?«

Koos lachte, ließ noch ein paar unanständige Laute hören und empfahl sich.

Kramer fiel gar nichts wieder ein – er ging ungern ins Kino, und Hollywood-Musicals mochte er überhaupt nicht. Aber zumindest wusste er jetzt, dass Samantha ein richtiger Name war, und konnte da weitermachen.

Alle weißen Papierschnitzel zusammenzufügen, war schlechterdings unmöglich, und so klebte er sie einfach willkürlich aneinander und stellte mit einem Blick auf die Fläche, die sie bedeckten, befriedigt fest, dass nichts von der Karte fehlte.

»Wohlstand« unterstrichen und das eine Wort »Samantha«; nicht gerade viel, aber Mark Wallace hatte es offenbar gereicht. Man zerreißt im Allgemeinen keine Weihnachtskarten, und schon gar nicht, wenn man sie normalerweise auf dem Kaminsims aufstellt.

Kramer beschloss jedoch, statt langer Theorien lieber eine Abkürzung zu wählen – er hatte das deutliche Gefühl zu wissen, wo er diese Samantha suchen musste, und die konnte ihm dann gefälligst eine Erklärung liefern.

Zondi hatte beschlossen, seine Zeit möglichst nutzbringend zu verwenden und ein Nickerchen zu machen. Essen war unnötig, und Wasser hatte Zeit, aber über sechsunddreißig Stunden ohne Schlaf war doch etwas Anderes: Seine Wachsamkeit ließ nach, und außerdem bekam er Ohrenschmerzen. Überdies war er nicht mehr in der Lage, auf Details zu achten – das merkte er, als er unsanft wieder geweckt wurde.

Die Frau mit Fliegen auf und in der Nase trat gegen seine Füße und beschimpfte ihn wüst.

»GG-Spion!«, zischte sie. »Spion, wo sind deine Stöcke?«

Zondi sprang auf, versicherte sich erst, dass diese Anschuldigungen unbemerkt geblieben waren, und stieß ihr dann den Finger in den Kehlkopf. Sie rang nach Luft und fiel in sich zusammen. Niemand sah es. Er packte sie an den Armen und zog sie in ihr Zelt. Es kam keine Fliege hinterher.

»Wenn du noch einmal GG sagst, töte ich dich, Schwester.«

Ein Krächzen versprach ihm Stillschweigen.

»Und wenn du wieder sprechen kannst, wirst du dich dafür entschuldigen. Hast du einen Mann?«

Sie senkte den Kopf und brachte ein Kopfschütteln zustande.

»Ich werde warten.«

Er war wütend. Ebenso wütend auf sich selbst wie auf sie, denn er hätte daran denken müssen, dass niemand ohne zwei Hartholzstöcke auf eine Reise geht, einen zur Abwehr von Schlägen und den anderen zum Zuschlagen. Gelegentlich sah man einen Mann mit nur einem Stock, aber nie einen mit leeren Händen – genauso wie in jedem Westernfilm jeder Weiße einen Revolver trug. Kein Wunder, dass sie Verdacht geschöpft hatte, und wahrscheinlich hatte sie, als er schlief, seine Waffe entdeckt. Sie war von der Art, der eine solche Entdeckung keine Angst machte, sondern die mit spontaner Entrüstung reagierte. Die anderen, deren Bekanntschaft er vorher gemacht hatte, waren einfach zu sehr in ihr Streitgespräch vertieft, um etwas mitzubekommen. Was ihm den zweiten Grund für seinen Ärger in Erinnerung brachte: dass seine Tarnung aufgeflogen war und er jetzt mit offenen Karten spielen musste.

Er machte es sich auf seiner Strohmatte hinten im Zelt bequem, tastete seine Taschen nach Zigaretten ab und nahm sich mit ihren Streichhölzern Feuer. Die Frau, die leise vor sich hin weinte, versuchte, sich zum Zelteingang zu schieben.

»Bleib hier, ich möchte hören, warum du glaubst, ich wäre ein GG-Spion.«

Zuerst kam nur undeutliches Wortgestammel, aber dann konnte sie sich einigermaßen verständlich machen.

»Shabalala«, flüsterte sie, »er kommt nach Jabula.«

Zondi kam jäh in die Senkrechte. Endlich etwas, das sein Handeln rechtfertigte – etwas, das ihm wieder das Gefühl gab, etwas Sinnvolles zu tun.

»Wann?«

»In der Nacht.«

»Vergangene Nacht?«

»Er war heute Morgen bei seiner Frau.«

»Hast du mit ihm gesprochen?«

»Nein.«

»Weißt du, warum er hier ist?«

»Nein.«

»Hat seine Frau nichts erzählt?«

»Hat mich nur gebeten, niemandem etwas zu sagen.«

»Warum nicht?«

Die Frau zog die Schultern hoch und begann wieder zu schluchzen.

»*Warum?* Antworte lieber, und zwar schnell!«

»Vielleicht wegen seines Passes – die GGs sind sehr streng.«

Das war es also, und natürlich hatte sie Grund anzunehmen, dass Shabalalas ungenehmigte Heimkehr in Anbetracht der strengen Überwachung aller Bewegungen von Schwarzen in weißen Gebieten ein gewagtes Unterfangen war. Zondi wusste, dass ein Mann von einem Beamten mit einem einzigen Federstrich aus seiner Geburtsstadt in ein Hunderte von Meilen entferntes Homeland versetzt werden konnte – und davon war auch ein wohlsituierter Geschäftsmann nicht ausgenommen, der dem Rat einer Township vorstand, offiziell jedoch als Hilfsarbeiter eingestuft wurde. Ja, es war durchaus möglich, dass sie ihm aufrichtig erzählte, was sie dachte.

»Ich gehöre aber nicht zu den GGs, sondern zum CID«, sagte Zondi.

»Hau!«

»Ja, und dieser Shabalala ist ein ganz schlechter Mensch – du bist nicht sicher in seiner Nähe.«

»Wieso?«

Zondi zog den Daumen über seine Kehle.

»*Hau!* Du musst ihn fangen!«

»Du musst mir dabei helfen.«

»Ich fürchte mich.«

»Dann sag mir einfach, wo er ist.«

»Er ist doch weg!«

»Seit wann?«

»Noch nicht lange – kurz vor deiner Ankunft.«

Sie schrak entsetzt zurück, als Zondi jetzt in helle Wut geriet. Volle zwei Stunden hatte er geschlafen, während der Mörder geflohen und zweifellos querfeldein unterwegs war nach – nun, das war die große Frage. Zondi fiel nichts ein, wo Shabalala besser aufgehoben wäre als in Jabula. Darauf hatte ihn die Frau mit ihrer Erwähnung des Passes gebracht. Ohne offizielle Reisepapiere hatte Shabalala Glück gehabt, überhaupt so weit zu kommen, ohne bei einer der dauernden Routineüberprüfungen durch Uniformierte erwischt zu werden – und ohne triftigen Grund würde er kaum noch einmal Kopf und Kragen riskieren. Im Grunde brauchte er sich nur zu verstecken, bis die Polizei wieder weg war.

»Schwester«, sagte Zondi nun freundlich, »du sagst, Shabalala ging kurz vor meiner Ankunft. Wohin ging er?«

»Hier entlang, an den Hütten dort vorbei.«

»Was hat er vorher gemacht? Hat er den Hügel beobachtet?« Zondi nickte in Richtung seines versteckten Anglia.

»Er stand draußen und schaute und schaute – das habe ich gesehen, aber nicht, wohin er schaute.«

Shabalala musste gesehen haben, dass sich ein Fremder näherte, der keine Stöcke bei sich trug. Wenn die Frau nur etwas gebildeter gewesen wäre, hätte Zondi sie bitten können, den Zeitpunkt genauer zu schätzen; aber sie hatte in ihrem ganzen Leben noch nie davon gehört, dass sich die Zeit wie eine Schale Brei für ihre Kinder in viele kleine, genaue Einheiten unterteilen ließ. Doch es gab noch andere Möglichkeiten.

»Shabalala ging, und ich kam«, sagte er. »Was hast du zwischen diesen beiden Ereignissen getan? Deine Laken gefaltet? Wie viele Laken?«

»Das habe ich am Morgen getan.«

»Aber du verstehst doch meine Frage.«

»Ich habe nichts getan. Was kann man hier an diesem Ort schon tun? Soll ich vielleicht den Dreck von der Erde putzen?«

Schulbildung wäre wahrscheinlich doch nichts für sie gewesen, und der Welt war eine Menge Ärger erspart geblieben. Zondi verachtete die unter seinen Landsleuten, die sich ihren Stolz nicht bewahrten.

»Nein, deine Nase putzen, Schwester.«

Sie spie aus und zeigte so ihre Verachtung für ihn. Immerhin war sie Zulu genug, um Mut zu beweisen – und davor hatte er Achtung.

Er lachte, sie lachte, und dann war es Zeit, sich auf die Suche zu machen. Es war ihm in den Sinn gekommen, dass die Alte, die ihn abgefangen hatte, vielleicht der Teil eines wohlbedachten Plans gewesen war, den Lauf der Gerechtigkeit abzuwenden.

7

Kramer ging gerade im Sturmschritt am Albert Hotel vorbei, als ihm einfiel, dass er sich dort um fünf mit Scott verabredet hatte – nach der Uhr am Rathaus von Trekkersburg war es bereits zehn nach. Er ging wieder zurück und zwängte sich durch die Schankstube in die elegante Bar.

Auch dort drängten sich so viele fröhliche Geschäftsleute, die sich darauf vorbereiteten, den Weihnachtsmann zu spielen, dass er sich für weitere drei Minuten Verspätung entschuldigen musste, als er den Lieutenant endlich bei einem Orangensaft fand.

»Verflucht, Mann, tut mir leid«, sagte er.

»Nicht der Rede wert. Was trinken Sie?«

»Noch nichts.«

»Bitte?«

»Hören Sie, John, ich bin in einer Sekunde wieder da – muss mich beeilen, bevor dichtgemacht wird.«

»Was?«

Kramer merkte, dass er sich verplappert hatte, redete sich aber geschickt heraus. »Der Laden natürlich. Ein Geschenk.«

»Dann laufen Sie los, Mann – und keine Sorge, ich warte schon.«

Der leicht säuerliche Ausdruck auf Scotts Gesicht war nicht zu übersehen. Kramer freute sich insgeheim, dessen Ursache zu sein.

Er eilte auf die Straße und war sofort bis an die Schultern in das Gewühl all derer eingetaucht, die kurz vor Ladenschluss noch etwas kaufen wollten und sich mit der Geschwindigkeit der Langsamsten unter ihnen weiterschoben. Sein Versuch, auf die Fahrbahn zu gelangen und sich einen Weg durch das Verkehrschaos zu bahnen, wurde durch die ungeheure Überzahl der dichten Menge vereitelt. Eins stand fest: Jeder Bettler auf der Strecke bis zum Postamt war längst davongekrochen, um nicht zu Mus zertrampelt zu werden – so gesehen, hatte doch alles sein Gutes.

»Entschuldigung«, sagte er, während er sich seitwärts schlug, um dem Gedränge auszuweichen.

»Pass doch auf, Freundchen!«, schimpfte eine alte Schildkröte und hob den schuppigen, kahlen Kopf aus ihrem Tweedjackenpanzer. »Ein bisschen Anstand bitte!«

»Mordkommission«, sagte Kramer nur und gewann zwei Meter Vorsprung, ehe er wieder festsaß.

»Mordkommission«, sagte er wieder.

»Ja, mörderisch, weiß Gott«, schnaufte eine dicke Frau, die mit ihren vier Kindern, die sich an den Händen gefasst hielten, eine menschliche Sperre um sich aufgebaut hatte. »Und meine Füße tun auch mordsmäßig weh.«

Himmel, so musste es nach Dr. Strydoms Beschreibung einem Bazillus zumute sein, der versuchte, sich zwischen all den verfluchten Blutzellen in einer Ader durchzuschlagen, die sich gegen ihn verschworen hatten. Welch ein erhebender Gedanke.

»Ich bin Arzt!«, sagte Kramer jetzt mit beträchtlichem Erfolg – und blieb dabei, bis er die Treppe der Bibliothek erreicht hatte. Auf einem Zettel, der über das normale Schild mit den Öffnungszeiten geheftet war, hieß es, dass um sechs, früher als sonst an Wochentagen, geschlossen würde, Besucher bis dahin jedoch willkommen seien.

Er zog das Buch hervor, das er im Wallace-Haus entwendet hatte, und ging hinein. Es war kaum Publikumsverkehr, was nicht weiter überraschte; überwiegend Rentner, die sich zu Weihnachten ein bisschen gratis aufheitern wollten, indem sie sich etwas für den Geist statt für den Gaumen leisteten. Ein trauriges Bild.

Doch die Belegschaft schien vollzählig versammelt zu sein, und alle wirkten ungewöhnlich beschwingt. Mehrere Damen hatten tatsächlich etwas Grellbuntes an einer unauffälligen Stelle ihrer Kleidung angebracht, und eine hatte sogar ihren Haarknoten gelöst. Dann sah er hinter den Glastüren der Kinder- und Jugendabteilung, die bereits um vier geschlossen hatte, Snacks und Gläser auf den niedrigen Tischen. Natürlich, sie warteten alle nur auf die wilde Party, auf deren Höhepunkt der Bibliotheksleiter zensierte und aussortierte Bücher verteilen würde, jedes in hübsches Geschenkpapier eingewickelt. Die Folgen waren unvorstellbar – sofern die Zensoren ihr Handwerk verstanden.

Aschenputtel sah allerdings nicht so aus, als würde sie der Star dieses Balls werden. Sie stand ein wenig hinter den zwei untersetzten Damen, die energisch den Buchumtausch eines alten Paares bewerkstelligten, das Gesicht von Scheuklappen aus weichen, glatten Haarsträhnen verdeckt. Es war glänzendes schwarzes Haar, so glänzend schwarz, wie ein Gewehrlauf schwarz sein konnte, und stand in krassem Kontrast zum groben Stoff ihres Kittels.

Kramer zögerte und sah sich nach jemandem um, der mehr seinen Vorstellungen entsprach. Aber nach einer scharfen Bemerkung einer der Damen trat das Mädchen vor und nahm sein Buch entgegen.

»Aber das …«, sagte sie.

»Bitte?«

»Ach, nichts.«

Sie schlug es so auf, dass die Datumskarte zu sehen war, und begann, den langen Karteikasten auf dem Pult nach der Mitgliedskarte zu durchsuchen. Sie fand die richtige und zog sie heraus; darauf stand in Blockschrift: Mr M. C. Wallace, 9 Chestnut Road, Caledon, Trekkersburg, und gedruckt: *Nur für Belletristik. Karte nicht übertragbar.*

Jetzt hob sie abrupt den Kopf, zu schnell für ihr Haar, und Kramer konnte sehen, dass sie wünschte, sie könnte sich in einen Kürbis verwandeln. Ihm wurde auch klar, dass er ein Mädchen anschaute, das auf seine Art nicht nur hübsch, sondern vielleicht sogar schön zu nennen war. Er war in diesen Dingen nicht mehr so sicher, seit er die Witwe Fourie kennengelernt hatte.

»Was gibts, Miss?«

»Ich – Sie sind nicht derjenige, der hier steht.«

»Nein? Sie kennen wohl all Ihre Kunden, was?«

Sie wurde rot.

»Ich heiße Kramer, Miss. Und Sie?«

»Sa– «

Fast wäre ihr die Antwort herausgerutscht, aber eben nur fast; sie hatte sich offenbar in der Gewalt.

»Ich werde mal raten: Samantha?«

»Miss Finlay«, rief das Mädchen und wandte sich ab, aber ihre Stimme war leiser, als sie gedacht hatte.

»Lassen Sie das, Samantha – wenn Sie kein Aufsehen erregen wollen«, warnte Kramer leise.

»Wer sind Sie denn?«, flüsterte sie.

»Polizeibeamter, und ich möchte an einem ruhigen Ort ein bisschen mit Ihnen plaudern. Gehen Sie zu der Party?«

»Nein.«

»Dann warte ich um sechs draußen auf der Treppe. Wenn Sie ein vernünftiges Mädchen sind, versuchen Sie nicht, durch den Hinterausgang zu entwischen.«

»Kann ich Ihnen helfen, Miss Simon?«, mischte sich die Dame ein, die vorher so energisch aufgetreten war.

Samantha Simon – die beiden Namen passten gut zusammen.

»Ich komme schon zurecht, danke, Miss Finlay.«

Aber die Energische war nicht mehr aufzuhalten. »Gibts ein Problem, Mr Wallace?«, fragte sie schroff und fiel glatt rein auf ihren Kartentrick.

»Ach, nein, gnä' Frau, ich bin bloß von der Polizei!«, seufzte Kramer und zeigte ihr seinen Ausweis, verdeckte aber das Wort *Mordkommission* mit dem Daumen. »Irgendjemand hat dieses Buch im Bus gefunden. Er hat es zu uns gebracht. Der Wachhabende hat gehört, dass ich in diese Richtung unterwegs bin. Und da bin ich und bringe es zurück.«

»Dann ist ja alles in Ordnung.«

»Sagte ich ja, Miss Finlay.«

»Warum dann das Aufsehen, Miss Simon?«

»Kein Aufsehen«, sagte die und sah Kramer starr an. »Frohe Weihnachten, meine Damen«, sagte Kramer und ging.

Zondi wies sich vor den Bewohnern von Jabula ordentlich als verlängerter Arm des Gesetzes aus – an dem praktischerweise auch noch eine Walther-PPK-9mm-Automatik hing. Vielleicht war es riskant, die Waffe zu zeigen, aber dadurch konnte er die Menge der Zweifler, überwiegend Analphabeten, am schnellsten davon überzeugen, dass er der war, der er zu sein behauptete. Sie zu überzeugen, hieß allerdings nicht, sie zur Kooperation zu bewegen. Nur die blähbäuchigen Kinder, jäh aus ihrer Lethargie gerissen, rissen sich darum zu tun, um was er bat. Alle Übrigen sahen entweder finster von den Eingängen her zu oder behinderten die Suche, indem sie unablässig hin und her liefen, sodass Shabalala nötigenfalls leicht sein Versteck wechseln konnte.

Das Verhalten der Bewohner machte Zondi nicht nur immer wütender, sondern bestärkte ihn auch in seinem Verdacht, dass Shabalala ganz in der Nähe war. Und als er schließlich die Geduld verlor, blieb ihm nichts anderes übrig, als zweimal in die Luft zu schießen, um alle aus dem Umkreis der Hütten und Zelte wegzuscheuchen.

Auf Zondis Geheiß reihten sie sich alle hinter einer Linie zwischen zwei weißen Fähnchen auf, und er drohte ihnen, jeden zu erschießen, der diese Linie überschritt. Da er nicht gleichzeitig für die Einhaltung seiner Anordnung sorgen *und* auf die Suche gehen konnte, rief er die Kinder zur Hilfe auf und bot dem, der Shabalala als Erster entdeckte, volle zehn Cents Belohnung.

Die Mütter sahen mit teilnahmsloser Miene zu, wie ihre kleinen Söhne und Töchter durch die Unterkünfte tollten und fröhlich kreischten, weil sie in die Privatsphäre anderer eindringen durften. Die blinde Alte fing zu jammern an: Die ganze Welt sei verrückt geworden, und sie würde jetzt über die Linie treten und allem ein Ende machen. Als ihre Tochter sich ärgerlich erbot, sie in die richtige Richtung zu drehen, verstummte sie wieder. Inzwischen versuchte die Frau, auf der wieder die Fliegen saßen, die Umstehenden damit zu beeindrucken, dass der Flüchtige ein gefährlicher Mensch sei – ein Mörder. Diejenigen, die sich die Mühe machten, ihr zuzuhören, zeigten sich ungerührt.

Nach etwa zehn Minuten kamen die Kinder zurückgeströmt – eins hatte Zucker im Gesicht, ein anderes eine dicke Backe.

»Seht nur!«, schrie ein grauhaariger Alter auf einmal entsetzt. »Die Kinder sind über die Vorräte hergefallen!«

Zondi zog die Pistole und richtete sie auf ihn.

Denn schon bevor die angstvollen Worte gefallen waren, war ihm aufgegangen, dass er den schlimmsten Fehler seines Lebens gemacht hatte, die Kinder loszuschicken. Blähbauch, leerer Bauch – eine alte Wahrheit. Und die Kleinen wussten nichts von morgen, sie hatten weder eine Ahnung von Rationierung noch gelernt, den nagenden Hunger zu vergessen. Sobald sie etwas zum Essen sahen, schnappten sie es sich – vorausgesetzt, es war kein Erwachsener da, um sie davon abzuhalten. Es war gerade so, als hätte er einen Schwarm Heuschrecken aufgefordert, über ein Kornfeld herzufallen und zehn Cents zu suchen.

»Wir werden hungern müssen! Hungern!«

»Zurück!«

Aber die Leute kamen schon auf Zondi zu, sie fielen in den Hungerschrei des alten Mannes ein und schwenkten die Fäuste. Sie hatten keine Angst mehr. Der Revolver verhieß einen schnellen Tod – was sie sonst vor Augen hatten, war langsam und schrecklich.

»Zurück, oder ich schieße!«

Sie rückten weiter vor. All ihre angestaute Verzweiflung, Verwirrung und Wut konzentrierte sich jetzt auf diesen einen Mann – diesen Wahnsinnigen, der sie so gut wie vernichtet hatte.

»Bulala! Bulala!«

Das waren die drei gefürchtetsten Silben in den Ohren eines einzelnen Polizisten – der Zulusingsang für *Töten!* Einmal ausgesprochen, waren sie wie eine Beschwörungsformel, die alle Angst vertrieb und wilden Blutdurst an ihre Stelle setzte, dem nur durch Kugeln Einhalt zu gebieten war – sofern man genug davon hatte.

Zondi hatte vier.

»Bulala, bulala, bulala!«

Das Tempo nahm zu, die erste Reihe der aufgebrachten Menge war keine zwanzig Meter mehr entfernt – der Schatten eines Steins streifte Zondis Hand mit der Waffe. Ruhe zu bewahren, war gut und schön, aber alles hatte seine Grenzen. Wenn sie ihn erreichten, konnte er darauf zählen, vier von ihnen zu töten, mit etwas Glück aus großer Nähe vielleicht auch fünf. Dann blieben aber immer noch über zweihundertfünfzig rasende Frauen übrig. Sie würden ihn todsicher mit ihren Händen und Zähnen in Stücke reißen – eine seiner ersten Aufgaben als Polizist hatte damals darin bestanden, die Reste eines Vergewaltigers zusammenzuklauben. Vier Kugeln. Er konnte drei abfeuern und die vierte für sich selbst verwenden. Er konnte versuchen, ein Kind als Geisel zu nehmen, aber das würde sie nicht unbedingt aufhalten. Oder er konnte rennen.

Zondi zielte plötzlich auf die Blechfahne der Windmühle und drückte ab, und die Kugel schlug laut ein. Diese Musik kam völlig unerwartet: Alle Köpfe drehten sich unwillkürlich dorthin.

Er rannte los.

Erstaunlicherweise war Scott nicht übermäßig verstimmt, als Kramer ihm bei seiner Rückkehr erzählte, alle Läden seien schon zu gewesen, sodass er wegen seines Geschenks ins indische Viertel müsse.

»Die verfluchten Kulis sind gute Mohammedaner«, brummte Scott, »tun alles, um ihre Läden offen zu halten.«

»Es macht Ihnen also nichts aus?«

»Ich hab ja nichts weiter zu tun, oder? Außerdem weiß Colonel Dupe, wo ich bin, falls etwas anliegt.«

Womit sich immerhin der schnöde Orangensaft erklärte. »Noch nichts von Zondi?«, fragte Kramer beiläufig.

»Nichts. Sieht so aus, als hätte er sich frühzeitig davongemacht, um Weihnachten zu feiern.«

»Tja, wer weiß.«

Mit einem Kopfnicken verließ Kramer das Albert Hotel erneut und schlug den Weg zur Bibliothek ein. Inzwischen waren die Straßen leer, sodass er im Gehen darüber nachsinnen konnte, was wohl mit dem verrückten schwarzen Mistkerl los war. Bei früheren Gelegenheiten wäre Zondi längst mit seinem Gefangenen wieder da gewesen – oder hätte wenigstens angerufen, um ihn auf dem Laufenden zu halten. Kramer hoffte inbrünstig, dass er keine Dummheit angestellt hatte.

Samantha Simon kam rückwärts aus der Bibliothekstür, sie dankte dem Bibliotheksleiter dafür, an sie gedacht zu haben, blieb jedoch dabei, dass sie nach Hause müsse. Als sie sich umdrehte, stand Kramer vor ihr.

»Zu mir oder zu Ihnen?«, fragte er.

»Bitte?«

»Wo wollen wir uns unterhalten? In meinem Büro beim CID?«

Eine klassische Reaktion – bei der Erwähnung seines Büros blähten sich ihre Nasenflügel, als steckten zwei dicke Finger darin.

»Aber was ist denn bloß los?«

»Eins nach dem anderen. Wo? Sie wohnen doch hier in der Nähe, nicht wahr?«

»Ich? Nein, meilenweit entfernt. In Greenside.«

»Todschick.«

»Es ist ein altes Dienstbotenzimmer.«

»Dann weiß ich etwas, wo es ruhig ist«, sagte Kramer barsch und dirigierte sie in eine Gasse, die ins Juristenviertel führte. Genau zwischen den Kanzleien zweier bedeutender Rechtsanwälte war eine kleine Teestube, die durch den mittäglichen Handel mit Juristensnacks florierte. Auf dem Wendeschild am Eingang stand »Geschlossen«, aber auf Kramers lautes Klopfen hin öffnete sich die Tür schließlich.

»Lieutenant, welch eine Freude!« Der ölige Schleimer, der das Lokal führte, geleitete sie herein und ging dann hinter die Theke. Stechpalmenzweige aus Plastik zerschmolzen auf seiner Espressomaschine, und es stank.

»Ein bisschen spät vielleicht, und es ist ja auch Heiligabend, aber es ist mir trotzdem ein Vergnügen«, sagte der Schleimer. »Was solls denn sein?«

»Zwei Kaffee, schwarz, Milch und Zucker auf den Tisch.«

»Aber das ist doch nichts für einen so hochverehrten Gast, Lieutenant!«

»Bei Ihnen brennts.«

»Oh, es tut mir schrecklich leid.«

Der Schleimer entfernte die Weihnachtsdekoration von der Maschine und verbrannte sich erfreulicherweise die Finger dabei.

»Pech«, sagte Kramer. »Beeilen Sie sich mit dem verdammten Kaffee, und dann schieben Sie ab.«

»Ganz wie Sie befehlen, Lieutenant.«

Kaffee, Milch und Zucker wurden mit großer Sorgfalt serviert. Dann wollte sich der Besitzer durch die Hintertür in seine Wohnung zurückziehen.

»Ich habe abschieben gesagt, Gordon – wollen Sie, dass ich vor einer Dame andere Saiten aufziehe?«

»Aber – aber wohin denn?«

»Raus. Auf die Straße. Und kommen Sie erst wieder, wenn auf dem Schild da ›Geöffnet‹ steht.«

»Ich muss schon sagen, Sie nehmen sich ein bisschen viel heraus.«

»Längst nicht so viel wie Sie mit bestimmten Sachen, die Sie hier – wie soll ich mich ausdrücken – mitbekommen haben. Sam Safrinsky möchte immer noch gerne wissen, wie die Kunde von seinem Überraschungszeugen zu Oosthuizen gelangt ist.«

»Sie wollen doch nicht etwa andeuten –«

»Feststellen. Und jetzt gehen Sie.«

Samantha hatte die ganze Zeit steif dagesessen, nur die Augen hatten sich rasch hin- und herbewegt während dieses Schlagabtauschs, den Kramer mehr wegen seiner Wirkung auf sie statt wegen dem trübsinnigen Gordon vom Zaun gebrochen hatte, der nun indigniert auf hohen Schuhen davonklapperte.

»Beruhigen Sie sich«, sagte er freundlich zu ihr. »So bin ich nur, wenn ich das Gefühl habe, dass jemand mit mir Schlitten fährt. Milch?«

Sie trank ihren Kaffee schwarz und ohne Zucker. Nahm ein kleines Schlückchen, wurde aber keineswegs ruhiger.

»Ich möchte Ihnen ein paar Fragen im Zusammenhang mit einem gewissen Mark Wallace stellen«, begann Kramer. »Sie haben eine Zeit lang Umgang mit Mr Wallace gepflegt, und diese Beziehung –«

»Woher wissen Sie das?«

»Ganz einfach. Es war bekannt, dass er sich mit einer anderen Frau traf, nur wusste niemand, wann – bei nur einer halben Stunde Pause am Tag, in der er noch dazu Bücher in der Bibliothek umzutauschen pflegte. Dafür konnte es zwei Lösungen geben. Die erste war, dass er sich die Bücher irgendwann tagsüber von seiner Freundin umtauschen ließ, um sie bei dem gemeinsamen Treffen von ihr entgegenzunehmen. Aber dann sagte einer seiner Freunde, er sei kein Typ, der fremde Frauen anspreche. Daraufhin fragte ich mich, welche Frauen ihm in seinem Leben nicht ganz fremd sein, sondern etwas mit ihm zu tun haben könnten, wie man so schön sagt. Und da habe ich zwei und zwei zusammengezählt und bin auf Sie gekommen.«

»Auf mich? Warum nicht auf die anderen?«

»Sie sind jung und hübsch.«

»Pah!«

Kramer rührte in seiner Tasse und überlegte dabei, ob ihr Lachen genauso bitter war wie die Brühe, die er zu trinken bekommen hatte. Er entschied, dass es das war. Tat jedoch nichts.

»Darf ich Sie etwas fragen? Mit welchem Recht haben Sie mich eigentlich hierhergebracht?«

»Nun kommen Sie mir bloß nicht mit diesem Unsinn, Samantha, es könnte immerhin eine schwere Anklage erhoben werden.«

»Ehebruch?« Wieder ein Lachen – ohne Zucker.

»Das ist es also, was Ihnen auf der Seele liegt, Mädchen! Wievielmal denn?«

»Sie machen wohl Witze! Ehebruch? Wo? In der Reihe mit den Liebesromanen zwischen F und K?«

Kramer lachte mit einer Fröhlichkeit, in die sich Überraschung mischte: diese Mädchen von heute.

»Nein, ich hatte nicht an irgendwelche Aktionen während der Arbeitswoche gedacht – aber niemand hat bisher die Wochenenden mir gegenüber erwähnt. Darauf habe ich gesetzt.«

Samantha biss sich auf die Lippe. Allmählich kam sie in Fahrt. Gut so.

»Wochenenden? Ich weiß nicht einmal, wie er an Wochenenden aussieht – ich habe ihn nie am Wochenende gesehen. Und – und wenn Sie die Wahrheit wissen wollen, will ich Ihnen noch etwas erzählen.«

»Nur zu.«

»Der Mistkerl hat mich nie auch nur angefasst.«

Dann beugte sie sich über ihrem Kaffee vor und war wieder hinter dem verfluchten Haar versteckt. Nur ihre Schultern verrieten, dass sie schluchzte.

»Aha, also eine platonische Romanze, was?«

Bei dem Wort »platonisch«, musste sie kichern – Kramer wusste überhaupt nicht, warum. Vielleicht stand ein hysterischer Anfall bevor – er kehrte besser wieder auf den Boden der Tatsachen zurück.

»Ich habe von einer Anklage gesprochen, Miss Simon, einer schweren Anklage, aber Sie haben noch gar nicht gefragt, welcher Art genau. Kann ich daraus entnehmen, dass Sie schon wissen, worum es sich handelt?«

»Nein, weiß ich nicht. Ist mir auch egal.«

»Tatsächlich?«

»Ja.«

»Seit wann?«

»Seit er –«

»Sie fallen lassen hat? Ihnen gesagt hat, er hätte genug von Ihnen? Zu seinem Frauchen zurückgekehrt ist? Ist das die Story?«

»Nicht das, was er erzählt.«

»Ach nein?«

»Ich meine, es war wirklich etwas zwischen uns, etwas Besonderes. Und wissen Sie, was er gesagt hat? Er hat gesagt, er könne es sich nicht *leisten!*«

»Inwiefern?«

»Genau! Das habe ich ihn auch gefragt!« Samantha

schob ihr Haar zur Seite und sah Kramer voll ins Gesicht – jetzt war sie wütend, stinkwütend. »Er sagte, er könne es sich nicht leisten, das Leben anderer zu versauen – womit er natürlich ihres meinte! Im Grunde meinte er jedoch, dass er es sich nicht leisten könne, seinen Job, sein feines Häuschen und sein typisch amerikanisches Phallussymbol zu verlieren!«

»Sein was?«

»Auto.«

Großer Gott, Kramer hatte etwas viel Schlimmeres vermutet, aber Englisch war ja auch im besten Fall eine zweideutige Sprache.

»Mit anderen Worten, Miss Simon, er wollte lieber sein Geld und seine Annehmlichkeiten behalten, als mit Ihnen durchzubrennen?«

»Klar. Hat gesagt, der Skandal in diesem Dreckloch von Stadt würde ihn fertigmachen, und dann müsste er irgendwo anders von vorn anfangen, wahrscheinlich sogar ohne Zeugnisse. Und das in seinem Alter.«

»Darauf wollte ich gerade zu sprechen kommen.«

»Das zeigt nur, was für ein Mensch Sie sind. Wir haben uns geliebt, und er war ein bisschen älter. Na und?«

»›Geliebt‹? Und nicht ›wir lieben uns‹?«

»Wie meinen Sie das?«

»Ach, wie Sie selbst sagen, ich bin nun mal so ein Mensch.«

Sie schnaubte belustigt. »Meinen Sie, ich würde Mark noch lieben? Also, Sie liegen vollkommen falsch – jetzt liebe ich *mich,* so ist das. Und ich finde es beschissen, was er mir angetan hat!«

»Alles, ohne seine Hände zu gebrauchen?«

»Du lieber Himmel, Sie werden das nie verstehen.« Sie stand auf, und er dachte schon, er müsse sie auffordern, sich wieder hinzusetzen, aber sie wollte nur mehr Kaffee. Sie bediente sich selbst.

»Kommen Sie, Miss Simon. Erzählen Sie mir alles.«

»Warum sagen Sie nicht mehr ›Samantha‹? Aus juristischen Gründen, Lieutenant?«

»Ich will nicht, dass Sie sich zu sehr aufregen.«

»Nein, wirklich? Auf Ihre Art sind Sie ja tatsächlich menschlich! Und ich dachte, die Kripo würde Ungeheuer mit dem Kopf zwischen den Schultern und mit Haaren auf dem Bizeps vorziehen!«

»Na ja, ich bin eben ein Verwandlungskünstler. Danke.« Sie hatte auch seine Tasse wieder gefüllt.

»Wo soll ich anfangen?«

»Wo er in Ihr Leben getreten ist.«

»An einem Montagmorgen, als ich die Science-Fiction-Abteilung aufräumte. Wir sahen uns durch ein Regalfach über der vierten Buchreihe an – er stand auf der anderen Seite bei den zeitgenössischen Romanen, und es war ein reiner Augenkontakt. Fragen Sie mich nicht, was es war, es war einfach so.«

»Und dann?«

»Dann habe ich mich die ganze Woche gefragt, wessen Augen das gewesen sein mochten, und kam mir ganz blöd vor, weil es mich an eine von diesen grässlichen Ärztestorys erinnerte – die Krankenschwester im OP, die einen jungen Assistenzarzt nie ohne OP-Maske sah, bis sie – ach, Sie wissen schon.«

»Hm.«

»Am Freitag darauf war ich in der Ausgabe und stempelte Bücher ab, und da waren sie – seinen Namen konnte ich aus der Karte ersehen. Ich habe eine Bemerkung gemacht über seine Buchwahl, woraufhin er völlig verschüchtert davonschoss.«

»Und am Montag drauf war er wieder zur Stelle?«

»Ja, kämmte die Regale nach einem Titel ab, zu dem mir etwas einfallen würde. Das hat er mir später erzählt. Übrigens hat er die *Anorganische Chemie Teil* III ausgesucht.«

»Aha.«

»Finden Sie das denn nicht komisch? Na, egal. Dann wurden die Titel etwas, ja, pointierter, könnte man sagen, und er fragte mich, ob ich schon etwas davon gelesen hätte. Um es kurz zu machen: Wir haben viel über Bücher geredet und natürlich auch eine Menge über uns selbst erzählt.«

»Und die Schlange, die sich währenddessen an der Ausgabe bildete? Was hat denn Miss Finlay dazu gesagt?«

»Die alte Ziege! Nein wir hatten mittlerweile unseren eigenen Treffpunkt oben auf der Galerie. Niemand stellt besonders gern Bücher wieder an ihren Platz zurück, es war also an den meisten Tagen kein Problem für mich, mir diesen Job zu sichern. So, das wars.«

»Wie bitte?«

»Man muss doch nicht unbedingt etwas *tun,* um eine Liebesaffäre zu haben, oder? Entweder es funkt, oder es funkt nicht. Jedenfalls dachte ich, dass es erst der Anfang sei – dass er mit sich ins Reine kommen, ehrlich zu sich selbst sein und auf die Moral pfeifen würde. Ich dachte, es würde so werden, weil ich es *richtig* fand. Verstehen Sie, was ich meine?«

Er vielleicht nicht, aber mit Sicherheit die Witwe Fourie. Nun hatte sie ihr kleines Arrangement nicht mehr richtig gefunden. Hatte gepackt und war zum Kap gefahren.

Kramer kehrte wieder in die Gegenwart zurück und legte die Füße auf den Tisch. »Was ist geschehen, dass Sie Ihren Sinn geändert haben, Samantha?«

»Ich *meinen* Sinn? Ha! Mark, wollten Sie wohl sagen. Ich ahnte schon so etwas, als er irgendwelchen Unsinn von sich gab, dass er beobachtet würde, nur habe ich es erst einmal verdrängt.«

»Wie?«

»Er hat eines Morgens plötzlich behauptet, ein Mann auf der gegenüberliegenden Galerie hätte ein Auge auf uns.«

»Haben Sie den Mann gesehen?«

»Es war einer da, aber er war natürlich in seine eigenen Angelegenheiten vertieft. Wie dem auch sei, Mark und ich sind gar nicht ›handgreiflich‹ geworden, wie man sagt – ich stand schließlich auf der Leiter.«

»Und haben Bein gezeigt?«

Kramer hatte zwar einen scharfen Blick, aber kein Gefühl für den richtigen Zeitpunkt. Sie hörte auf, Strohhalme zu knicken, und runzelte die Stirn. Dann lächelte sie.

»Nun ja, können Sie mir das verdenken?«

»Natürlich nicht«, sagte Kramer und sah sie verliebt an. »Der gleiche Mann musste natürlich am nächsten Tag auch wieder da sein, und Mark hat ihn gesehen.«

»Privatdetektiv?«

»Gott, daran habe ich noch gar nicht gedacht!«

»Aber Mark wahrscheinlich.«

Das schloss ihr für eine Weile den Mund, doch dabei suchte sich ihre Wut in ihren Fingern, die wie wild Strohhalme verbogen und zerknickten, ein Ventil.

»Hat er Ihnen da gesagt, er müsse Schluss machen, Samantha? Dass er es sich nicht leisten könne und all das?«

»Genau – so ein Mistkerl. Ich hasse ihn – ich hasse ihn.«

»Deswegen, was er Ihnen angetan hat?«

»Und sich selbst! Gott, wenn er sich doch nur hätte gehen lassen, dann wäre er endlich mal – lebendig, er wäre richtig lebendig! Stattdessen …«

»Sie glauben nicht recht, dass er das, was er über seine Frau gesagt hat, ernst meinte?«

»Wieso sollte er!«

»Es wäre doch möglich.«

»Quatsch.«

»Sie sind sehr jung, Samantha, Sie werden noch –«

»Kommen Sie mir jetzt bloß nicht mit dem Blödsinn! Bloß nicht! O Gott, ich könnte ihn umbringen!«

»Interessant«, sagte Kramer, während sie die Tür zur Damentoilette aufriss und verschwand.

Aber kaum verwunderlich. Da waren sie, die klassischen Winkel des Dreiecksverhältnisses, und eine der Spitzen hatte sich diesem kleinen Mädchen tief ins Herz gebohrt. Wenn sie nicht binnen zwei Minuten vom Klo zurückkam, musste er die Tür einschlagen.

Sie war in weniger als neunzig Sekunden wieder da, hübsch und frech, und bewies, dass sie aus einem anderen Holz geschnitzt und von der Art war, die eine Wunde mit loderndem Hass ausbrennt und bekämpft. Zumindest versuchte sie, sich das weiszumachen – zum Beispiel durch ein bestimmtes Verhalten, das harmlos sein mochte, was physische Gewalt betraf, ansonsten aber heimtückisch wie eine Bombe aus heiterem Himmel war. Das Übel war, dass übermäßige Emotionalität sich oft nicht um die Folgen scherte; eine Atomexplosion um des Knalls willen, ohne einen Gedanken an Druckwellen oder radioaktiven Niederschlag. Und Samantha Simon stand in diesem Augenblick genau im radioaktiven Regen, ohne zu merken, was sie sich selbst mit ihrem Amateur-Nagasaki angetan hatte.

»Ich würde jetzt gerne gehen – ich habe Ihnen alles gesagt. Nach allem Übrigen können Sie ihn selbst fragen.«

»Ob er seine angenehmen Lebensumstände einer Liebesromanze in einem Zimmer in Greenside vorzieht?«

»Ja, fragen Sie ihn das.«

»Nur noch eins, Miss. Ich möchte, dass Sie sich kurz mal ansehen, was ich hier habe.«

Sie kam zum Tisch zurück, und die Art, wie sie sich auf die Stuhlkante setzte, machte deutlich, dass sie sich nicht mehr lange aufhalten lassen würde.

Kramer holte die zusammengeklebte Weihnachtskarte heraus und schob sie ihr hin. »Das ist gestern Morgen bei den Wallaces angekommen«, sagte er. »Trägt es Ihren Namen?«

»Es … aber es ist nicht …«

»Können Sie mir sagen, welches Wort auf dieser Karte unterstrichen ist?«

»Wo-Wohlstand.«

»Richtig, Sie wünschen ihm Glück und *Wohlstand* im neuen Jahr. Ein Jahr mit viel Geld. Mit anderen Worten ein Jahr, in dem er sich *leisten* kann, was er will. Nur nicht seine kleine Bibliotheksangestellte.«

»Die-se Kar-te ist nicht von mir«, sagte sie ruhig und betonte dabei jede Silbe. Sie war weiß geworden, so kalkweiß wie eine enthauptete Leiche.

Kramer schüttelte den Kopf. »Tut mir leid, Samantha, aber ich sehe das anders.«

Jetzt fing sie an zu zittern und versuchte aufzustehen. »Also gut: Was soll das alles?«

Er zuckte die Achseln.

»Wie lautet die Anklage?«

»Keine Anklage.«

»Ich – ich kann gehen?«

Kramer machte eine Handbewegung in Richtung Tür.

Ihre Augen verengten sich, und ihr Mund verzog sich zu einem dünnen Hohnlächeln. »Und keine Strafe?«

»Ach, lesen Sies in der Zeitung.«

»Werden Sie nicht komisch.«

Komisch? Es war ein bitterer Spott. Am Tag nach Weihnachten würde die *Trekkersburg Gazette* alle Einzelheiten über den tödlichen Unfall bringen – einschließlich des Namens Mark Clive Wallace. Anders ausgedrückt: In zwei Tagen würde Samantha Simon wissen, was Verzweiflung bei einem Mann anrichten kann, der zu sehr in die Enge getrieben wird. Die Schlagzeile würde so tief einschneiden wie ein Strick.

Aber alles hatte sein Gutes, jetzt hatte Kramer Zeit, dem guten alten Zondi unter die Arme zu greifen.

8

Zondi lag am Berghang mit Blick auf Jabula und blutete sein Taschentuch voll. Ein spitzer Stein hatte ihn seitlich am Kopf getroffen, als er vor der aufgebrachten Menge floh, und ein weiterer Stein hatte irgendetwas Übles mit seinem Rücken angestellt, aber sonst war er immerhin noch heil und ganz.

Im Mondschein wirkte die Strecke, die er gelaufen war, viel kürzer, als sie tatsächlich gewesen war. Er sah das ausgetrocknete Flussbett, an dem die meisten seiner Verfolgerinnen erschöpft zurückgefallen waren. Mit Schaudern dachte er daran, wie die Übriggebliebenen, die neu in Jabula angekommen sein mussten, weil sie noch immer in guter Verfassung waren, fast bis zum Hang vorgedrungen waren, ehe auch sie aufgaben. Das waren die Übelsten, die die Steine nach ihm geworfen hatten, in dem verzweifelten Bemühen, ihn niederzustrecken. Jetzt war niemand mehr da draußen im Grasland, kein Lebenszeichen bis auf das Flackern von ein paar Feuern.

Die Wunde tat weh, aber das war nichts im Vergleich zu dem Schmerz tief in seinem Innern: dem Schmerz, versagt zu haben. Jetzt würden hundert bewaffnete Polizisten nötig sein, um überhaupt in die Nähe von Jabula zu kommen – und jeder Einzelne von diesen hundert würde unweigerlich zu hören bekommen, wie er, Mickey Zondi, mit eingeklemmtem Schwanz vor einer Meute kreischender Frauen davongerannt war. Ganz gleich, was die wahre

Ursache dafür gewesen sein mochte, dieser Witz würde sich wie ein Lauffeuer bis zur letzten Polizeiwache verbreiten. Und wenn das Gelächter schließlich auch dem Lieutenant zu Ohren kam, war das das Ende von Mickey Zondi, was auch immer vorher gewesen sein mochte.

Zondi hatte keinerlei Versuch unternommen, den Berg zu verlassen, einfach deshalb, weil er nicht wusste, wohin er gehen sollte. Er hatte kurz daran gedacht, zu Miriam zurückzufahren, aber nur so lange, bis er sich bildlich vorgestellt hatte, wie er ihr erklärte, was geschehen war. Außerdem konnten die Kinder mithören, denn die ganze Familie schlief im selben kleinen Raum.

Er lächelte schwach. Komisch, es schien jetzt so, als säßen er und Shabalala in der gleichen Klemme – sie waren beide auf der Flucht vor dem Gesetz, beide ohne eine Zuflucht und beide bis ans Grab ohne Hoffnung. Frieden würden sie nur im Tod finden. Tief unten in einem Grab, wo die Erde feucht war und kein Geräusch die von der Sonne ausgedörrte Erdkruste durchdringen konnte. Tief, tief unten.

Er blickte hinüber zu den Gräbern auf dem gegenüberliegenden Hang, um zu prüfen, wie ernst er diese ungewohnte Stimmung nehmen sollte, ob er wirklich das Gefühl hatte, nicht weiterleben zu können unter dem Kreuz dessen, was er getan hatte. Voller Abscheu stellte er fest, dass schwache Menschen in solchen Augenblicken wieder an den Gott ihrer Kindheit denken und sich an Worte wie Kreuz erinnern. Er stellte fest, dass auch die kritische Betrachtung eines Friedhofes nichts an seinen Gefühlen änderte. Das gab ihm seltsamerweise neue Kraft. Zumindest so viel Kraft, um noch einmal abzudrücken. Er hatte noch drei Kugeln übrig.

Zwei zu viel, und Shabalala hatte gar keine. Der Mann

würde sich einen Baum suchen und seinen Gürtel daran binden. Sich den Gürtel um den Hals legen und vom Ast gleiten. Mit offenen, starren Augen sterben und dabei dem Mond die Zunge herausstrecken. Etwas später dann würden sich seine Därme in seine Hosenbeine entleeren. Eine Schlinge war, wie der Lieutenant oft gesagt hatte, das beste Abführmittel der Welt. Wie der Lieutenant …

So ein Unsinn. Shabalala wollte sicher nicht sterben; sie würden ihn auf eine Trage fesseln müssen, vor den Augen der sechzig, siebzig anderen Todeskandidaten in der großen Zelle, die ihre Lieder sangen und warteten, bis sie an der Reihe waren.

Zondi fieberte etwas wegen seiner Wunden; bald würde er nicht mehr klar denken und nicht mehr tun können, was getan werden musste. Er zog die Pistole unter seinem Arm hervor und fühlte ihre rohe Gewalt.

Seine Augen wanderten wieder zu den Gräbern hinüber, er versuchte, nach ihrem Gittermuster zu schätzen, wie viele dort schon liegen mochten, und begann, die offenen Grabstellen zu zählen, ohne damit fertig zu werden. Schwarze Löcher, geheimnisvolle Löcher, das Maul geöffnet für ihre einzige Ration: einen Menschen. Sie machten ihm keine Angst. Er wünschte sich an einen Ort, wo er –

Die Pistole entglitt seiner Hand. Sein angespannter Körper sackte in sich zusammen. Ihm ging ein gleißendes Licht auf, und er fühlte sich wie berauscht.

»Shabalala!«, sagte er laut, schnippte mit den Fingern und verfluchte sich fröhlich, ganz obenauf und ohne Schmerzen.

Der Friedhof war ein perfektes Versteck.

Colonel Du Plessis war auch im Albert Hotel, als Kramer schließlich wieder aufkreuzte, um mit Scott einen zu trinken. Die beiden standen am hinteren Ende der Bar, an die Holzvertäfelung gelehnt. Sie schenkten ihm ein breites Lächeln und erhoben ihre Gläser mit Lager. Wenigstens dafür dankte er Gott. Orangensaft, um Himmels willen!

»Was haben Sie ihr denn gekauft, Tromp?«

»Etwas Hübsches.«

»Und auch gleich persönlich abgeliefert, was?«, sagte der Colonel spitz.

Kramer sah auf ihn herunter, und einen kurzen Augenblick genoss er die Vorstellung, dieses alte Waschweib mit einem Ziegelstein zu bearbeiten, bis es in die Knie ging. Dann lachte er leise und stützte einen Ellbogen auf die Bar.

Paul Rampaul, der beste aller indischen Barkeeper, stellte in Sekundenschnelle ein Brandymixgetränk daneben. Es hieß, dass Paul, ein weltgewandter, sehr gut aussehender Mann mit beachtlicher natürlicher Würde, das Lieblingsgetränk jedes einzelnen Gastes kannte – was er jeweils beim zweiten Besuch unter Beweis zu stellen pflegte.

»Fröhliche Weihnachten, Paul.«

»Ihnen auch, Mr Kramer. Es ist mir eine Freude, Sie wiederzusehen.«

Das war alles. Nichts von der unterwürfigen Art, die den meisten indischen Barmännern eigen war. Mr Rampaul war schon wieder an seinem Platz und polierte Gläser.

»Und wie läuft der Fall Wallace, Tromp?«, fragte Scott.

»Gut – alles erledigt.«

»O Gott, heißt das etwa, dass ich jetzt Ihren Bericht lesen muss, Lieutenant?«

»Ich kann Ihnen mündlich Bericht erstatten, Sir.«

»Bitte, nicht heute Abend. Überhaupt hätte ich gern – «

»Alles schriftlich?«

Der Colonel hörte die Schärfe aus Kramers Bemerkung heraus, und seine wässrigen Augen gefroren zu Eis. Ab und zu war ganz flüchtig etwas von dem zu erkennen, wovon sich die Legenden nährten, die sich um diesen winselnden kleinen Duckmäuser rankten – diese wurmartige Schlange mit zentimeterlangen Fängen. Aber Kramer hatte sich noch nie um Präzedenzfälle gekümmert.

»Ja, alles schriftlich, mein Freund. Ich will alles – Autopsie, Labortests, Unfallort, Aussagen.«

»Labortests, Colonel?«

»Habe ich doch gesagt, nicht wahr, Lieutenant Scott?«

Scott wand sich förmlich, bis er sah, wie Kramer ihm zublinzelte. »Ja, Sir, das hatten Sie gesagt.«

»Teufel auch, Colonel, es ist aber doch sonnenklar!«, protestierte Kramer. »Wallace hat sich im Comrade's Club in der Hitze volllaufen lassen, konnte nichts vertragen, ist den Berg zu schnell hinuntergefahren und hat es nicht mehr gepackt. Hat noch die Arme hochgerissen, um sich zu schützen, und bumm.«

»Kramer!«

»Sir?«

»Ihr Bericht wird am zweiten Weihnachtsfeiertag Punkt zehn Uhr auf meinem Schreibtisch im Hauptquartier liegen. Verstanden?«

»Aber Sir, ich dachte, da es …«

»Sie haben nichts mehr zu denken, wenn ich etwas befohlen habe!«

Die anderen Gäste – es waren immer noch etliche streunende Väter und Ehemänner da, die sich für das

Tranchieren des Truthahns Mut antranken – hatten in ihrem Schlagabtausch aus Witzen über Frauentausch innegehalten und spitzten die Ohren. Paul Rampaul war diskret über den Hof in die Küche verschwunden.

»Ist das Labor denn nicht über Weihnachten geschlossen, Colonel?«, sagte Kramer betont ruhig.

»Ach, richtig!«, sagte der Colonel und heiterte sich wieder auf. »Schicken Sie Ihr Zeug nach Durban – die haben geöffnet –, dafür reicht dann der Tag nach Weihnachten – der Freitag. Aber das Übrige will ich, wie gesagt, vorher.«

»Ich soll über Weihnachten arbeiten?«

»Sie haben sich doch noch nie eine Gelegenheit dazu entgehen lassen, Lieutenant. Sie müssen nämlich wissen, Scott, dass wir hier einen sehr engagierten Kollegen bei uns haben.«

Kramer hatte also recht gehabt – die Schweinehunde wollten ihn reinlegen. Und Scott war schon auf der anderen Seite, wie er verstohlen dem Colonel bedeutungsvolle Blicke zuwarf und genau darauf achtete, immer im richtigen Moment zu lachen. Aber diese klare Bestätigung ihrer Absichten kam eigentlich sehr unerwartet. Vielleicht hatte das Lagerbier irgendetwas damit zu tun. Nein, das war unwahrscheinlich. Was immer diese beiden Männer sein mochten, sie waren bestimmt nicht unbedacht. Das gab der ganzen Sache eine neue, etwas unheimliche Wendung.

Die Gesprächspause hatte ihr Publikum dazu bewogen, sich wieder dem über den Typen zu widmen, der unerwartet nach Hause kommt und einen Gorilla in seinem Schrank findet.

»Darf ich Ihnen noch einen bringen, Mr Kramer?«

»Danke, Paul.«

»Vielleicht halten Sie mich jetzt für ein altes Weib«, sagte der Colonel und stupste Kramer in die Rippen. »Die Sache ist die, und das ist Ihnen sicher entgangen: Ich habe vorübergehend das Kommando über diese Abteilung. Colonel Muller kommt am Freitagmittag aus dem Freistaat zurück, und bis zur Übergabezeremonie will ich meine Obliegenheiten alle unter Dach und Fach haben.«

»Sir.«

»Ach, glauben Sie nicht, ich sähe nicht, dass Sie verärgert sind, Tromp. Ich weiß, was Sie gerne tun würden: Ihrem kleinen schwarzen Freund im Swart-Fall ein wenig unter die Arme greifen.«

»Schwarzen was, Sir?«

»Na, Sie müssen einfach mehr Vertrauen in ihn haben, Mann!«

»Ich werds versuchen, Sir.«

Der Colonel und Scott lachten beide laut auf, als hätte Kramer witzig sein wollen. Also tat er ihnen den Gefallen und verzichtete auf seinen Sarkasmus.

»Meine Herren, die nächste Runde geht auf mein Konto«, sagte er. »Was darfs denn sein?«

Sie tranken ein Glas mit ihm zusammen, und dabei erfuhr er, dass es immer noch keine Nachricht von Zondi gab; dann gingen sie. Was für Schweinehunde!

»Paul?«

»Mr Kramer?«

»Hier sind zehn Rand. Sag mir, wenn sie aufgebraucht sind.«

»Ich – «

»Ja, Paul? Nur frei heraus mit der Sprache, Mann!«

»Es steht mir nicht zu, etwas zu sagen, Mr Kramer.« Auf Pauls Gesicht lag ein Ausdruck tiefer Besorgnis, als er das Glas andrückte und den ersten Doppelten einlaufen ließ.

Wieso er so lange gebraucht hatte, um auf das Einfachste zu kommen, war Zondi ein Rätsel. Gleich zu Anfang hatte er erkannt, dass Jabula selbst kaum Versteckmöglichkeiten bot, aber bei all dem kahlen Land ringsherum war es besser als gar nichts. Er hatte felsenfest angenommen, Shabalala irgendwo auf dem Erdboden oder höchstens noch oben in der Luft zu finden, denn er hatte auch die Windmühle überprüft, aber darunter – das hätte er nie gedacht. Dabei konnte man sich im kahlen Flachland wirklich nur unter der Erde verbergen. Er hätte im Grunde viel früher auf die richtige Idee kommen müssen, wenn er nur der Fliegenfrau angemessene Beachtung geschenkt hätte. Sie hatte gesagt, Shabalala wäre an den Hütten vorbei weggegangen. Zondi hätte lediglich seinen Fußstapfen zu folgen brauchen und hätte hinter den Hütten den Friedhof liegen sehen. Aber nein, er hatte sich darauf versteift, dass Shabalala irgendwo in einer dieser Hütten wäre, und seine Durchsuchung begonnen, ohne auch nur eine einzige Frage zu stellen, davon überzeugt, dass jede Antwort sowieso eine Lüge wäre.

Alles das lag jedoch hinter ihm, als er sich jetzt leise an den Friedhof anpirschte. Es bestand zwar die Möglichkeit, dass Shabalala nicht mehr dort war, aber das war doch unwahrscheinlich, da seine Frau noch nicht heimgekehrt war und er, wenn er die Ohren gut aufgesperrt hatte, mitbekommen haben musste, dass die Leute von Jabula allen Grund hatten, seine Rückkehr ganz entschieden abzulehnen. Er konnte leicht ihr nächstes Opfer werden.

Zondi weigerte sich, die Möglichkeit überhaupt in Betracht zu ziehen, dass er sich wieder irren könnte und

Shabalala nie auf dem Friedhof gewesen war. Dieser Gedanke endete nur in Verzweiflung – und war außerdem unlogisch.

Ungefähr eine Viertelmeile Weg lag vor ihm, und das Gras war sehr kurz. Ihm blieb nichts Anderes übrig, als sich bäuchlings auf den Ellbogen hindurchzurobben. Er musste nicht nur vermeiden, seine Beute aufzuscheuchen, sondern auch ein wachsames Auge auf Jabula halten: Er bezweifelte, dass sein Kopf, geschweige denn seine Beine so bald schon wieder einen schnellen Rückzug mitmachen würden.

Er hatte hier und da wieder Schmerzen, die jedoch durch die neu genährte Hoffnung und das gute Gefühl gedämpft wurden, das jede Jagd auf Mensch oder Tier mit sich bringt. Zondi war nicht ganz sicher, was von beiden wohl in seiner Grube auf ihn lauern würde.

Seine Hand berührte kalte Schuppen und zuckte zurück. Eine *Schlange.* Eine tote Schlange. Er schluchzte vor Erleichterung auf. Im Dunkeln, ohne Stöcke, hätte er jetzt sterben können.

Trotzdem wartete er, bis der Mond wieder hinter einer Wolke hervorkam, um sich zu vergewissern, dass das Ding, eine lange, matt schimmernde Kobra, ihm nichts mehr anhaben konnte. Es kam oft genug vor, dass eine mit dem Spaten halbierte Schlange den Gärtner noch in den Fuß biss. Nein, sie war mause-, mausetot, und er zog sie am Schwanz hinter sich her.

Dann kroch er weiter, die Taschenlampe zwischen den Zähnen, und versuchte, nicht daran zu denken, wie seine Kleider hinterher aussehen würden. Weit war es nicht mehr.

Schließlich kam er an einem Steinhaufen an, in dessen Mitte schief ein Holzkreuz stak wie das auf dem Kirchendach von Robert's Halt. Er wartete stocksteif, lauschte und verspottete im Stillen den kindischen Angstschauder, den ein solcher Ort hervorrief – in seinem Beruf hatte er gelernt, dass ein Mann nur die Lebendigen fürchten muss. Aber es ließ sich nicht leugnen, dass der Geruch des Todes in der Luft lag, und der war immer unangenehm.

Kein einziges Geräusch.

Zondi schob sich vorwärts, an den Reihen der frisch Verstorbenen entlang, bis er das erste offene Grab erreicht hatte. Er legte sich flach hin und spähte über den Rand. Es war leer. Sechs Fuß tief und mit senkrechten Wänden, die den Ingenieuren der Armee, die immer nach Perfektion strebten, wirklich zur Ehre gereichten.

In diesem Moment hörte Zondi einen Kieselstein fallen. Er konnte natürlich von einer Ratte gelöst worden sein. Dann ein Husten.

Ein pfeifendes Husten irgendwo links von ihm.

Kühle Luft kam durch das Tal gestrichen, das Unkraut raschelte beunruhigend, und eine Eule erhob sich wie ein Schatten von einem Kindergrab. Zondi fröstelte, vor allem deshalb, weil er nass geschwitzt war.

Die Stunde der Wahrheit, wie der Lieutenant sagen würde. Richtig, Lieutenant, hier ist er; jetzt will ich Ihnen mal zeigen, wie man einen Mann aus einer sechs Fuß tiefen Grube herausholt, ohne sich einer Gefahr auszusetzen.

Ein weiteres Husten verriet ihm die genaue Stelle. Shabalala musste am nächstgelegenen Ende des offenen Grabes sein, neben dem eine Distel wuchs. In weniger als einer Minute war Zondi mit größter Vorsicht und vor allem vollkommen geräuschlos ebenfalls da.

Er hob den Kopf und schaute auf Jabula zurück. Ein

Feuer brannte noch, und die Glut wurde nicht von herumsitzenden Gestalten verdeckt. Sie schliefen alle.

Jetzt, Lieutenant!

Die tote Schlange fiel in das Grab und landete auf etwas Weichem.

In Sekundenschnelle war alles vorbei. Shabalala schnappte nach Luft und kam aus der Erde wie ein zu Tode erschrecktes Kaninchen aus einer Natterngrube. Er machte einen gewaltigen Sprung, klammerte sich verzweifelt an den Rand des Grabes – denn er war nicht besonders groß – und zog sich heraus. Er war noch auf Händen und Knien, als sich die Handschellen um seine Gelenke schlossen und sich die Mündung der PPK gegen seine Stirn bohrte.

»Keinen Ton«, flüsterte Zondi, »oder ich schieße.«

Und zum ersten Mal an diesem Tag betete er, betete, dass er nicht abzudrücken brauchte.

Paul Rampaul setzte seinen guten Ruf aufs Spiel und servierte Kramer ein Tonicwater. Einen Augenblick lang war alles in der Schwebe. Dann nippte Kramer daran.

»So ist das Leben, Paul.«

»Ihr Wechselgeld, Mr Kramer.« Er schob fast drei Rand hinüber.

»Behalt die Hälfte für die Kleinen, Mann.«

»Das ist sehr großzügig, Sir.«

»Ach, oder kauf deiner Frau ein Geschenk!«

Paul nahm das Geld mit einem schwachen, dankbaren Lächeln; trotz seiner vielen Arbeitsstunden verdiente er nicht viel. Es war wenige Minuten vor Lokalschluss, und außer ihnen war nur noch ein sturzbetrunkener Junggeselle, der im Hotel wohnte, anwesend. Wenn man es überhaupt so nennen konnte.

»Das ist ein Abend, was, Paul?«

»Nicht schlecht, Sir.«

»Aber Ärger im öffentlichen Ausschank, wie ich höre. Was hat noch mal der alte Hall gemacht? Teufel auch, Mann, weißt du noch, wie irgend so ein Farmer hier mit einem Burschen aneinandergeraten ist und sich prügeln wollte? Dann kam der alte Hall mit seinem Dudelsack rein, der wie ein paar Ferkel am Spieß klang, und sie standen da, den Mund so.«

Kramer machte es vor, und Paul Rampaul lachte leise und wiegte den Kopf.

»Wirkt immer, Mr Kramer.«

»Auch diesmal?«

»Er hat seine Mundharmonika genommen, Sir – riskiert nicht gern seinen Dudelsack in der Schankstube. Hat er in Schottland gekauft, sagt man.«

»Ach ja?«

»Möchten Sie noch ein Tonic, Sir?«

»Ich fahr dich nach Hause, wenn du willst, Mann. Immer mit der Ruhe.«

»Ist schon in Ordnung, Sir, danke – ich schlafe heute Nacht hier.«

»Ach, welch eine Schande.«

»So ist das Leben, Sir – Ihre eigenen Worte.«

Kramer war sich dessen bewusst, dass er mit diesem schwarzen Kerl genauso redete wie mit einem schwarzen Kerl namens Zondi, und das war dem einigermaßen peinlich. Es war ihm aber scheißegal. Schließlich ist nur einmal im Jahr Weihnachten.

»Nein, kein Tonic, nur noch einen Brandy, einen einfachen.«

»Sehr wohl, Sir.«

Paul stellte ihm den Brandy hin.

»In welchem Geschäft haben Sie das Geschenk bekommen, Mr Kramer? Sie sind doch, glaube ich, in meinem Stadtteil gewesen.«

»Ha! Das soll ich noch wissen!«

»Darf ich fragen, für wen es war, Sir?«

»Für mich.«

»Sir?«

»Mein Geburtstag heute«, sagte Kramer und erhob das Glas auf sich. »Am 24. Dezember. Du solltest mir Glück wünschen.«

»Meine herzlichsten Glückwünsche, Sir.« Paul Rampaul knöpfte sich das weiße Jackett auf.

»Kein gutes Datum für einen Geburtstag, Paul. Kein Mensch gibt einem zwei Geschenke, o nein.«

»Muss schlimm für Sie als Kind gewesen sein, Mr Kramer.«

»War es auch.«

Inzwischen hatte sich der Barmann sein Sportjackett angezogen und war zu den Schaltern hinübergegangen, um das Licht auszumachen.

»Ich bin in Bethlehem geboren«, sagte Kramer. »In Bethlehem. Dieses verdammte Bethlehem. Weißt du, wo das ist?«

»Hm, ja, Sir. Eine kleine Stadt im Oranje-Freistaat.«

»Ein *Dorf,* keine Stadt. Ein verfluchtes *Dorf.* Ich will dir mal was erzählen.«

Paul Rampaul ließ das Ausschalten sein und kam herüber.

»Weißt du, Mann, mein Pa war ein kleiner Bauer. Noch dazu ein sehr frommer Mann: Jeden Sonntag mussten wir in der Kirche hocken, morgens und nachmittags. Sie sind alle sehr fromm da oben.«

»Tatsächlich, Sir?«

»So verflucht fromm, dass mein Pa, als ihm der Arzt sagt, so wie es aussähe, würde ich am 25. geboren, gewisse Schritte unternimmt.«

Hinter ihnen gab es einen dumpfen Knall, als der Junggeselle einen Prallschuss gegen die Wand versuchte, um in den Gang zu gelangen.

»Wie ich gerade sagte, er unternimmt Schritte. Zuerst muss meine Ma die ganze verfluchte Nacht lang auf und ab gehen, um mich herauszuschütteln. Aber ich bleibe drin, komme, was wolle. Als Nächstes lässt er den alten Mulatten den Esel vor den Karren spannen und sie die schlechte Straße zum Damm hinauf- und hinunterfahren. Ich rühre mich nicht von der Stelle. Und weißt du, was er dann macht?«

Sein Zuhörer beugte sich vor und strafte die Ansicht, sie röchen alle nach Curry, Lügen.

»Er lässt den Mulatten das Pferd satteln und einen verfluchten Medizinmann holen! Ehrlich, das ist die verdammte Wahrheit! Sagt dem alten Affen, er täte besser daran, meiner Mutter das richtige *muti* zu geben, sonst würde er die Ochsenpeitsche zu schmecken bekommen! Himmel, das hats gebracht. Er gibt meiner Ma ein Gebräu, dass ich keine Chance mehr habe. Kurz nachdem die Sonne aufgeht, kommt meine Ma nieder – und ich werde am 24. geboren wie ein anständiger kleiner Christ, der weiß, wo er hingehört.«

Paul Rampaul setzte ein breites Lächeln auf.

»Was, zum Teufel, ist daran so witzig, Kuli?«, knurrte Kramer wütend. »Meine Ma ist tot, noch ehe die Sonne wieder untergeht.«

Er stieß den Brandy zurück und marschierte hinaus, hasste sich, weil er etwas offenbart hatte, was bis dahin nur die Witwe Fourie wusste. Aber schließlich war dieser

Tag, wie jeder 24. Dezember, ein schlimmer, schlimmer Tag gewesen.

Und noch eine halbe Stunde übrig bis Mitternacht.

Mit Shabalala hinten im Anglia, mit den Handschellen an die Armlehne gekettet, fuhr Zondi wieder auf die Straße und machte sich auf den Heimweg. Er konnte nicht so schnell fahren, wie er es gern getan hätte, denn es gab keine weißen Steine, die ihm im Scheinwerferlicht den Straßenrand angezeigt hätten. Aber er war entschlossen, vor Anbruch des Weihnachtsmorgens die Teerstraße zu erreichen.

Sein Gefangener hatte ihm bereits die Gründe genannt, warum er in Jabula war – natürlich völlig harmlose Gründe.

Er hatte behauptet, die Nachricht von der Räumung von Robert's Halt hätte ihn am Nachmittag vorher, kurz nach dem Abschied von seiner Stadtfrau Lucy, durch einen Vetter erreicht. Das sei ein furchtbarer Schock für ihn gewesen, und er hätte alles darangesetzt, seiner Familie bei der Errichtung ihres neuen Heims zu helfen. Da sein Arbeitgeber erst spät zu Hause sein wollte, habe er sich nicht ordentlich freinehmen können. Er hätte leider keine Notiz schreiben können und in seiner Eile, noch einen Bus zu finden, nicht daran gedacht, durch Lucy eine Nachricht zu hinterlassen. Außerdem sei er nicht sicher gewesen, ob das, was er tat, gesetzlich war. Ihm wäre es möglich erschienen, nach Jabula und wieder zurück zu kommen, ohne dass sein Boss etwas davon merkte. Aber der Ort sei viel weiter weg gewesen, als er gedacht hätte.

Zondi hatte den Mord bisher noch nicht erwähnt.

Die Straße wand sich im Zickzack wieder in die Berge hinauf, wo das Perlhuhn seinen Tod gefunden hatte. Wenn Zondi es schaffte, in zehn Minuten hinaufzukommen, konnte er gerade noch rechtzeitig die Teerstraße erreichen. Und dann konnte er richtig aufdrehen.

»Shabalala?«

»Ja, Vater?«

»Wenn die Geschichte, die du mir erzählt hast, wahr ist, warum hast du dich dann in der Grube versteckt? Was hattest du dann von mir zu fürchten?«

»Von dir? Ich versteh nicht recht.«

»Hast du gedacht, ich wäre ein GG-Spion und wollte nachsehen, was für Männer in Jabula sind?«

»So etwas habe ich nie gedacht – ich habe dich erst gesehen, als du bei den Frauen warst.«

Und sicher auch vor ihnen wegrennen sehen – gut für ihn, dass er das ausließ.

»Warum hast du dich dann versteckt, du Spitzbube?«

»Nicht Spitzbube, Vater!«

Zondi riss das Lenkrad herum, schleuderte in weitem Bogen um die Kurve und trat dann hart auf die Bremse. Ein Schmerzensschrei ertönte vom Rücksitz, als die amerikanischen Handschellen, die sich bei einem scharfen Ruck festziehen, in Shabalalas Handgelenke einschnitten. Zondi gab wieder Gas.

»Ich will keine verfluchten Lügen aufgetischt bekommen!«

»Alles wahr, Vater, wirklich wahr – Shabalala tischt keine Lügen auf.«

»Warum –« Zondi ruckte leicht am Lenkrad – »warum bist du dann in das Loch geklettert? Das Grab?«

»Weil ich das Auto gesehen habe.«

»Dieses?«

»Nein, das blaue.«

Zondi nahm unwillkürlich den Fuß vom Gas.

»Was für ein Auto meinst du?«

»Es ist auf der Straße vorbeigefahren, ich habe es gesehen und hatte Angst.«

»Und warum?«

»Ich denke, mein Boss ist wütend auf mich, er kommt, um mich zu holen und zu bestrafen.«

»Aber dein Boss hat doch ein weißes Auto – ich habe es gesehen.«

»Dieses gehört seinen Freunden, Vater.«

»Wie meinst du das?«

»Großen Männern, sie kommen und reden mit meinem Boss. Sie jagen mir Angst ein. Sie sind wie – wie …«

»Du hast also gedacht, dein Boss hätte seine Freunde gebeten, ihm bei der Suche nach dir zu helfen, richtig? Und er sei mit dabei?«

»Ja, Vater, die reine Wahrheit.«

Und so klang es auch. Aber Zondi führte diese Vernehmung mit dem Rücken zu Shabalala durch, und er wollte sehen, wie der die Augen bewegte. Er drehte seinen Rückspiegel so, dass sich das vor Anstrengung graue Gesicht Shabalalas darin spiegelte. Durch das Vibrieren des Wagens und das schlechte Lampenlicht war es unmöglich, solche Einzelheiten wie die Pupillengröße zu beurteilen, aber trotzdem war es so schon besser.

»Diese Männer in dem blauen Auto – erzähl mir mehr von ihnen. Weißt du, wie sie heißen?«

»Nein, Vater.«

»Was für Geschäfte, meinst du, haben sie mit deinem Boss gemacht?«

»Ich bringe ihnen nur Essen, dann gehe ich.«

»Du musst doch etwas gehört haben!«

»Ich kann kein Afrikaans.«

»Du verstehst kein Wort? Quatsch, Shabalala! Soll das Auto wieder zu tanzen anfangen?«

»Nein, nein, das ist schrecklich! Ich werde nachdenken.« Der Anglia ratterte über den Bergkamm und war jetzt auf dem kurzen Stück hinunter zur Teerstraße.

»Nun, Shabalala?«

»Vielleicht haben sie die gleiche Arbeit. Sie sprechen manchmal von einem Boss, wenn ich das Geschirr abwasche.«

»Sonst nichts? Weißt du, welchen Beruf Boss Swart hat?«

»Nein, Vater. Das hat er mir nie erzählt.«

»Magst du ihn?«

»O ja, er ist ein sehr guter Mensch.«

Nur damit Shabalala nicht übermütig wurde, ließ Zondi den Anglia in einer scharfen Linkskurve kräftig über das Wellblech schleudern.

»Worin war er ein schlechter Mensch, Shabalala? Ist etwa jeder Boss durch und durch ein guter Mensch?«

»Boss Swart verlangt nie von mir, Frauenarbeit zu tun.«

»Das ist gut, aber fällt dir irgendetwas ein, was du nicht an ihm mochtest?«

Shabalala strengte sich offenkundig an, sich an etwas zu erinnern, was Zondi gefallen könnte.

»Er ist manchmal etwas seltsam, Vater.«

»Inwiefern?«

»Er lässt mich Päckchen aus Autos holen.«

Zondi blickte scharf in den Spiegel.

»Hast du sie gestohlen?«

»Nein, nein, Vater! Wirklich, ich stehle nie. Ich hole sie mit einem Schlüssel hinten aus dem Auto.«

»Wo hast du diesen Schlüssel hergehabt?«

»Er liegt unter dem Reifen.«

»Und dann?«

»Ich habe dir die Wahrheit gesagt – ich nehme das Päckchen, nicht schwer, nur Papier, und lasse den Schlüssel im Schloss stecken.«

»Wievielmal hast du das gemacht?«

»Dreimal.«

Zondi lag schon eine weitere Frage auf der Zunge, als es geschah. Ein blauer Volkswagen erschien plötzlich hinter ihnen inmitten einer Staubwolke, die im Verein mit dem verstellten Rückspiegel den Blick auf seine Scheinwerfer verwehrt hatte.

Zwei Männer saßen darin, weiß und brutal, und sie winkten Zondi, an den Straßenrand zu fahren und anzuhalten.

Shabalala gab ein Wimmern von sich und duckte sich gegen die Tür. Zondi dachte schnell nach, gab Gas und wich keinen Zentimeter von der Straße. Rad an Rad jagten die beiden Fahrzeuge ins Flachland hinunter. Dann wurde der Mond von einer schwarzen Wolke ausgelöscht, sodass die Scheinwerfer des Anglia nur einen Sekundenbruchteil vorher die nächste Kurve ankündigten.

In jenen letzten Sekunden beschloss Zondi, Shabalala aufs Wort zu glauben. Was bedeutete, dass der Lieutenant die Geschichte von den Päckchen hören musste – und davon würde ihn niemand abhalten.

Und so trat Zondi, als ihm der Volkswagen mit seinen laut fluchenden Insassen und gellender Hupe den Weg abschnitt, auf die Bremse und versuchte, gegen dessen Heck zu schleudern. Das gelang ihm auch, aber ein kleiner Felsbrocken geriet unter sein rechtes Vorderrad, und er merkte, wie die Lenkung versagte.

Er trat voll auf die Bremse. Der Anglia, der ohnehin von Anfang an nur für den Schrottplatz getaugt hatte, packte es nicht mehr. Das nächste Schlagloch gab der hydraulischen Kupplung den Rest, und das Pedal sank weich bis auf den Boden.

Die Handbremse funktionierte zwar, aber in der dünnen Luft fanden die Reifen keinen Halt mehr. Und unten am Fuß des Steilhangs wurde sie gar nicht mehr gebraucht.

9

Der Weihnachtsmorgen war längst angebrochen, als Kramer mit einem Geschmack im Mund wie Rentierdung aufwachte. Man sollte eben nicht auf dem Rücken schlafen. Was seinen Kopfkissenbezug anbetraf, so war eigentlich nur ein Kissen darin, aber es fühlte sich an, als stecke es voller Überraschungen – Tannenzapfen, Steine und alte Zündkerzen. Zum Teufel, was für ein Kater. Vielleicht hatte Mrs Delmain ein Aspirin oder Ähnliches.

Er rollte sich von dem Couchbett, nahm seine Kleider vom Haken hinter der Tür und roch argwöhnisch an seinem Hemd. Es stank, Zeit für ein neues; er nahm es aus der Verpackung und zog es an.

Dann räumte er das Zimmer auf. Die Einrichtung bestand lediglich aus dem Bett, dem Haken, einem Pappkarton mit seinen Papieren und einem leeren Garderobenschrank, es dauerte also nicht lange. Sein Handtuch und sein Rasierzeug hatte er im gemeinsamen Badezimmer gelassen, nachdem er unter den Mitbewohnern das Gerücht verbreitet hatte, er hätte eine Hautkrankheit. Diese Beschränkung aufs Wesentliche machte Mrs Delmain großen Kummer, und so musste er immer mal wieder Schreibtische und anderen Sperrmüll rausschmeißen, weil sie glaubte, dass er solches Zeug unbedingt brauchte. Doch im Herzensgrunde war sie eine liebe Frau und bestimmt bereit, einem Kranken zu helfen.

Es war interessant, wie Stimmungen wechseln konnten.

Trotz der Kopfschmerzen hatte sich seine Laune erheblich verbessert, und er freute sich förmlich darauf, den Tag an der Schreibmaschine zu verbringen und einen Unfallbericht abzufassen, nach dessen Lektüre Colonel Muller den Colonel Du Plessis so anbrüllen würde, dass der die Wände hochging.

Was die Einzelheiten anging, würde er jeden Grashalm vom Rasen vor dem Haus von Mr Wallace durchnummerieren lassen. Aber Spaß beiseite, der Bericht würde ein schlagender Beweis für die erbärmliche Verschwendung der Zeit eines ranghohen Polizeibeamten sein, und darauf kam es an.

Kramer ging über den Flur, rasierte sich mit den gewohnten fünfzehn Strichen und stieß am Treppenabsatz auf Mrs Delmain.

»Frohe Weihnachten, Lieutenant! Riechen Sie den Truthahn?«

»Riecht gut.«

»Dann sind Sie also diesmal dabei? Bitte sagen Sie Ja.«

»Es gibt einen Mord«, sagte er und sah, wie ihr Gesicht einen respektvollen Ausdruck annahm, weil sie hoffte, jetzt ein paar Insiderinformationen zu bekommen. »Er ist mit einer Garnrolle begangen worden, aber behalten Sie das für sich.«

»Oh, Sie können mir stets voll und ganz vertrauen, Lieutenant, das wissen Sie doch!«

»Es ist zu scheußlich, Mrs Delmain. Tut mir leid.«

Sie war alles andere als enttäuscht; diese kleine Fehlinformation würde sie stundenlang über ihrer Kocharbeit bei Laune halten. Und beim Nähen. Sie strahlte ihn dankbar an.

»Ich wünschte, Sie würden nur dieses eine Mal mit uns zusammen speisen, schließlich sind Sie nie zu den Mahlzeiten hier, obwohl Sie dafür zahlen – und außerdem ist ja ein Festtag.«

»Ich könnte ein Aspirin vertragen, falls Sie eins haben.«

»Kopfweh? Da weiß ich aber etwas Besseres. Gehen Sie nur auf Ihr Zimmer, ich bringe es Ihnen hinauf.«

Er wartete und glaubte schon, sie würde ihm die Tablette mit einer Füllung servieren, aber stattdessen reichte sie ihm ein geschliffenes Kristallglas mit Eigelb und Worcestersauce.

»Sie sind ein Schatz, Mrs Delmain«, sagte er dankbar. »Ich hätte es Ihnen ruhig sagen sollen: Sie haben Garnrolle *und* Nadel benutzt.«

»Du meine Güte!«

»Mir gehts schon besser.«

»Oh, hier habe ich noch eine Nachricht für Sie, mein Mann hat sie vor einer Minute entgegengenommen.«

»Danke.«

Er las sie schnell, zweimal, und dann umarmte er Mrs Delmain so fest, dass ihr beinahe die Puste ausging.

Die Witwe Fourie und die Kinder hatten die Köpfe aus dem Fenster des Oranje-Express gesteckt, als er in den Bahnhof von Trekkersburg einfuhr. Sie winkten. Und es war ganz so, als sei nichts geschehen.

»Hallo, Trompie!«

»Mein Mädchen!«

»Frohe Weihnachten, Onkel Trompie!«

»Euch auch, Kinder. Wo ist euer übriges Gepäck?«

»Es kommt später nach, wir hatten keine Zeit zum Packen.«

Nur die Kinder wussten etwas zu erzählen auf dem

Weg zur Wohnung. Kramer und die Witwe Fourie hatten nie viel Worte gemacht.

Als sie schließlich etwas von sich gab, waren es nur entsetzte Äußerungen über den Schimmel auf ihrem Ledersofa und andere Schäden, die Hitze und hohe Luftfeuchtigkeit in einem unbewohnten Haus anzurichten pflegen.

»Wie viel Uhr ist es, Trompie?«

»Elf.«

»Wollt ihr eure Freunde besuchen und sehen, was sie vom Weihnachtsmann bekommen haben?«, fragte sie ihre Älteste.

»Wir sind schon weg!«, ertönte es im Chor.

Eines Tages würden die Kinder merken, was es mit solchen Vorschlägen wirklich auf sich hatte – Kramer fragte sich, was sie wohl dann von ihm denken würden. Es lag ihm manchmal etwas daran, ziemlich viel sogar.

Dann liebten er und die Witwe Fourie sich, und danach hatten sie grünen Schimmel an den komischsten Stellen.

So komisch, dass sie eine volle Stunde später immer noch kicherte, als sie in ihrem alten rosa Hausmantel aus dem Badezimmer kam und verkündete, es gäbe bald Essen.

»Woher denn? Die Läden sind doch alle zu. Ich dachte, wir könnten vielleicht essen gehen.«

»Von hierher.«

Mit diesen Worten öffnete sie ihre Hutschachtel, die ihm tatsächlich reichlich schwer vorgekommen war, und zauberte einen Truthahnbraten, Pudding und alles, was dazugehört, hervor. Auf die gute Idee, ein kaltes Weihnachtsessen mitzubringen, wäre außer der Witwe Fourie kaum jemand verfallen.

»Kann ich dir helfen?«

»Du kannst mir etwas erzählen, während ich alles herrichte. Wie gehts denn beim CID? Es kommt mir so vor, als wäre es Monate her, seit ich –«

Sie beließ es dabei, vertraute ihm. Er wusste dieses Vertrauen zu würdigen.

»Hm, ein paar normale Fälle, bis diese Woche die Hölle losbrach. Muller ist oben im Freistaat, und Du Plessis hat übernommen.«

»O Gott.«

»Und sorgt dafür, dass Zondi und ich uns die Hacken abrennen müssen für unser Geld, das kann ich dir sagen. Zondi ist auf einen, ich auf einen anderen Fall angesetzt.«

»Ach je!«

Er erzählte ihr alles darüber und alles über die Wallace-Geschichte und das Mädchen Samantha Simon, dem noch eine böse Überraschung bevorstand.

»Das ist aber gemein, Trompie – du hättest es ihr sagen sollen, das arme Ding.«

»Das soll ihr eine Lehre sein.«

»Meinst du nicht, dass sie schon genug gelernt hat?«

Er spazierte ins Esszimmer hinüber, ließ das Besteck mit einem Knall fallen, kam wieder zurück und stützte sich auf den Küchentisch.

»Na schön, ich gebe dir ihre Adresse, mein Mädchen. Sag du es ihr.«

»Ich habe nichts damit zu tun.«

»Ich vielleicht? Sie ist keine nahe Verwandte.«

Die Witwe Fourie verlor die Geduld mit dem Truthahn und drehte ihm mit einem Ruck das rechte Bein heraus.

»Mir ein Bein, das schmeckt fein!«, sang Kramer nach Kinderart.

»Tut mir leid, aber die bekommen immer die Zwillinge«, sagte sie. »Tatsache ist, Trompie, dass ich es nicht richtig von dir finde; du solltest diese Samantha aufsuchen.«

»Ich hab ja noch bis morgen Zeit.«

»Schieb es lieber nicht zu lange auf.«

»Mein Mädchen«, sagte er und tätschelte ihr das Hinterteil. Dann kamen die Kinder hereingaloppiert und bemühten sich vergeblich, etwas von den Süßigkeiten zu stibitzen, aber ihre Mutter war schneller als sie.

»Wie waren denn die Geschenke?«, fragte sie.

»Nicht übel, Mum.«

»Ich fand die Puppe gut, die Hettie bekommen hat!«

»Die kleine Hettie Boskop? Ist sie inzwischen gewachsen?«

»Nein!«

»Ja, ist sie doch!«

»Du lügst!«

»Hört mal, Kinder, seid jetzt still, sonst macht Onkel Trompie euch Beine.«

»Es war schön, als du nicht bei uns warst, Onkel Trompie.«

»Ja, war es auch. Stimmts nicht, Mum? Wir mussten nie still sein.«

»Und wer schwindelt jetzt?«

»Warum hast du uns diesmal nichts geschenkt, Onkel Trompie?«

Die Witwe Fourie nahm den Truthahn mit hinaus. »Darum. Ist gegen das Gesetz, Dawie, sich mit Gefälligkeiten eine Vorzugsbehandlung zu erschleichen.«

»Wie?«

»Mir ist das mit den Geschenken egal«, sagte die Älteste. »Ich mag Onkel Trompie einfach. Er ist mein Freund.«

»Da hast du auch schon die Erklärung dafür, warum wir heute hier sind«, lachte die Witwe Fourie, die eben wieder hereinkam. »Ich wette, du hast dir etwas anderes gedacht.«

Kramer vermied es, ihr in die Augen zu schauen, zog die Kinder mit sich ins Esszimmer und hieß sie alle Platz nehmen. Er selbst setzte sich ans Kopfende des Tisches. Zum ersten Mal.

Das Telefon klingelte.

»Falsch verbunden«, rief die Witwe Fourie.

Anders konnte es gar nicht sein. Für ihre wenigen Freunde war sie auf unbestimmte Zeit weggezogen, wahrscheinlich sogar für immer. Ein Rechtsanwalt kümmerte sich um die Wohnung.

Es klingelte weiter.

Kramer hatte niemandem die Nummer gegeben. Diese Wohnung war der einzige Ort, an dem er nie zu erreichen war.

Das Telefon klingelte immer noch.

»Vielleicht ist es der Hausmeister«, sagte Kramer. »Er wundert sich vielleicht, was los ist. Hat dich ja nicht zurückerwartet.«

»Ach ja«, sagte die Witwe Fourie lächelnd.

»Willst du nicht rangehen?«

»Meine Hände sind ganz klebrig.«

»Soll ich?

»Sei doch so lieb. Er weiß, dass du ein hohes Tier bei der Polizei bist, also flunker ihm nichts vor.«

Kramer grinste und nahm den Hörer ab.

»Nein, lieber Gott, bitte nein!«, entfuhr es der Witwe Fourie gegen ihren Willen, als sie sah, was mit seinem fröhlichen Gesicht passierte.

Sie begleitete ihn zum Auto hinunter und ließ die Kinder mit den Knallfröschen allein. Sie bekamen später ihr Essen. »Wie kommts, dass sie deine Nummer hatte, mein Mädchen?«

»Bitte? Ach ja, ist schon lange her, da habe ich sie durch Zondi bitten lassen, mir eine Waschfrau zu suchen, erinnerst du dich noch daran? Bevor ich mir die Maschine zugelegt habe? Damals habe ich sie ihr gegeben, um uns beiden Mühe zu ersparen. Sie muss sie die ganze Zeit behalten haben.«

»Ich nehme mal an, sie hat zuerst beim CID angerufen.«

»Ja, bestimmt.«

»Aber verflucht noch mal, warum hat mich denn niemand heute Morgen in der Pension angerufen? Deine Nachricht habe ich schließlich auch bekommen! Warum bleibt das alles einer Farbigen überlassen?«

»Vielleicht wissen sie beim CID noch nichts davon.«

»Natürlich wissen Sies! Woher sollte Miriam es sonst wissen? Wer hat es *ihr* erzählt?«

»Offen gestanden, ich kann dir keine Antwort darauf geben.«

»Mein Mädchen?«

»Trompie?«

»Hier, nur für dich.«

Sie drückte seinen Arm.

»Und heb mir was vom Truthahn auf, ja?«

Er fuhr ab und sah sie noch bis zur Ecke im Rückspiegel, dann trat er voll aufs Pedal.

Der Anruf hatte eines bestätigt: Zondi war absolut vertrauenswürdig, denn sonst hätte seine Frau gewusst, dass die Witwe Fourie längst nicht mehr unter dieser Telefonnummer zu erreichen war. Für vertrauenswürdig gehalten zu werden, war, wie Kramer bitter weiterüberlegte, ein dürftiger Trost für einen Sterbenden.

Er hatte erst vorgehabt, mit seinen Erkundigungen im CID-Gebäude anzufangen, aber als er dort ankam, fühlte er sich nicht dazu in der Lage, John Schweinebacke Scott ganz gelassen die Därme aus dem Bauch zu reißen.

So fuhr er über die Gefängnisstraße in Richtung Peacevale Hospital und hatte reichlich Zeit, sich geistig richtig einzustellen; er kannte den Trick, wie man kochendes Blut, ähnlich der Paraffinflamme in einem Farmkühlschrank, nutzen konnte, um in Sekundenschnelle zu eiskalter Selbstbeherrschung zu kommen. Als das gelungen war, schaute er sich um und stellte fest, dass der Tag schön und nicht zu heiß war, dass die Hütten zu beiden Seiten der Autobahn angenehmerweise ohne jeden festlichen Schnickschnack waren und dass irgend so ein blöder Bantu bald sein Pferd verlieren würde, weil er es nicht ordentlich anzubinden verstand.

Der Chevrolet fegte um das Tier herum; es war noch eine Meile bis zur Abzweigung. Die Seitenstraße stieg steil an und endete für Besucher jäh auf einem vollgestopften Vorplatz unterhalb des Krankenhauses, sodass sie gleich Gas wegnehmen mussten.

Kramer fuhr langsamer, er hatte sich vollkommen unter Kontrolle. Zwischen ein paar Arztautos fand er eine Parklücke und stieg aus. Er zündete sich die erste Zigarette des Tages an.

Das Peacevale Hospital war gigantisch, größer als alles, was der Kreis Trekkersburg für Weiße zu bieten hatte. Es hatte Tausende von Betten auf den Stationen, einige Hunderte mehr auf den unsinnig breiten Fluren und noch Betten unter den Betten. Er hoffte nur, dass Zondi nicht allzu unbehaglich untergebracht war.

Er warf einem Bettler seine Zigarette zu und ging, die Hände in den Taschen, zur Aufnahme.

»Kann ich Ihnen behilflich sein, Sir?«, fragte ihn ein Bantuangestellter und rückte an seiner Brille.

»CID. Ein gewisser Zondi. Haben Sie ihn?«

»Das ist ein sehr gebräuchlicher Name, Sir, aber ich sehe mal nach.«

»Er ist auch vom CID.«

»Oh, Sie meinen *Sergeant* Zondi! Aber natürlich, Sir. Da weiß ich alles aus dem Effeff.«

Es belustigte Kramer ein bisschen, als der Mann jetzt wieder an seinem Brillengestell rückte, eine übertriebene Geste, mit der er zeigen wollte, dass er ein Intellektueller war.

»Schießen Sie los.«

»Sergeant Michael Zondi ist heute Nacht gegen ein Uhr in der Nähe von Boshoffdorp von einer Polizeistreife aufgefunden worden. Sein Fahrzeug war von der Straße abgekommen, hatte sich überschlagen und war etwa zehn Meter weit in ein trockenes Flussbett hinuntergestürzt. Sein Passagier, ein gewisser Thomas Shabalala, starb auf der Stelle infolge des Blutverlustes, der –«

»Stopp. Was ist mit dem Sergeant?«

»Sein Zustand war kritisch, als er zur Station gebracht wurde, Sir.«

»Zu welcher Station?«

»Intensiv.«

Das klang ganz beruhigend.

»Was war denn mit ihm?«

»Diese Informationen bekommen Sie nur vom diensthabenden Arzt, Sir. Das ist hier die Regel.«

»Und Ihre persönliche Meinung?«

Der Angestellte strahlte über diesen Brösel. »Nach meiner Meinung wird die betreffende Person bald ableben, Sir. Darum habe ich mich auch sofort telefonisch mit der Townshipverwaltung in Kwela Village in Verbindung gesetzt und Mrs Zondi von der Situation in Kenntnis setzen lassen.«

»Wo ist sie denn? Ist sie hier?«

»Ist vor wenigen Minuten mit dem Taxi eingetroffen.«

»Aber warum machen Sie all das und nicht wir?«

»Ich weiß es wirklich nicht, Sir. Die Polizei ist hier bei Sergeant Zondi, aber niemand ist bisher an mich herangetreten.«

»Und Sie sagen, es war Ihre Idee, Miriam Zondi anzurufen?«

»Diesen Dienst kann man natürlich unmöglich allen erweisen, die durch diese Türen hereinkommen, aber ich hege – wenn ich das sagen darf, Sir! – große Bewunderung für die Polizei.«

»Möge sie Ihnen lange erhalten bleiben, mein Freund.«

Der Angestellte sann noch darüber nach, was er von Kramers letzter Bemerkung halten sollte, als er diesen schon in den nächsten Aufzug steigen sah.

Der Fahrstuhlführer entließ Kramer auf dem vierten Stock mit der Anweisung, sich links zu halten, bis der Gang nicht mehr weiterführte, und dann rechts abzubiegen. Das war leichter gesagt als getan, die Korridore standen voll mit Betten, Wagen und Tropfständern. Schließlich traf er jedoch auf eine Flügeltür mit dem Schild »Intensivstation«.

Kramer zwängte sich hindurch und schaute in das Dienstzimmer. Ein weißer Arzt, fast noch ein Student, bot gerade seinem schwarzen Kollegen, der auch noch ein Jüngling war, eine Zigarette an. Aus dieser Geste des ausgestreckten Arms wurde rasch eine unbeholfene Begrüßungsgeste.

»Lieutenant Kramer, Mordkommission. Wo ist mein Boy?«

Der schwarze Arzt schob ein Stethoskop in seinen langen weißen Kittel, lächelte scheu und ergriff die Flucht. Kramer trat beiseite, um ihn durchzulassen.

»Dr. Smith-Jenkins, Lieutenant. Freut mich, Sie kennenzulernen.«

»Schon gut. Zondi – wie gehts ihm?«

»Nicht allzu gut, fürchte ich.«

»Fakten, bitte.«

»Schwerer Blutverlust, gebrochener Arm, Schnittwunden, Kopfverletzung – er liegt im Koma.«

»Im *Koma?* Seit wann?«

»Dr. Mtembu hat mich eben davon unterrichtet.«

»Der Neger, der gerade hier war?«

»Dr. Mtembu, wie ich bereits sagte.«

»Aha.« Kramer sah rot. Da saß dieser verfluchte junge Schnösel auf seinem fetten Arsch und ließ sich von einem Schwarzen vertreten, statt selbst bei Zondi zu sein und alles in seinen Möglichkeiten Stehende zu tun. Aber er musste vorsichtig sein. »Und was machen Sie jetzt, Herr Doktor?«, fragte er leichthin.

»Ich? Nichts – der Sergeant ist *sein* Patient.«

»Nicht mehr lange.«

»Bitte?«

»Ich werde den Kreisarzt herkommen lassen; dies ist Polizeisache, und Dr. Strydom ist für alle Polizeifälle zuständig.«

»Aber er war schon hier, Lieutenant. Er war mit Dr. Mtembu einverstanden, der sich in neurologischen Befunden auskennt, und ist dann zu Station E hinunter, um sich den Polizisten anzusehen, der letzte Nacht durchbohrt worden ist.«

»Himmel!«

Ein kurzes Wort, das alles sagte, eigentlich sogar mehr,

als Kramer dachte. Vielleicht zu viel. Dieser Smith-Jenks – oder wie immer er hieß – sah ihn etwas seltsam an.

»Sehen Sie«, sagte Kramer, »mein Boy hatte womöglich Informationen für mich – er war mit einem wichtigen Fall befasst. Macht mich ganz krank, dass mir niemand sagt, was los ist, bis es verdammt zu spät ist.«

»Nicht unbedingt, Lieutenant.«

»Meinen Sie damit, dass er am Leben bleibt?«

»Das nicht; nein, aber ein Lieutenant Scott ist bei ihm, seit er eingeliefert wurde.«

»Und wann war das?«

»Ungefähr um zehn, halb elf.«

Und Kramer war bis elf in der Hunter's Moon Pension gewesen.

»War Zondi bei Bewusstsein?«

»Hin und wieder, ja.«

»Ich danke Ihnen, Doktor. Wo gehts lang, bitte?«

»Also eigentlich – «

»Wo lang, verdammt noch mal?«

Der Arzt stand auf, nicht indigniert, sondern zutiefst erschreckt. Unter Kramers Faustschlag war ein Stück aus der Tischlerplatte des Schreibtischs gesplittert.

»Zi-Zimmer zehn.«

»Zehn?« Und dann mit Mühe: »Nichts für ungut, Doktor.«

Kramer drehte sich um und prallte mit Scott zusammen, der gerade in diesem Augenblick in der Tür erschien. »Bleiben Sie doch, Tromp!«

»Sie!«

»Wer sonst! Habe ein Auge auf den guten alten Zondi dahinten gehalten – er pennt jetzt.«

»Ich möchte mit Ihnen reden, Scott.«

»Sicher. Würden Sie uns wohl kurz allein lassen?«

»Mit Vergnügen«, stieß Dr. Smith-Jenkins, bereits im Gehen, hervor.

Und gab Kramer gerade genügend Zeit, um sich wieder zu fangen: nach außen hin entspannt zu wirken und zu lächeln. Innerlich kam sein Blut wieder bis dicht an den Gefrierpunkt. »Ich weiß nicht, wie das mit Ihnen ist«, sagte er zu Scott, »aber diese verfluchten Quacksalber gehen mir manchmal auf die Nerven. Du liebe Güte, ich will nur wissen, wie es Zondi geht, und er macht so viele Worte darum.«

»Ja, ich weiß, Tromp – Klugscheißer, das sind sie alle.« Scott sprach in mitfühlendem Ton, aber seine Augen blickten argwöhnisch drein. Sollten sie doch.

»Können Sie mir denn etwas sagen, John? Über Zondi?«

»Nicht viel. Der arme Kaffer hat schwer was abgekriegt. Shabalala ist bei dem Unfall umgekommen. Mtembu sagt, es würde zwei Tage dauern, bis er sich dazu äußern kann.«

»Dann weiß ich ja Bescheid. Danke, Mann.«

»Eine verfluchte Schande ist das.«

»Hm.« Kramer bediente sich an den Zigaretten des Arztes und ließ sich von Scott Feuer geben. »Sagen Sie, John, was genau ist eigentlich passiert?«

»Zondi erinnert sich nicht mehr.«

»Hm.«

»Wir haben es zuerst von einem Farmer dort oben in der Nähe einer Neuansiedlung namens Jabula erfahren, der bei seiner örtlichen Polizeiwache anrief und sagte, er glaube, es habe einen Unfall gegeben.«

»Jabula?«

»Sie haben da ein ganz schön cleveres Bürschchen, Tromp. Wie es aussieht, ist Shabalalas Sippschaft vor zwei

Tagen an diesen Ort umgesiedelt worden, und Zondi ist ihm auf den Fersen geblieben. Er hat die Verhaftung in Jabula vorgenommen, so viel habe ich aus ihm herausbekommen.«

»Und warum hat dieser Farmer nur *geglaubt,* es sei ein Unfall?«

»Anscheinend ist der Wagen über einen Felsen in eine Schlucht hinabgestürzt. Es war dunkel, und der Mann konnte nicht selbst hinunter. Er sah, wie das Auto verunglückte – zumindest glaubt er, es gesehen zu haben. Sie wissen ja, wie die Leute sind. Jedenfalls ist er nach Hause gekommen und hat die örtliche Polizei benachrichtigt.«

»Zeit?«

»Gegen Mitternacht. Unsere Jungs waren gerade zu einem Kampf zwischen zwei Banden unterwegs, sie haben angehalten, um sich die Sache anzusehen. Sie haben das Auto gefunden, an den Handschellen gesehen, dass es sich um Polizei handelt, und geglaubt, dass alle abgekratzt sind. Dann haben sie bemerkt, dass Zondi noch atmet, ihn herausgeholt und die Ambulanz angefordert, die ihn hierhergebracht hat.«

»Zeit?«

»Sie sind gegen 10.30 Uhr im Peacevale angekommen.«

»Heiliger Himmel, was war denn mit der Ambulanz los? Mussten sie strampeln?«

»Tja, sie haben Zondi zuerst zu einem Missionshospital in der Nähe gebracht, aber die waren nicht für so etwas ausgerüstet, und so sind sie die lange Strecke hierhergefahren. Sind hier angekommen, haben den CID benachrichtigt, und der Wachhabende hat mich im Hotel angerufen.«

»Arme Sau – wette, Sie hatten Kopfschmerzen heute früh, oder?«

»Das kann man wohl sagen. Jedenfalls habe ich ihnen befohlen, Sie aufzutreiben, und in der Zwischenzeit bin ich hierhergekommen.«

»Gut. Sie sagen, Zondi hätte Ihnen erzählt, dass er seine Verhaftung in Jabula vorgenommen hat. Sonst noch was?«

»Mann, er hat eine Menge unzusammenhängendes Zeug geredet.«

»Zum Beispiel?«

»Nichts, was ich mir hätte notieren können. Bildete sich irgendwie ein, Frauen wären hinter ihm her, Hunderte von Frauen, der geile Bock.«

»Und dabei ist er verheiratet. Apropos verheiratet, unten habe ich gehört, seine Frau Miriam sei auch hier.«

»So heißt sie also? Ist vor etwa zwanzig Minuten gekommen, und Mtembu meinte, unter den gegebenen Umständen sei es wohl richtig, dass sie ihn noch einmal sähe.« »Ist sie jetzt da drin?«

»Vorhin war sies noch.«

»Aha.« Kramer drückte die letzten drei Zentimeter der Zigarette in eine nierenförmige Schale, gähnte und seufzte.

»Nun ja«, sagte er schließlich müde, »dann werde ich wohl mal einen Blick auf ihn werfen müssen.«

»Warum denn das?«

Kramer sah Scott leer an. »Zum Teufel, ich weiß es nicht«, log er lachend. »Ich nehme mal an, weil ich sehen möchte, wie groß der Schaden ist – vielleicht muss ich mir einen neuen Boy zulegen.«

»Bin sowieso auf dem Weg nach Hause. Ich zeig Ihnen, wos langgeht.«

Kramer folgte Scott den Gang zurück bis fast zu der Flügeltür und in ein Zweibettzimmer hinein.

Dort nahm er nur zweierlei zur Kenntnis: dass Miriam nicht mehr da war und dass Zondi unnatürlich klein unter dem Laken aussah. Mehr konnte er nicht ertragen.

Dann fuhren er und Scott mit dem Aufzug in die Empfangshalle hinunter.

»Übrigens, Tromp, der Colonel wünscht, dass wir zwei heute um drei bei ihm erscheinen, um einen zu trinken.«

»*Was?*«

»Ehrlich, das ist kein Witz.«

»Nur Sie und ich?«

»So ist es.«

»Du lieber Himmel, es geschehen noch Zeichen und Wunder.«

»Ich muss ins Hotel zurück, sonst verpasse ich meinen Weihnachtsbraten. Wollen Sie mitkommen?«

»Nein danke, John, nett von Ihnen. Aber sagen wir, ich habe selbst was am Schmoren, ja?«

Er rührte das Essen auf seinem Teller nicht an, aber die Witwe Fourie drängte ihn auch nicht. Sie saß ihm gegenüber und trank Kapwein aus einem Sherryglas.

»Wo sind denn die Kinder?«

»Weg. Ich habe sie zu Hettie geschickt.«

»Übermorgen werde ich etwas für sie kaufen.«

»Ist zwar nicht nötig, aber sie wären natürlich hocherfreut.«

»Ich machs gern.«

Die Witwe Fourie goss ein zweites Glas randvoll und schob es hinüber.

»Nein danke, mein Mädchen.«

»Du meinst also, dass er stirbt?«

»Wer weiß?«

»Mir tut Miriam leid. Wenn das wirklich eintritt, muss sie all die kleinen Kinder allein durchfüttern.«

»Die Zwillinge sind schon ziemlich groß.«

»Komisch, dass sie nicht länger im Krankenhaus geblieben ist, Trompie.«

»Findest du? Weihnachten? Mit fünf Kindern?«

»Ach ja – bei ihnen vergisst man, nicht wahr?«

»Plus die Tatsache, dass ihr die Fahrt nach Hause spendiert wurde.«

»Das hast du mir noch gar nicht erzählt.«

»Nicht so wichtig. Ha!«

Sie nahm dieses erste Anzeichen seit einer Stunde, dass sich seine Lebensgeister hoben, freudig auf. »Was ist denn so lustig, Trompie?«

»Dieser Mistkerl Scott. Er besorgt ihr einen Wagen, der sie nach Kwela Village zurückbringen soll, sagt aber nichts davon. Das habe ich von einem Schwarzen in der Aufnahme. Wieso bloß? Glaubt er, ich würde ihn einen Kaffernfreund nennen?«

»Männer!«, lachte sie hoffnungsvoll.

Aber Kramer ging schon wieder in sich. Er hatte sich bereits damit abgefunden, dass der Bantu Detective Sergeant Michael Zondi so gut wie tot war, es waren also keine sentimentalen Gefühle, die in seinem Innern nagten. Die wie eine Ratte an ihm nagten, knabberten und bissen mit den spitzen Zähnchen der kleinen, kaum beachteten, inzwischen vergessenen Details. Eine Ratte namens Intuition vielleicht. Doch nein, Intuition war nichts Greifbares mit einem Schwanz und einem üblen Geruch. Denn er könnte schwören, diese Ratte mehr als einmal aus dem Augenwinkel gesehen, im Vorbeigehen ihren Gestank in die Nase bekommen zu haben. Eine Maus in den Eingeweiden konnte natürlich ebenso schlimm sein, wenn man es recht bedachte. Auch sie hatte kleine scharfe Zähnchen. Und stank.

Er stand auf und griff nach seiner Jacke.

»Willst du doch noch zum Colonel?«, fragte die Witwe Fourie.

»Miau«, erwiderte Kramer.

10

Colonel Du Plessis wohnte mit seiner reizlosen Familie in einem großen Bungalow auf einem ländlichen Anwesen an der Tierkop Road zwei Meilen westlich von Trekkersburg. Er rühmte sich, dort die großen landwirtschaftlichen Traditionen seiner Vorfahren, die als Pioniere eingewandert waren, fortzuführen, indem er drei Schwarze einstellte, die Blumen für den Verkauf ziehen mussten. Seine Spezialität war Rittersporn.

Zur Feier des Tages war jedoch der Ehrenplatz in seinem Salon der silbern eingesprühten Spitze einer abgestorbenen Kiefer zugedacht worden. An den Zweigen hingen in Goldpapier gewickelte Schokoladenleckereien.

»Greifen Sie zu«, forderte der Colonel Kramer auf, »nur zu, Mann, wenn Sie mögen.«

Kramer mochte allerdings aus mehreren Gründen nicht – unter anderem deshalb, weil der elende Süßkram in der Hitze geschmolzen war. »Nein danke, Sir – habe nie etwas für süße Sachen übriggehabt.«

»Nie, Lieutenant?« Diese kokette Bemerkung kam aus dem Munde der Gattin des Colonels, Popsie, einer Nymphomanin mit verkniffenem Gesicht, die zwischen ihren hübschen Beinen heraus in die Welt schaute. Arme Popsie! Ihre Bemühungen um ihren Gatten hatten sie schließlich mit diesem zusammen auf ein Podest erhoben, das kein Mann, der noch seine Sinne beisammenhatte, zu erklimmen wagte, aus welchen Beweggründen auch immer. Die Moral von der Geschichte: Heiße Hündinnen sollten nie Laternenpfähle besteigen, denn manchmal bleiben sie da und verpassen das ganze Vergnügen.

Sie kläffte Kramer, der sie nicht beachtete, noch nach, während die Männer mit ihren Getränken auf die Terrasse am Swimmingpool traten, wo Scott eben die Kordel einer geborgten Badehose zusammenzog. An alles gedacht.

»Hallo, Tromp, alter Freund. Wollen Sie auch schwimmen?«

»Heute nicht.«

»Na, hören Sie, es ist Ihnen doch heiß genug, oder?«, sagte der Colonel.

»Ja, Sir, aber ich habe noch zu arbeiten.«

»An was?«

»An meinem Bericht über den Fall Wallace. Sie haben gesagt, Sie wünschten ihn –«

»Ach, das war gestern, Mann! Da war alles noch anders.«

»Inwiefern, Sir?«

»Zuerst einmal war der Swart-Fall noch ungeklärt. Der hat mir wirklich Sorgen gemacht, kann ich Ihnen sagen, besonders, da Sergeant Zondi keine Meldung machte. Ich war ziemlich mit den Nerven runter gestern Abend im Hotel. Erinnern Sie sich nicht mehr?«

Nach Kramers Erinnerungen war der Colonel alles andere als das gewesen.

»Nein, mein Lieber?«

»Ich glaube doch, Sir.«

»Siehst du nun, was ich meine mit dem Lieutenant, Popsie? Engagement. Ein hart arbeitender Mann – und ein harter Mann dazu.«

»Sind Sie das, Lieutenant?«, fragte sie frech.

»Der Fall Swart ist also zu Ihrer Zufriedenheit abgeschlossen, Sir?«

»Selbstverständlich! Hat Zondi etwa diesen Mann nicht geschnappt? Doch, natürlich! Ich schäme mich jetzt, dass ich mir je Gedanken darum gemacht habe. Sie haben sicher nicht eine Sekunde an ihm gezweifelt, habe ich recht?«

»Na ja, Sir – «

»Bestimmt nicht. Als ob Sie da lange überlegen müssten! Ich weiß, wie lange Sie schon mit diesem Bantu zusammenarbeiten, Tromp, und ich weiß, dass Sie ihm vertrauen. Ich von jetzt an auch.«

Kramer erhob sein Glas und trank langsam. Er brauchte einen Augenblick Zeit, um diese erstaunliche Kehrtwende aufseiten von Zondis Erzfeind zu verdauen. Dann wurde ihm klar, dass der Colonel gut reden hatte, wenn der Mann im Sterben lag.

»Trotzdem, Sir, ich meine, wir müssten mehr Beweise haben als einen toten Neger.«

»Sie können es aber wirklich zu weit treiben, Tromp! Shabalala war in Handschellen, stimmts? Würde Zondi so mit einem Zeugen verfahren?«

»Das käme ganz darauf an, wie bereitwillig der Zeuge wäre, eine Aussage zu machen, Sir.«

»Unsinn! Außerdem haben wir ja das, was er zu John hier gesagt hat.«

Aber John lief schon auf das Sprungbrett zu. Er kletterte hinauf und sprang wie ein Weltmeister in die Tiefe, und das Wasser spritzte kaum, als er eintauchte. Dann kam er hoch und schwamm mit schnellen Stößen zum anderen Ende, wo er abtauchte und unter Wasser weiterschwamm.

»Nicht schlecht«, sagte Kramer. »Ich wusste gar nicht, dass die Kameraden Schwimmbäder in der Wüste haben.«

»Ha! Das wäre etwas, Tromp! Nein, er hat mir erzählt, dass sie das Firmenbad der Diamantenmine benutzen. Unentwegt, denn sonst haben sie nichts zu tun.«

Das war zwar eine einleuchtende Antwort, aber keine Erklärung für das, was eigentlich Kramers Aufmerksamkeit erregt hatte: dass Lieutenant John Scott nicht so braun gebrannt war, wie man selbst mit so heller Haut von der Wüstensonne wird.

»Doch wie ich schon sagte, Tromp, unser Freund John ist zweifelsfrei davon überzeugt, dass Zondi den Mörder gefunden hat, und das reicht mir. Was will ich denn mehr!«

»Wie?«

»Haben Sie gar nicht zugehört?«

»Entschuldigen Sie, Sir. Bitte fahren Sie fort.«

»Bei dieser Hitze? Ich habe einfach genug. Ich will es einmal so ausdrücken: *Beide* Fälle sind abgeschlossen, Sie können getrost alles vergessen und sich freinehmen, bis Colonel Muller zurück ist. Okay?«

»Aber – «

»Nichts aber. Mein Weihnachtsgeschenk für Sie. Nehmen Sies – das ist ein Befehl!«

»Und was bekommt Zondi, Sir? Eine hübsche Kiste zu Weihnachten?«

Popsie Du Plessis schrak bei diesen kühnen Worten Kramers, so leicht sie auch dahergesagt sein mochten, verblüfft zurück. Das war ein Satz wie Stacheldraht. Sie warf ihrem Mann einen besorgten Blick zu, aber der schloss lediglich die Augen und seufzte. »Nur Gott weiß die Antwort darauf …«, begann er, wusste nichts hinzuzufügen und schloss, indem er pietätvoll die Lippen spitzte.

Interessant. Im Grunde sogar bemerkenswert, denn der Colonel verdankte seinen Ruf fast ausschließlich einem gewaltigen Mangel an Selbstbeherrschung. Normalerweise reagierte er sehr heftig auf einen Scherz, der auf seine Kosten ging. Rechnete man jetzt noch die Demütigung hinzu, dass seine Frau zugegen war, musste sich die gekränkte Männlichkeit eigentlich in höchster Wut Luft machen. Und doch war selbst unter diesen schwierigen Testbedingungen nichts davon zu bemerken – der Colonel hatte nicht reagiert. Korrektur: Er hatte sehr besonnen reagiert, und das gehörte zu einer anderen Kategorie von anormalem Verhalten. Kramer hatte eine Vermutung in dieser Richtung gehabt und war ein kalkuliertes Risiko eingegangen, um sie bestätigt zu finden. Jetzt, wo er mit dem Ergebnis seines Experimentes konfrontiert war, wollte er verdammt sein, wenn er verstand, was es zu bedeuten hatte – außer dass der Colonel irgendetwas vorhatte und dass ihm dieses Vorhaben so wichtig war, dass sich dafür sogar Zurückhaltung lohnte.

»Noch ein kleines Schlückchen, Lieutenant?«, fragte die Gastgeberin.

»Was? Oh, nein, danke, Mrs Du Plessis. Vielen Dank für die Gastfreundschaft und die Einladung, Sir. Ich werde jetzt, glaube ich, meine kurzen Ferien antreten.«

»Gut so«, lächelte der Colonel. »Lassen Sie sich nicht aufhalten – ich sage John an Ihrer statt Auf Wiedersehen.«

Als Kramer zur Wohnung der Witwe Fourie zurückgekehrt war, wollte er nur in aller Ruhe mit ihr über den Colonel und dessen zweiten Gast reden. Aber die Kinder kamen immer wieder hereingestürmt und erschwerten dieses Unterfangen, gelinde gesagt.

»Nein, nicht da. Ich habe es doch gesagt: dort drüben neben dem Brotkasten. Wo waren wir stehen geblieben, Trompie?«

»Beim Colonel, dass er einfach stillhält.«

»Bist du sicher, dass du es dir nicht nur einbildest?«

»Na, hör mal, mein Mädchen, ich weiß doch, wie man diesen Mistkerl in Rage bringt. Habe ichs nicht früher schon gut geschafft?«

»Nein.«

»Was?«

»Ich habe Nein gesagt – um Himmels willen, Jungs! Könnt ihr nicht besser aufpassen? Beinahe hättet ihr die Milch – wo waren wir? Ja, das hast du, aber Colonel Dupe war auch lange nicht mehr hier.«

»Er kann sich nicht so sehr geändert haben.«

»Eine Sekunde. Hört mal, ihr Rabauken, wenn ihr nicht tut, was ich euch sage, dann –«

»Ruhe!«, brüllte Kramer. Alles erstarrte. »Und jetzt sprich deinen Satz zu Ende«, sagte er.

»Ich wollte nur sagen, dass es ganz einfach so sein könnte: Du hast gesagt, dass du es mit deinem Wallace-Bericht sehr genau nehmen würdest und dass Colonel Muller an die Decke gehen würde, wenn er ihn zu Gesicht bekäme. Vielleicht ist Du Plessis aufgegangen, wie sehr du ihn zum Narren machen könntest.«

»Und der Shabalala-Fall?«

»Nun, klingt doch wie abgeschlossen, oder? Hab doch Erbarmen, Trompie, vielleicht tut Du Plessis die Sache mit Zondi tief innerlich leid – darum hat er nicht so reagiert, wie du erwartet hast.«

»Hm.«

»Dürfen wir jetzt gehen, Mam? Bitte!«

»Scht! Fragt Onkel Trompie.«

»Ja, geht nur«, murmelte er, und sie stoben davon.

»Dann ist da noch die Kleinigkeit mit Scotts Haut«, sagte Kramer.

»Seit wann bist du ein Fachmann für Sonnenbräune?«

»Ach was, ich weiß, was ich gesehen habe!«

»Scott ist ein englischer Name, auch wenn er sagt, er sei Kapholländer; die Engländer haben doch eine sehr helle rosa Haut und werden nicht braun, stimmts?«

»Einige vielleicht.«

»Was willst du dann – he, pass auf mit der Schachtel da! Hab ich dir das nicht schon zigmal gesagt?«

Einer der Jungen hob eingeschüchtert einen Karton auf, der im Flur heruntergefallen war, und ging dann auf Zehenspitzen an seiner Mutter vorbei in die Küche. Dort häuften sich auf allen verfügbaren Tischflächen beachtliche Mengen an Esswaren, Spielsachen und Kleidung.

»Willst du mir nicht sagen, was zum Teufel hier los ist?«, fragte Kramer.

»Ich bin ein praktischer Mensch.«

»Ach ja? Legst du Wintervorräte an?«

»In gewisser Weise, ja.«

Es war ihm rätselhaft, warum sie so ausweichend antwortete. Die Witwe Fourie war irgendwie nicht ganz bei der Sache, seit er wieder da war.

»Woher hast du das alles?«

»Oh, von hier und da – von den anderen Mietern. Leuten, die ich von früher her kenne.«

»Haben sie Mitleid mit dir?«

»Aber Trompie, so etwas solltest du nicht sagen!«

»Es ist für die Eingeborenen«, sagte die Älteste.

»Für Zombie«, fügte die Kleine hinzu, die immer Comics las.

»Na ja, für Zondis Frau«, sagte die Witwe Fourie verlegen. »Ich bin bei den Nachbarn herumgegangen und habe ihnen erzählt, was passiert ist, dass er den Mörder eines Weißen geschnappt und dann den Unfall hatte. Sie hatten so viel Zeug, da ja Weihnachten ist, dass es ihnen leichtfiel, etwas herauszusuchen, das sie nicht mehr haben wollten. Die Kinder waren fleißig und haben alles eingesammelt.«

»Himmel, wie bist du bloß auf die Idee gekommen?«

Die Witwe Fourie zuckte die Achseln und blinzelte, als würden ihr die Augen brennen. »Schon vergessen, Trompie?«

»Was?«

»Ich weiß, was die Frau durchmachen muss – ich habe es selbst erlebt.«

Das war ein Tiefschlag, aber Kramer hatte ihn selbst heraufbeschworen. Also zuckte er nun seinerseits die Achseln und ging, um sich seine Zigaretten aus der Jacke zu holen. »Ich nehme mal an, dass ich das Zeug dorthin karren muss, ja?«

»Niemand zwingt dich.«

»Das habe ich auch nicht gesagt.«

»Mami hat gesagt, wir dürften mitfahren, Onkel Trompie. Dürfen wir mit?«

»Bitte, bitte!«

»Sag doch schon Ja!«

»Du weißt doch, dass sie nicht nach Kwela Village hineindürfen, mein Mädchen. Du hättest das nicht sagen sollen.«

»Auch nicht, wenn sie mit dir ankommen? Mit einem Polizisten?«

»Darum gehts nicht. Oder vielmehr doch – ich kann nicht gegen Verordnungen verstoßen, nur um deinen Gören einen Gefallen zu tun.«

»Sicher, Trompie ...«

»Und wenn wir uns mit Schuhcreme einreiben, Mam? Dürfen wir dann rein?«

Darüber lachten sie herzlich, und Kramer gab sich geschlagen.

Er spürte immer noch ein Nagen im Bauch; nicht das Nagen einer Maus, sondern einer Ratte. Das wusste er jetzt mit Sicherheit, denn vor nicht einmal einer Stunde hatte er sie gerochen. Hatte sie trotz der Düfte gerochen, die von den Blumenbeeten über die Terrasse des Colonels wehten.

In einem Punkt blieb Kramer eisern: Solange das Auto in Kwela Village stand, durften die Kinder es nicht verlassen. Sie versprachen ihm blinden Gehorsam.

»Ist ja richtig spannend, Onkel Trompie«, sagte die Älteste, als sie auf das Tor der örtlichen Township zufuhren. Mit diesen Worten zeigte sie auf den hohen Maschenzaun ringsherum, der von Stacheldraht gekrönt war, und auf die Bantuwachen mit ihren Knüppeln.

»Ach, Quatsch«, lachte er.

Als die Wachen den Chevrolet erkannten, salutierten sie zackig und fielen beinahe übereinander in ihrem Eifer, das Tor weit aufzumachen. Während der Chevrolet durchfuhr, salutierten sie noch einmal.

»Was ist das, Onkel?«

»Die Schule.«

»Ist nicht gerade groß.«

»Ja, aber weißt du, sie haben zweimal am Tag Schule.«

»Bin ich froh, dass ich da nicht hingehe!«

»Onkel Trompie meint, dass die Negerkinder Schichtunterricht haben – stimmts?«

»Jaja. Gebt jetzt mal ein bisschen Ruhe.«

Er fuhr langsam über das bucklige Erdreich, um nicht mit der Ölwanne seines Fahrzeugs hängen zu bleiben. Außerdem musste er die Straßen zählen, die nach links abzweigten, denn bei achthundert genau gleich aussehenden Häusern verschwendete man leicht seine Zeit, indem man falsch abbog, und Straßenschilder hatte er noch nie gesehen in Kwela. »Einundzwanzig, zweiundzwanzig!«

»Ist es hier, Onkel Trompie?«

»Achtet mal darauf, wann rechts ein Weg abgeht, der mit rostigen Kondensmilchdosen gepflastert ist.«

Die Kinder gaben Kommentare darüber ab, wie frech es doch von den Leuten sei, vor dem Auto herzulaufen. Ein alter Mann schlurfte absichtlich vor ihnen her, sodass Kramer schließlich stehen bleiben musste.

»Frecher Kaffer«, sagte er und betätigte die Hupe.

Seine Passagiere griffen das auf und sangen es vor sich hin, bis sie wegen des Lärms scharf zurechtgewiesen wurden.

»Sie sind hier einfach nicht an Autos gewöhnt«, erklärte Kramer.

»Überhaupt nicht, Onkel Trompie?«

»Na ja, vielleicht an ein paar Taxen – und dann gibt es da drüben einen Kerl mit einer alten Kiste.«

»Das ist ein Dodge von 1940«, sagte der älteste Junge, der etwas von Autos verstand.

Er irrte sich, denn das Modell war von 1945, aber Kramer wurde durch das nagende Gefühl abgelenkt, das sich wieder eingestellt hatte.

»Da sind ein paar Dosen! Da drüben! Sieh mal!«

Sie waren da. Kramer steuerte den Chevrolet an den Wegrand und stellte den Motor ab. Fast im gleichen Augenblick kam auch schon Miriam Zondi aus dem Haus, die Schürze mit beiden Händen an den Mund gedrückt, und sah ihn angstvoll an, weil sie schlechte Nachrichten befürchtete.

Er sprang sofort winkend aus dem Auto und befahl den Kindern, ebenfalls zu winken.

»*Hau,* Boss Kramer, ich dachte –«

»Nach dem, was ich zuletzt gehört habe, ist Mickey fest eingeschlafen, und es soll ihm jede Minute besser gehen, Miriam. Er muss allerdings noch mindestens ein paar Tage im Peacevale bleiben, und deshalb habe ich dir ein bisschen was mitgebracht.«

Ihre Augen wurden schmal. Himmel, dass er daran nicht gedacht hatte: Wenn es überhaupt etwas gab, das sie als Anzeichen für Zondis Heldentod werten musste, dann waren es die milden Gaben fremder Weißer, die im Kofferraum des Autos gestapelt waren. Solange das Herz ihres Mannes noch schlug, hatte sie Anspruch darauf, davon verschont zu bleiben.

»Boss Kramer?«

»Ich habe Mickeys Gehalt mitgebracht.«

»Das hat er hiergelassen, ehe er mit dem Auto wegfuhr.«

»Ach ja? Ich meine ja auch das Weihnachtsgeld. Hier, ich hatte mir was davon geliehen, deshalb ist es nicht mehr in der Tüte.«

Er reichte ihr zwei Ein-Rand-Scheine.

Miriam nahm sie, ohne einen Blick darauf zu werfen.

»Nicht viel, aber das erste Weihnachtsgeld überhaupt, das die Polizei je bezahlt hat«, setzte Kramer hinzu, in der ziemlich festen Gewissheit, dass es auch das einzige bleiben würde – es war sein eigenes Geld.

»Wollen Sie hereinkommen, Boss Kramer?«

»Warum nicht? Für einen Augenblick.«

Das war auf seine Art wieder etwas Einmaliges, denn obwohl Kramer schon Hunderte von Häusern von innen gesehen hatte, die mit diesem identisch waren, sodass er die Größe der beiden Zimmer bis auf den Normzentimeter genau kannte, war er doch noch nie in Zondis Haus gewesen.

Es zeichnete sich durch seine absolute Sauberkeit und durch die Tatsache aus, dass Miriam, die früher einmal Hausmädchen bei einer sehr reichen Dame gewesen war, Geschmack besaß. Kramer war sehr eingenommen von den aus Zeitungspapier ausgeschnittenen Borten, mit denen sie die Regalbretter verziert hatte, und den Linien, die sie in den Fußboden aus gestampftem Lehm eingeritzt hatte, um Holzdielen vorzutäuschen.

»Sehr hübsch«, sagte er, als ihm der weniger wackelige von zwei Stühlen angeboten wurde. »Mickey hat eine gute Frau. Wo sind denn die Kleinen?«

»Am Fluss.«

»Sehr schön.«

Miriam, die es für angemessen hielt, stehen zu bleiben, drehte ihre großen Zehen umeinander. Sie sah zu dem Primuskocher hinüber. »Mag der Boss Tee?«

»Bloß keine Umstände, Miriam, danke.«

»Es geht schnell.«

»Schön. Dann doch, bitte.«

Kramer hatte den bösen Verdacht, dass die Kinder der Witwe Fourie inzwischen seine Autositze aufgeschlitzt hatten und womöglich sogar versuchten, selbst davonzufahren. Es war Wahnsinn, dass er den Tee nicht ausgeschlagen hatte, aber es war auch nicht gerade leicht, einfach wieder zu gehen. »Hör mal, Miriam«, sagte er, »ich gehe nur mal eben ans Auto – bin gleich wieder da.«

Ihm war eingefallen, dass unter den Geschenken für Familie Zondi auch eine große Tüte Bonbons gewesen war. Die verteilte er an seine Gefolgschaft und erhielt das

Versprechen, sie würden sich alle gut benehmen, wofür er sie mit einer Fahrt ins Vogelschutzgebiet belohnen würde, und dann ging er wieder ins Haus.

Miriam hatte Wort gehalten, eine große Tasse stand schon auf dem Tisch für ihn bereit. Sich selbst hatte sie nichts eingegossen, und so war ihm klar, dass er richtig gehandelt hatte.

»Sie waren nett zu dir heute Morgen, habe ich gehört.«

»Wer, Boss?«

»Die Beamten im Peacevale, sie haben dich im Mannschaftswagen nach Hause gebracht.«

»Hau!«

»Was ist denn, Miriam?«

»Nichts, Boss.«

»Erzähls mir.«

Ihre Bitterkeit war vollkommen überraschend für ihn.

»Ist das nett, wenn einer Frau gesagt wird, sie muss gehen, muss ihren Mann verlassen, der im Sterben liegt?«

»Hat das jemand gesagt?«

»Sie sagten, ich muss Mickey verlassen und mit dem Wagen fahren.«

»Wann?«

»Gleich nachdem Sie ins Krankenhaus kommen, Boss Kramer. Ich habe Ihre Stimme gehört.«

»Meine Stimme?«

»Ja, Boss.«

Kramer merkte, dass seine Hand, mit der er sich gerade einen Löffel süßer Dosenmilch in den Tee geben wollte, zitterte. Er senkte den Löffel schnell in die Tasse und rührte. Rührte und rührte. »Du hast also geglaubt, ich hätte dich fortgeschickt?«

»O nein, Boss! Niemals!«

»Hm. Eins will ich dir ganz klar sagen: Zondi muss

nicht unbedingt sterben, so viel ist sicher. Der Arzt, Dr. Mtembu, hat mir das gesagt.«

Miriam lehnte sich an die Anrichte, den Kopf gesenkt. »Ist es der Schwarze?«

»Ja, aber ein guter Arzt. Auch das ist sicher.«

»Mir sagt er das nicht.«

»Nein?«

»Er sagt, Mickey muss sterben, so sicher, wie ein Ochse sterben muss, wenn der Metzger ihm die Keule über den Kopf haut.«

»Großer Gott!«

»Darum muss ich mit meinem Mann sprechen, sagt er, ich muss mit ihm sprechen, weil ich niemals wieder seine Worte höre.«

Die Tasse zitterte auf dem ganzen Weg zu Kramers Lippen, was ihn mehr entsetzte als alles, was er je erlebt hatte. Aber Miriam hielt die Augen niedergeschlagen.

»Und was – was hat Mickey gesagt?«

»Ich musste ihn fragen, ob er irgendeine Nachricht für Sie hat.«

»Für mich?«

»Sie haben gesagt, er würde nicht mit den Polizisten reden, die dort waren. Oder nur sehr wenig – dass er den Mann in Jabula gefangen hat.«

»Shabalala?«

»Den, ja, den. Aber warum fragen Sie, Boss Kramer? Sie haben die Nachricht für Sie aufgeschrieben.«

»Wer?«

»Der andere Lieutenant, der, der hinter den Vorhängen an Mickeys Bett saß.«

Sie sah die Reaktion an seinem Gesicht, noch ehe er Zeit hatte, sich eine Erwiderung zu überlegen.

»Boss, was bedeuten all diese Dinge?«

»Setz dich, Miriam. Bitte, ich möchte, dass du dich setzt. Und dann sag mir die Nachricht an mich noch einmal, damit ich sie im Gedächtnis behalte.«

Sie setzte sich, und ihr breites Becken, Zondis ganze Freude, sank langsam auf den wackeligen Stuhl, sodass die Beine knarrten und in verschiedenen Richtungen Halt suchten. Ein schweres Herz konnte man offenbar auch ganz wörtlich verstehen.

»Ich habs vergessen, Boss«, flüsterte sie.

Kramer wartete ein Weilchen, bevor er ein wenig nachhalf. »Shabalala – hat Mickey noch mehr von ihm gesagt?«

»Ja. Er hat gesagt, Sie dürfen ihm nicht die Schuld am Tod des weißen Mannes geben.«

»Bist du sicher, dass er das gesagt hat?«

»Shabalala ist bloß weggerannt, weil seine Frau zu dem neuen Ort gebracht wurde.«

Kramer zwang die Tasse auf die Untertasse zurück und spannte dabei jeden Muskel seines Arms an, damit das verdammte Ding nicht heftig zitterte. Sie kam klirrend zum Stehen. Dann erhob er sich. »Was sonst noch, Miriam?«

Sie weinte, das Gesicht in die Armbeuge gepresst, und wiegte sich vor und zurück. Er streckte die Hand aus, um sie zu beruhigen, zog sie jedoch hastig zurück, gerade noch rechtzeitig.

»He, Ehefrau von Zondi! Solltest du dich so zeigen? Würde er sich nicht schämen?«

Das machte diesem Unsinn ein Ende. Miriam sah auf, stolz, dem Schicksal die Stirn bietend – sie war, wie Zondi oft gesagt hatte, eine echte Zulu, die Frau eines Kriegers. »Mein Mann hat nichts sonst gesagt, Boss Kramer, denn obwohl er sehr krank ist, hat er doch die Ohren einer Katze. Er hört den Mann hinter dem Vorhang – ich sehe, wie seine Augen dorthin wandern und wieder zu mir zurück. Er muss schlafen, sagt er.«

»Und dann?«

»Dieser Mtembu kommt herein und gibt ihm eine dicke Spritze in den Arm. Ich frage, warum er das macht, und er sagt, mein Mann möchte schlafen, und das hilft ihm.«

Kramer ging rückwärts zur Tür und hob den Zeigefinger, um einer Warnung Nachdruck zu verleihen. »Miriam Zondi, du versprichst mir, dass du niemandem erzählen wirst, je mit mir über diese Sache gesprochen zu haben. Verstanden?«

»Sie wissen nichts davon?«

»Schwöre, Frau! Bei Mickeys Leben …«

Kramer blieb gar keine Zeit mehr, melodramatisch zu werden. Er ging wortlos aus dem Haus, startete den Chevrolet und fuhr langsam zum Tor. Dann erlebten die Kinder der Witwe Fourie die spannendste Fahrt ihres Lebens; zu Hause setzte Kramer sie ohne Umschweife und ohne jede Erklärung ab.

Ihre Mutter, die besorgt auf dem Bürgersteig wartete, musste sich ebenfalls bescheiden.

II

Aus war es mit den nutzlosen Fantasien, Freuden und Flausen eines Daseins ohne erkennbaren Sinn und Zweck, und aus war es auch mit eingebildeten Ratten, Lasterhöhlen und aufgespießten Wachspuppen. Was blieb, war ein Gefühl, als hätte das Eisen Einlass in Kramers Seele gefunden, wenn man so sagen kann, und ihn in eine Maschine aus finsterer Entschlossenheit verwandelt. Dann war auch diese eitle Idee verflogen.

Denn jetzt hatte Kramer ein Ziel und brauchte nichts anderes mehr. Ein ganz einfaches Ziel, das ihm die einfachen Worte einer einfachen Frau vorgezeichnet hatten: das Rätsel um den Tod von Hugo Swart zu lösen, und jede Methode war dazu recht. Es zu lösen und dann Rache zu nehmen. So einfach war das.

Und ebenso wenig wie ein Mann zögern würde, zu seinem gefallenen Bruder aufs Schlachtfeld zu eilen, bedachte auch Kramer nicht erst die möglichen Folgen für seine eigene Person.

Er wechselte am Hunter's Moon das Auto und fuhr im letzten Tageslicht zum Peacevale Hospital.

Mrs Delmain war zu dem Ford herausgelaufen gekommen, als er das Auto gerade aufschloss, in der Hand die Notiz, er sollte wegen seines bei einem Unfall verletzten Bantu-Sergeant den CID anrufen. Wie Mrs Delmain sagte, war die Nachricht durchgegeben worden, als sie sich gerade zum Essen setzten, das ihm sicher vorzüglich geschmeckt hätte. Mrs Delmain war eine wahrheitsliebende Frau und gesprächig dazu: Sie erzählte weiter, dass der Beamte, der angerufen hatte, bedauert habe, nicht eher durchgekommen zu sein. Sie wusste von niemandem in ihrer Pension, der am Morgen das Telefon für sich gepachtet hätte. Kramer dankte ihr freundlich.

Das Pferd, das er am Morgen auf der Straße zum Peacevale hatte herumirren sehen, war tot. Ein Haufen Knochen, in den Graben geschoben von einem Bus, der eine Meile weiter mit kaputtem Kühler festsaß.

Dann erhob sich gegen die Abendsonne die Silhouette des Krankenhauses. Er fuhr in seinen Schatten hinein und suchte mit den Augen nach der hinteren Einfahrt, die von der Müllabfuhr und Krankenhausfahrzeugen benutzt wurde. Er fand sie, kurvte über das karge Gelände und blieb neben den Spuren von Baufahrzeugen stehen, die durch das Unkraut zu dem erst kürzlich fertiggestellten Wohnblock für nicht weiße Ärzte führten. Dort ließ er den Ford an einer Bauhütte stehen und ging zu Fuß weiter.

Das Wohnheim war aus rötlichen Ziegeln, hatte eisengerahmte Fenster und drei Stockwerke. Eine Küche gab es nicht, da vermutlich alle in der Krankenhauskantine aßen, und aus diesem Grunde hatte es einen Eingang weniger, aber dafür war eine Feuertreppe vorhanden. Kramer ging eben an der rückwärtigen Wand entlang darauf zu, als er eine Stimme hörte, und es handelte sich unzweifelhaft um Dr. Mtembu. Sie kam aus einem Parterrefenster, unter dem er sich gerade geduckt hatte.

»Nein, mir gehts eigentlich ganz gut«, sagte Mtembu, »ich möchte nur heute Abend hierbleiben und arbeiten.«

»Dann werde ich die Mädchen von dir grüßen, ja?«

»Mach das«, erwiderte Mtembu matt, und nach einem Lachen klappte eine Tür zu.

Kramer schob sich leise ein Stück vor. Mtembu musste selbst gerade erst ins Zimmer gekommen sein, denn das Licht war noch aus, und er hängte seinen weißen Kittel an einen Haken an der Wand. Der Arzt hörte nicht, wie sich das Fenster öffnete, um einen ungebetenen Gast einzulassen. Er betätigte bloß mit dem Daumen den Lichtschalter und drehte sich ganz selbstverständlich um, wie es jemand tut, der froh ist, endlich allein zu sein und sich keine Gedanken mehr machen zu müssen.

Er blieb vor Angst so abrupt stehen, dass sein Kopf wackelte.

»Keinen Ton«, warnte Kramer. »Sie wollten doch arbeiten, also setzen Sie sich an Ihren Schreibtisch.«

Der einfache Tisch lag voll mit dicken Büchern und medizinischen Aufzeichnungen. Mtembu setzte sich, machte ganz automatisch mit den Händen einen Platz auf der Platte frei und ergriff einen Kugelschreiber. »Werde ich denn nie Frieden finden?«, sagte er schließlich bitter, als sich ihr Blickkontakt löste.

»Nein.«

»Sie haben mir doch etwas ganz anderes versprochen!«

»Ich habe Ihnen überhaupt nichts versprochen.«

»Ihre Amtsbrüder aber.«

»Und was war das?«

»Keine weiteren Auflagen mehr.«

Kramer war nicht daran gewöhnt, dass ein Farbiger in diesem Ton mit ihm sprach, geschweige denn in anständigem Englisch und noch dazu mit einem englischen Akzent. Das Neue daran nahm ihn für den Arzt ein.

»Wissen Sie denn, wer ich bin?«

»Ein Polizist. Lieutenant, wie Sie selbst sagten.«

»Und was mache ich?«

Der Doktor zog die Schultern krumm.

»Ich will es Ihnen sagen. Ich achte darauf, dass andere ihre Arbeit richtig machen. Nur dass sie nichts davon wissen.«

Seine improvisierte Erklärung wurde mit einem schiefen Lächeln aufgenommen.

»Quis custodiet ipsos custodes?«

»Hä? Was für eine verfluchte Sprache ist denn das?«

Mtembu klopfte auf das Lehrbuch, das vor ihm lag. »Latein, Sir. Die notwendige Voraussetzung für jeden Medizinstudenten, so wollen jedenfalls diejenigen, die den Lehrplan festlegen, uns Primitiven weismachen. Diesen Stress habe ich natürlich inzwischen hinter mir, aber ich muss gestehen, dass ich Geschmack an der alten Literatur gefunden habe. Die Methoden der Kriegsführung, Kurzschwert und Schild, haben viel gemeinsam mit denen des Zulukaisers Shaka, der mit Speer und –«

»Hören Sie auf! Ich wollte keine verfluchte Lektion, ich wollte wissen, was Sie gesagt haben! Sie haben sicher auf mich geflucht, stimmts? Piss-was?«

»Quis, Sir. Das Zitat bedeutet: ›Wer soll die Wachen bewachen?‹«

»Ach ja? Na ja, sagen wir, Sie kapieren sehr schnell, Mtembu. Das mag ich.«

»Lieutenant?«, murmelte Mtembu und rutschte hin und her.

»Sie übertreibens also nicht mit dem Zeug, das Sie Zondi geben, Mtembu? Ich brauche den Mann noch!«

»Ich habe ihm nicht mehr als die Minimaldosis verordnet, Sir. Dadurch wird er für unbegrenzte Zeit bewusstlos bleiben, ohne dass es schädliche Auswirkungen hätte, vorausgesetzt, er wird intravenös ernährt.«

»Und seine Verletzungen?«

»Für das, was ich über den Unfall gehört habe, sind

sie Gott sei Dank leicht. Der Arm dürfte bereits zusammenheilen.«

»Die Kopfverletzung meine ich.«

»Nur eine Beule am Hinterkopf und eine zerschnittene Wange – alles geringfügig.«

Mtembu hatte ihn bei seiner Frage erstaunt angesehen, aber da er ohne Zweifel an die Unwissenheit von Laien gewöhnt war, gab er erschöpfend Antwort. Und ohne es zu merken, gab er Kramer damit die erste richtige Vorstellung von der Situation.

»Schön, machen Sie weiter so.«

»Ich habe den hippokratischen Eid abgelegt, Lieutenant!«, begehrte Mtembu plötzlich empört auf.

»Dann passen Sie auch auf, dass Sie nicht vor Gericht kommen und noch mal einen Eid ablegen müssen, mein Freund«, sagte Kramer.

»Sir?«

»Ich bewache die Wachen«, sagte Kramer, »und bevor Sie unser kleines Gespräch gegenüber irgendjemandem erwähnen, speziell gegenüber einem Polizisten, sollten Sie daran denken, dass es auch Wachen gibt, die *mich* bewachen.«

Dieses lateinische Zeug hatte beträchtlichen Eindruck auf Kramer gemacht – es war, wenn man es recht bedachte, die Geschichte seines Lebens.

Damit war für Zondi in mehr als einer Hinsicht gesorgt. Jetzt konnte Kramer sich ausschließlich auf Swart konzentrieren. Natürlich war er in Versuchung gewesen, Mtembu noch mehr auszufragen, in Erfahrung zu bringen, wie Dr. Strydom hinters Licht geführt und welchem Druck der arme Schwarze ausgesetzt worden war, dass er mitgespielt hatte, aber das wäre unklug gewesen. Unklug, weil Kramer insgeheim von einer brennenden Wut erfüllt war, die beim kleinsten emotionalen Funken zur Feuersbrunst zu werden drohte – die sich über alles und jedes hinwegwälzen würde. Um weiter effektiv arbeiten zu können, musste er bei seiner langsamen, schwerfälligen Gangart bleiben und sich an logische Prozesse halten. Und zudem war er zuversichtlich, dass ihn die Spur, die er in Skaapvlei aufgenommen hatte, letzten Endes wieder zum Peacevale Hospital und zu all den Antworten, die er verdauen konnte, zurückführen würde.

Er parkte seinen Ford einen halben Häuserblock von Swarts Bungalow entfernt und fand einen Fußweg am Rand der Pferderennbahn dahinter. Kaum fünf Minuten später hatte er sich schon von hinten durch den Garten gestohlen, am Küchenfenster gefummelt und sich Einlass verschafft.

Hier war der Anfang des Spiels. Aber wie bei all solchen Spielen musste er zuerst eine Sechs würfeln.

Ha, der Wodka. Das war allerdings leicht gewesen. Jetzt war er hinter richtigen Beweisen her, im Kielwasser des rätselhaften John Scott, der vermutlich alles offensichtlich Bedeutsame entfernt hatte. Doch wenn der Kühlschrank von Swart als Schnapsversteck benutzt worden war, war es nur einleuchtend, dass er vielleicht auch für andere Dinge herhalten musste.

Kramer öffnete den Kühlschrank und schrak förmlich zurück, als das Licht anging. Er klemmte den Schalter fest und ließ den Schein seiner Taschenlampe über die Gitterroste gleiten. Obst, Milch, Eier, ein kleiner Truthahn, ein Pudding, mit einem Teller abgedeckt, ein paar Auberginen – nichts. Er schaute ins Tiefkühlfach – nichts.

Als Nächstes durchsuchte er die ganze Küche, sah unter die Papierverkleidungen einer jeden Schublade und wühlte die Hand tief in Reis- und Zuckerdosen hinein, denn obwohl er sich dessen bewusst war, dass Swart etwas Wichtiges kaum da verborgen hätte, wo ein Diener es finden konnte, wollte er doch kein Spältchen übersehen. So kam es, dass er schließlich auf den Knien lag und den Fußboden einer minutiösen Untersuchung unterzog. Das Linoleum, das auf fast angenehme Weise nach Desinfektionsmittel roch, war eine grellbunte Mosaikimitation, die ihm vor den Augen tanzte, als er nach einer bisher übersehenen Kleinigkeit suchte. Deshalb fuhr er schließlich sachte mit der Hand über die Fläche, und da ertastete er mit den Fingerspitzen eine leichte, unregelmäßige Vertiefung. Er identifizierte sie als den Abdruck, den das Hörgerät hinterlassen hatte, als jemand, vermutlich der Mörder, darauf getreten hatte. Kramers Hand schob einen kleinen Gegenstand einige Zentimeter rechts von der Delle gegen den Schrank unter der Spüle: ein Elektroteilchen, ein Stäbchen, etwa halb so lang wie ein Streichholz, sehr ordentlich mit haarfeinem Draht umwickelt und mit zwei feinen Silberdrähten an jedem Ende. Außerdem waren zwei gelbe Streifen daran. Sieh mal an! Scott war nicht sehr sorgfältig bei seiner Spurensuche gewesen.

Als er endlich sicher war, dass die Küche nichts mehr zutage fördern würde, widmete er sich dem übrigen Haus. Das tat er mit einer solchen Gründlichkeit, dass um ein Uhr nachts vor dem zweiten Weihnachtstag seine Batterien den Geist aufgaben. Er trat ans Fenster des Arbeitszimmers. Skaapvlei lag still da, all die kleinen Häschen hatten sich tief in ihren Bau aus Decken hineingekuschelt, alle mit aufgeblähten kleinen Bäuchen, die randvoll rumpelten und pumpelten vor lauter guten Sachen und ihnen die Hölle heißmachten. Weshalb er sich auch nicht traute, das Licht anzuknipsen, damit nicht so ein Häschen bei seinem Gang aufs Töpfchen den Lichtschein bemerkte und die Bullen rief. Was verflucht frustrierend war, denn er war im Schreibtisch auf ein paar Schriftstücke gestoßen, die ihn interessierten.

Daran merkte Kramer, dass er müde wurde, denn er brauchte im Grunde nur ein Streichholz zu entzünden. Oder, noch besser, eine der kleinen Kerzen, die in dem heiligen Ding im Flur steckten. Er nahm sich eine Kerze und ging ans hinterste Ende des Hauptflurs, wo der schwache Lichtschein von außen nicht mehr zu sehen war.

Zuerst inspizierte er die Prospekte von zwei Trekkersburger Autoverleihfirmen, die beide die neuesten Modelle enthielten und infolgedessen jüngeren Datums sein mussten. Er hatte sie zwischen verschiedenen Autopapieren gefunden, die Swart in seinem Schreibtisch aufbewahrte. Sie hatten seine Aufmerksamkeit erregt, weil auch Swarts Auto ein sehr neues Modell war und er nicht einsehen konnte, warum der Mann an einem Mietwagen interessiert gewesen sein sollte. Außer vielleicht für jemand anders.

Aber als er die Bankkontoauszüge durchsah, stellte er fest, dass Swart viermal selbst einen Mietwagen von einem bekannten Autoverleih namens *Trekkersburg Travel and Self-Drive* mit Scheck bezahlt hatte.

Dann überprüfte und verglich er die Angaben auf den Rechnungen der Reparaturwerkstatt, in der Swart sein eigenes Auto nachsehen ließ: Daraus ging hervor, dass Swart viermal und aus Gründen, die nur ihm bekannt waren, dafür gesorgt hatte, dass ihm zwei Fahrzeuge zur Verfügung standen.

Dieser erste wirkliche Hinweis darauf, dass – für sich genommen – mehr an der Sache war, als auf den ersten Blick zu erkennen war, gab Kramer Auftrieb.

Er ging eilig die anderen Autopapiere durch, fand jedoch nichts mehr von der *Trekkersburg Travel.* Eine einfache kleine Rechenübung mit den von Swart gezahlten Summen und den im Prospekt genannten Tarifen versüßte ihm allerdings seine Entdeckung, während sie zugleich das Rätsel noch vergrößerte: Swart war mit seinen Mietwagen alle vier Male nicht mehr als die ersten zwanzig Kilometer gefahren, die im Grundtarif inbegriffen waren. *Trekkersburg Travel* musste mit diesem Kunden sehr zufrieden gewesen sein.

Das war Balsam auf Kramers Wunden. Doch zog er, wie alle Salben, eine Fliege an. Und diese Fliege brummte warnend, dass Scott ein Idiot sein musste, wenn er solche interessanten Transaktionen außer Acht gelassen hatte. Einen Augenblick lang hatte Kramer das Gefühl, gelinkt worden zu sein, aber dann fiel ihm ein, dass er sie selber beim ersten Durchgang übersehen hatte – alles hing immer davon ab, wie sehr man etwas finden *wollte.* Scott, über den er inzwischen verschiedene Theorien hatte, die er um der Objektivität willen strikt beiseiteließ, hatte anscheinend von Anfang an überhaupt keine Motivation gezeigt.

Merkwürdig, aber fürs Erste unerheblich.

Das CID-Gebäude war so still wie wahrscheinlich nur einmal im Jahr. Am Heiligabend war es noch erfüllt gewesen vom empörten Geschrei einiger Ladendiebe, die in letzter Minute zugegriffen hatten, von gewalttätigen Männern, die mit Stechpalmenzweigen winkten, und einem Geschäftsnikolaus, in dessen Sack Rasierwasser gefunden worden war. Am Morgen des ersten Feiertags war dann die Einbruchsabteilung an der Reihe gewesen und hatte sich um Partygänger kümmern müssen, die vergessen hatten, ihre Wohnungen gut abzuschließen. Am ersten Weihnachtsabend war jeder mutmaßliche Kriminelle zu betrunken, um sich noch kriminell betätigen zu können. Am zweiten Weihnachtstag herrschte Ruhe.

Alles das erfuhr Kramer in Kurzform von dem ergrauten Detective Constable Lourens, der dreimal durch die Prüfung zum Sergeant gefallen war und seitdem unentwegt im Haus herumgeisterte, in der Hoffnung, ganz allein anwesend zu sein, wenn *es* geschah – wobei er darunter offenbar etwas Unvorstellbares verstand, das eine Beförderung wegen besonderer Verdienste unumgänglich machte.

»Aber was machen Sie denn hier um diese Zeit, wenn ich fragen darf, Lieutenant?«

»Ach, ich bin nur hergekommen, um ein paar Sachen einzupacken, bevor ich abhaue zum Freistaat.«

»Urlaub, Sir?«

»Ein paar Tage. Jemand im Haus?«

»Nein, Sir. Der Diensthabende vom Einbruch geht gerade einer Meldung in Greenside nach, und außer ihm bin nur ich noch da. Der Colonel war vor einiger Zeit hier, so gegen zehn, mit dem neuen Beamten.«

»So?«

»Hat ein paar Anrufe getätigt und ist wieder verschwunden – nach dem zu urteilen, wies klang, hat der Colonel ihn zu sich nach Hause mitgenommen.«

»Hm.«

»Ich weiß, was Sie meinen, Sir. Ich bin auch mehr für Colonel Muller.«

Kramer zwinkerte ihm zu und stieg dann die Treppen hinauf; auf dem Absatz blieb er stehen, um sich eine Zigarette anzuzünden, und warf hinter der vorgehaltenen Hand einen Blick auf Lourens. Alles in Ordnung: Der

Mann saß schon wieder auf seinem Stuhl neben dem Eingang der Wachstube, hatte die Füße auf eine Schreibtischschublade gelegt und hielt, das Kinn auf die Brust gedrückt, eines jener lebenserhaltenden Schläfchen.

Nicht dass Kramer geradezu vorgehabt hätte, irgend etwas Illegales zu tun, er wollte nur ganz sich selbst überlassen sein. Er musste sich in diesen Fall hineindenken, wie er es immer tat, indem er den Tatort einer sorgfältigen Untersuchung unterzog. Seine beste Chance hatte er vertan durch die lustlose Untersuchung, die er hauptsächlich zugunsten Strydoms veranstaltet hatte, sodass er sich jetzt mit Fotos begnügen musste, die aber immerhin besser waren als nichts.

Scott war ein Schreibtisch im Vorzimmer von Colonel Du Plessis' Büro zugeteilt worden. Die Fotos steckten in einem braunen Umschlag, der auf der Schreibunterlage lag. Kramer schüttelte sie heraus und betrachtete jeden Abzug genauestens, immer aufs Neue davon betroffen, wie deprimierend alles in Schwarz-Weiß aussah. Er drehte und wendete sie und fragte sich, warum sie ihm so ungewöhnlich vorkamen; eigentlich nicht die Bilder, sondern das Gefühl, das sie weckten. Dann kam ihm eine Idee; er nahm ein Lineal zur Hand und maß die Längskante eines Fotos. Es hatte keinen weißen Rand – die Fotoabteilung machte immer randlose Abzüge – und war von der einen Ecke zur anderen neun Zoll lang. Dabei sprach Prinsloo, der Hausfotograf, immer von »zehn mal acht«.

Er schob die Bilder in der richtigen Reihenfolge in den Umschlag zurück, den er genau wieder da hinlegte, wo er gelegen hatte, und ging über den Flur durch die Spurensicherung bis in Prinsloos Reich. Dort nahm er sich den Ordner mit den Negativen vor; er fand schnell, was er suchte. Der Tod von Hugo Swart war auf einem Hundertzwanziger-Film mit einer Kamera aufgenommen worden, die quadratische Bilder machte. Das hieß normalerweise, dass bei jedem Bild beim Vergrößern ein Stück verloren ging, aber nur oben oder unten, nicht an den Seiten.

Die Dunkelkammer war betriebsbereit zurückgelassen worden mit frischem Entwickler in der Wanne, von einer Glasplatte abgedeckt, und fertig angemischtem Fixierbad in einer Flasche. Kramer, der auf einem Speziallehrgang genug von dieser Kunst gelernt hatte, machte sich, ohne Zeit zu verschwenden, ans Werk.

Er suchte ein Negativ heraus, das mit dem obersten Übersichtsfoto aus dem Stapel auf Scotts Schreibtisch übereinzustimmen schien, und steckte es, nachdem er es erst gegen das abgeschirmte Licht gehalten hatte, in die Halterung des Vergrößerungsapparates, stellte jedoch fest, dass die Einzelheiten mit bloßem Auge nicht zu erkennen waren. Er nahm einen weißen Bogen Papier aus dem Karton neben dem Ständer und drehte den Vergrößerungsapparat so weit nach oben, dass das Bild das Papier ganz ausfüllte. Auf der rechten Seite war, einen knappen Zentimeter vom Rand entfernt, ein kleiner rechteckiger Gegenstand.

Natürlich, das verdammte Hörgerät – bloß ein Detail. Die ganze Mühe umsonst. Oder doch nicht – denn jemand hatte sich die Mühe gemacht, die Abzüge auf ein ungewöhnliches Maß zu beschneiden. Vielleicht sollte er doch einen Abzug machen für den Fall, dass ihm durch die Umkehrung der Schwarz-Weiß-Töne etwas entgangen war.

Kramer setzte also den Rotfilter auf, vertauschte den Zehn-mal-acht-Bogen mit einem unbelichteten Blatt Fotopapier, belichtete es fünf Sekunden und legte es in die erste Wanne. Dann goss er ein wenig Fixierlösung in die nächste Wanne, probierte den Säuregrad des Unterbrecherbades und sah dabei zu, wie sich das Bild entwickelte.

Im gelben Licht der Dunkelkammerlampe erschienen schwache Schatten auf dem weißen Bromsilber, die sich zu zwei schwarzen Flecken und einem unregelmäßigen Streifen verdunkelten – das waren die Augenhöhlen von Hugo Swart und das vergossene Blut. Ton für Ton baute sich das Bild auf; das Gesicht des Toten rundete und entspannte sich, die Glasscherben spitzten sich zu scharfen, hellen Splittern zu, und auf der Hose wurde ein Fleck sichtbar, der vorher nicht zu sehen gewesen war. Am Ende kündete jeder einzelne winzige Silberpartikel, der unter anderen Umständen vielleicht mit den anderen Partikeln verschmolzen wäre, um etwas Schönes zu schaffen, von der grundsätzlichen Hässlichkeit des Menschen und seiner Werke.

Und an dem Hörgerät war anscheinend überhaupt nichts Beachtenswertes.

Kramer warf den Abzug ins Unterbrecherbad und dann in den Fixierer. Er zündete sich an der Zigarette, die im Aschenbecher abgebrannt war, eine neue an und schaltete das weiße Deckenlicht ein. Dann betrachtete er das Bild ohne jede Hoffnung auf irgendwelche bedeutsamen Details noch einmal.

Da sah er sie. Er sah ganz schwache parallele graue Linien um das Hörgerät herum, zu dünn, um sich im gelben Dunkelkammerlicht abzuzeichnen, und kaum von der Körnung zu unterscheiden.

Gott, hatte er einen Bock geschossen! Als der Pfarrer erwähnt hatte, dass das Gerät absichtlich zerstört worden sei, hatte Kramer mit der Ungeduld des Profis reagiert. Es hatte ihn geärgert, dass jemand, der seine Mitmenschen doch gut kennen musste, nicht auch wusste, dass die Gewalttätigeren unter ihnen ihre überschäumenden Gefühle oft an toten Gegenständen, die ihren Opfern gehörten, ausließen – wie ein Kind, das seiner Schwester erst einen Puff gibt und dann ihre Bauklötze umschmeißt. Er hatte ihm erzählen wollen, dass Einbrecher häufig in die Betten scheißen und in die Frisierkommoden pinkeln. Wegen solcher läppischen Gedanken hatte er das entsetzlich Naheliegende übersehen.

Und das war ungefähr so: Er war davon ausgegangen, dass das Hörgerät beim Todeskampf zu Boden gefallen war. Aber da lag es, mit sauber aufgewickeltem Draht, wie wahrscheinlich immer, wenn der heikle Swart es nicht getragen hatte. Und doch hatte der Pfarrer gesagt, das Radio sei an gewesen, als er die Leiche fand – was einem Tauben wenig nützen konnte.

»Halt, stopp mal«, sagte Kramer zu sich selbst und versuchte, eine vernünftige Erklärung für diesen unüberwindbaren Widerspruch zu finden. Er kam auf den Gedanken, der Mörder hätte vielleicht das Radio angestellt, damit es seinen Rückzug übertönte; aber das war Quatsch, denn wenn er so leise gewesen war, dass er Swart überraschen konnte – Moment mal, vorausgesetzt, dass Swart hören konnte, was alles wieder auf den Kopf stellte.

Also fing er wieder von vorne an. Ein Tauber kommt in seine Küche und dreht das Radio an. Es ist etwa neun Uhr, er will also wahrscheinlich die Nachrichten hören. Dann beschließt er, sein Hörgerät abzulegen, das bei der Hitze vermutlich kein Vergnügen ist. Damit ist es für ihn vorbei mit dem Radiohören, und vielleicht will er es gerade ausschalten, als der Mörder zusticht.

Aber er erwartete doch jede Minute einen Besucher, der Pfarrer hatte sich ja angemeldet, und bestimmt wollte er dessen Klopfen an der Tür hören. Na gut, der Pfarrer war zehn Minuten zu früh erschienen, aber wer verließ sich schon darauf, dass ein Anrufer genau zur angegebenen Zeit eintraf.

Dem konnte man einfach entgegenhalten, dass Swart vielleicht vorgehabt hatte, draußen auf der vorderen Veranda auf den Pfarrer zu warten, aber vorher niedergestreckt wurde.

Dagegen konnte man wiederum einwenden, dass er dann sehr wenig Zeit gehabt hätte, seinen heimlichen Drink zu genießen, den er ja kaum mit hinausnehmen wollte. Oder vielleicht doch, da es sich um Wodka handelte.

Einwände über Einwände. Aber wenn man es recht bedachte, war ein Hörgerät mit einer starken Brille mit schwerem Gestell zu vergleichen: Wer sie gewohnheitsmäßig trug, war sich ihres Gewichts und der Unbequemlichkeit ebenso wenig bewusst, wie sich eine Puppe mit viel Holz vor der Hütte ihrer Titten bewusst war. Vorausgesetzt, dass nicht in beiden Fällen etwas vorgetäuscht wurde. Dann konnte es natürlich sein, dass das Zeug in den eigenen vier Wänden bei einer Hitzewelle abgelegt wurde, ob nun Schaumgummi oder sonst etwas.

»Mannomann …«

Kramer nahm den Abzug aus dem Fixierbad, zog ihn kurz durchs Wasser und legte ihn glatt auf die kleine Presse. Während das Bild trocknete, säuberte er das Arbeitsgerät und hinterließ Prinsloo alles genau so, wie er es vorgefunden hatte.

Dann ging er in Scotts Zimmer und verglich die beiden Bilder miteinander. Er hatte genau das richtige Negativ ausgewählt – bei jedem Abzug war an der gleichen Stelle ein kleiner Wasserfleck –, und der Vergrößerungsgrad war bis auf einen Millimeter identisch. Was hieß, dass Prinsloo wie immer vorgegangen war und es aufgeblasen hatte, bis es das Papier ausfüllte, ehe er auf den Knopf drückte. Es hieß aber auch, dass irgendjemand das Hörgerät von dem einen Bild, in dem es vorkam, abgetrennt und danach die anderen Abzüge ebenfalls beschnitten hatte, um ihnen ein einheitliches Format zu geben.

Wenn er sie nicht selbst in die Hand genommen hätte, wäre ihm der Unterschied wahrscheinlich gar nicht aufgefallen – wie es auch äußerst unwahrscheinlich war, dass der zuständige Polizeirichter dem Format Beachtung geschenkt hätte. Nur das in ihm nachhallende »Zehnmal-acht« Prinsloos hatte ihn darauf gebracht. Und das war letztendlich der springende Punkt.

Aus Argwohn entsprang neuer Argwohn, das wusste Kramer, aber er wusste auch, dass er jetzt dem Hörgerät selbst mehr Aufmerksamkeit schenken musste.

Doch bevor er in die Asservatenkammer ging, sah er kurz nach Lourens. Der gute Geist des Hauses schnarchte weiter vor sich hin. Der Kugelschreiber lag noch auf dem Dienstbuch, wo Kramer ihn hatte liegen lassen, nachdem er sich eingetragen hatte. Gut.

Er öffnete die schwere Tür mit seinem eigenen Schlüssel und schloss hinter sich wieder ab. Dann suchte er die Regale ab, zog etikettierte Plastikbeutel hervor, die halb hinter größeren Beweisstücken wie einem geheimnisvollen Nachtgeschirr verborgen waren, betastete sie und besah sie genau. Sein Herz klopfte schneller, als er auch nach Durchsicht des letzten Regals noch leere Hände hatte. Das blöde Ding war nicht da.

Aber halt mal. Ihm fiel ein, dass im Chevrolet seinerzeit keine Plastiktüten mehr zu finden gewesen waren; Zondi hatte womöglich welche von den alten Papiertüten genommen, die im Handschuhfach herumgelegen hatten, und davon gab es ein paar weiter hinten neben der Tür; er hatte angenommen, sie stammten von alten ungelösten Fällen.

Außen auf der ersten Papiertüte waren Zondis sorgfältige Schriftzüge und innen die Scherben eines zerbrochenen Glases. In der anderen Tüte befand sich ein Hörgerät, wie er Zondis Beschriftung entnahm. Kramer schüttelte die Tüte und hörte im Innern etwas klappern. Das reichte ihm erst einmal, denn von Elektronik hatte er keine Ahnung; aber er hatte einen Typen auf seiner privaten Expertenliste, der ihm bald sagen würde, ob es etwas zu bedeuten hatte, dass das Bild beschnitten worden war.

12

Bob Perkins war über Weihnachten verreist. Kramer versteckte die angesammelten Milchflaschen hinter einer Azalee, spuckte kräftig die Katze an, knallte das Gartentor hinter sich zu und stapfte zu seinem Auto. Verfluchter Mist, Bob wäre genau der Richtige für den Job gewesen; er hatte sich einmal mit einem verkohlten Tonband befasst, das Zondi im Fall Le Roux gefunden hatte, und das war ein voller Erfolg gewesen. Als fanatischer Yogaanhänger und Abstinenzler war er außerdem noch die Art von Mensch, den man selbst nach einem Feiertag morgens um vier aus dem Bett werfen konnte und der trotzdem einen vernünftigen Kommentar abgab – mochte seine nette kleine Frau auch in der Küche ein Protestgeschrei erheben. Aber Bob war über Weihnachten verreist, und damit war die Sache gestorben. Es sei denn, Kramer suchte sich einen anderen klugen Kopf, der a) verstand, worum es ging, und b) nichts dagegen hatte, vor dem Frühstück darüber zu reden. Geduld war nach Kramers Auffassung eine Untugend, besonders dann, wenn man ein Hörgerät wieder an seinen Platz zurücklegen musste, bevor sein Fehlen bemerkt wurde.

Er bog hinter dem Krankenhaus links ab und erblickte an einem hohen Fenster eine Krankenschwester. Er fuhr langsamer. Sie trank wohl heimlich ihre letzte Tasse Kaffee zum Ende einer langen Nachtschicht, fand den anbrechenden Tag womöglich genauso unwirklich wie er, betete wahrscheinlich, dass die Ambulanz vor sieben niemanden mehr einlieferte. Sie prostete ihm mit der Tasse zu, lachte und zog sich zurück. Aus dieser Entfernung sah jedes Mädchen, besonders in Schwesterntracht, schön oder sogar begehrenswert aus. Dass sie vielleicht so platt wie ein Pfannkuchen war, machte die kurze Begegnung nur noch pikanter.

Er fragte sich, ob die Witwe Fourie wohl schon auf war, ob sie überhaupt ein Auge zugemacht hatte. Dass er am ersten Feiertag so plötzlich abgefahren war, hatte sie unter Umständen wieder ins Grübeln gebracht. Er fragte sich auch, ob Miriam Zondi wohl schlief oder ob sie immer noch Knoten in ihr Taschentuch knüpfte. Er zweifelte allerdings nicht daran, dass Zondi fest schlief.

Kramers Gedankenfluss schlängelte sich hierhin und dahin und kam auf die seltsamsten Abwege, nur um ihn zum Schluss dorthin zu bringen, wo er hätte anfangen sollen: zur Trekkersburger Feuerwehr. Darauf hatten ihn die Männer von der Ambulanz gebracht, die auch zur Feuerwehr gehörten und die mit ihren verschiedenen Fahrzeugen auf Funk angewiesen waren, für den Brandmeister Ralph Brighton zuständig war, der die entsprechende Ausrüstung perfekt in Ordnung hielt und ein absoluter Elektronikfreak war. Ein Genie.

Er bremste auf der Betoneinfahrt vor den großen Toren und brachte den Ford genau vor der Tür der Wache zum Stehen. Der diensthabende Feuerwehrmann verließ sein Schaltpult und lehnte sich über den Tisch. »Was gibts, Mann?«, rief er.

Tommy Styles war, ebenso wie Brighton, ein waschechter Engländer, der die deutschen Luftangriffe auf London mitgemacht und sich dann schleunigst aus einem Land mit zu viel alten Häusern davongemacht hatte.

»Kramer.«

»Ja?«

Die Autotür klickte ins Schloss; Kramer nahm die drei Stufen mit einem Schritt. Styles machte die Klappe am Schalter auf.

»Die Sonne hat mich geblendet, wahrhaftig. Nun erzählen Sie mir nicht, Sie hätten diesmal irgendeinem armen Kerl Feuer unterm Hintern gemacht – mir sind da verflucht böse Geschichten zu Ohren gekommen.« Seine Einstellung zum Gesetz war typisch für die Briten dieser Feuerwache und, gelinde gesagt, ungewöhnlich, bisweilen sogar – so unglaublich es schien – geradezu respektlos. Nicht dass es eine Rolle gespielt hätte, es lag wohl einfach an ihrer Erziehung.

»Wo ist Brighton?«

»Oben in seiner Wohnung, ist erst um halb drei reingekommen.«

»Mit dem Unfallwagen?«

»Eine Entbindung, 'ne Eingeborene. Musste auch noch den Wagen waschen, als er zurückkam – hat keine Hand dafür, wissen Sie. Wird nicht gerade erfreut sein, wenn er verlangt wird, bevor seine Schicht zu Ende ist.«

Das war auch wieder so etwas mit diesen Feuerwehrleuten, und zwar mit allen durch die Bank, was Kramer nicht begreifen konnte: Sie erledigten alle anfallenden Arbeiten selbst – der einzige Farbige, der auf dem Gelände eingestellt war, war ein alter Zulu, der dem Mechaniker Schraubenschlüssel anreichte. Der Chef der Feuerwehr hatte mal etwas von Disziplin vor sich hin gemurmelt, was völlig absurd war, wie jeder, der so etwas mal bei seinen Dienststellen versuchen wollte, bald herausfinden würde. Hoho, er schweifte ab.

»Tut mir leid, aber ich muss ihn sprechen. Sofort.«

»Das nehmen Sie aber auf Ihre Kappe!« Styles schob sich auf seinem Spezialstuhl am Schaltpult entlang, ließ die Finger über eine Reihe von Knöpfen gleiten und drückte den zweiten von oben.

»Kein Telefon?«

»Sie sagten doch, Sie wollten ihn zack, zack – das dürfte wirken.«

Die riesige Uhr über ihnen tickte fünfzig Sekunden vom Jahr herunter, dann kam auf altehrwürdige Weise Brandmeister Brighton an einer glänzenden Messingstange heruntergesaust.

Kramer, der durch die Glastrennwand in die Fahrzeughalle schaute, sah, wie er den Aufprall ordentlich durch Beugen der Knie abfederte und, ohne stehen zu bleiben, noch den letzten Knopf seines langen weißen Kittels zuknöpfte, um dann fluchend in die Wachstube zu kommen. Er griff unter den Schalter, wo zwei Stapel mit gefalteten Decken lagen, und schnappte sich eine flauschige und eine abgetragene.

»Nun mach schon«, sagte er. »Was? Weiß oder schwarz? Wo steckt überhaupt mein verfluchter Kumpel?«

»Morgen, Brighton, möchte mit Ihnen reden.«

»Lieut! Sie Mistkerl!«

»Bei Ihnen oben?«

»Und du bist mir ein rechter Hundsfott, Tommy! Hast es geschafft, dass mein Jüngster sich die Seele aus dem Leib schreit, wahrhaftig! Warte, bis ichs der Missus sage, sie wird dir eine –«

»Nix da! Ich stehe unter dem Schutz der Polizei.«

»Hört mal«, sagte Kramer leise, »passt lieber ein bisschen auf.«

Sie waren gottlob schon lange genug im Lande, um seine Bemerkung richtig zu verstehen. Beide erröteten, und dann nahm Styles die Decken und legte sie wieder an ihren Platz. Brighton deutete auf die Treppe.

Kramer ging voraus bis zum zweiten Stock, wo er Brighton den Vortritt gab, der die Tür zur Funkwerkstatt aufschloss. Sie war so vollgestopft mit Lautsprechern, Draht, Kabeln, Schaltungen, ausgefransten Blechen, Röhren, Gegenständen mit Knöpfen und anderem Zeug, dass der unordentliche Kerl erst mit ein paar Fußtritten aufräumen musste, ehe genügend Platz für sie war.

»Machen Sie die Tür zu, und schließen Sie ab.«

Brighton zog kurz eine Augenbraue hoch, tat aber, was von ihm verlangt wurde. »Habe ich vielleicht was getan?«

»Sie werden gleich was tun.«

»Ach ja?«

»Ich bitte Sie drum.«

»Kann nicht warten?«

»Nein.«

»Worum dreht sichs denn?«

»Um das hier«, sagte Kramer mit einer ausholenden Geste. »Ich hab ein kleines Problem, das in Ihr Fach fällt. Unser Funkfritze ist über Weihnachten weg.«

Wieder ein rasches Zucken der Augenbraue.

»Außerdem handelt es sich um eine sehr vertrauliche Sache.«

»Dann lassen Sie mal hören, Lieutenant. Nehmen Sie Platz.«

Kramer hockte sich auf ein Stück Werkbank, das eigens für ihn freigelegt worden war. »Ich will nicht, dass auch nur ein Wort davon aus diesen vier Wänden herausdringt, und sage Ihnen genau, worum es geht – und Sie werden den Mund halten.«

»Wie gesagt, lassen Sie mal hören.«

»Sie wissen ja, dass ich vom Morddezernat bin, aber

im Augenblick führe ich gerade eine dienstinterne Untersuchung durch. Ich habe Grund zu der Annahme, dass Beweisstücke unterschlagen werden. Dieses Beweisstück.«

Kramer gab Brighton die Papiertüte und glitt von der Werkbank, damit Brighton Platz hatte, den Inhalt zu untersuchen. Brighton nahm sehr vorsichtig das Hörgerät heraus und legte es auf ein sauberes Zeitungsblatt.

»Mann! Was ist denn damit passiert?«

»Jemand hat es mit dem Absatz zertreten.«

»Na, so was.« Brighton beugte sich über das Hörgerät und grummelte und knurrte schlimmer als Strydom über einer zerfetzten Kinderleiche.

»Und wo ist es gefunden worden, Lieut?«

»Hier, sehen Sie selbst.«

Als Mann, der sein Leben nach dem Aufheulen einer Sirene ausrichtete, war er nicht so leicht von etwas so Alltäglichem wie einer Leiche aus der Fassung zu bringen; Brighton gönnte Swart kaum einen Blick, sondern legte seine Juwelierlupe auf die Stelle, wo das Hörgerät zu sehen war.

»Also«, sagte Kramer, »dem Gericht soll ein anderes Foto als Beweisstück vorgelegt werden, von dem dieser Teil abgeschnitten ist – auf dem, mit anderen Worten, kein Hörgerät ist.«

»Und was ist Ihr Verdacht?«

»Ich möchte gern wissen, ob irgendetwas an diesem Gerät ungewöhnlich ist.«

»Verstehe.« Brighton wandte seine Aufmerksamkeit wieder dem Hörgerät zu, nahm es in die Hand und drehte es um. Durch die Lupe konnte er den Namen H. SWART erkennen, der auf der Rückseite mit etwas Spitzem eingraviert worden war. Er rieb mit dem Daumen einen gräulichen Belag weg. »Haben Sie eine Ahnung, was das hier ist?«

»Vom Abnehmen der Fingerabdrücke.«

»Der Name ist noch nicht lange drauf – kein Dreck in den Rillen. Kann leicht von schwitzigen Händen reinkommen.«

Jetzt nahm Brighton einen kleinen Schraubenzieher zur Hand und stocherte in dem Gerät herum. »Total normal, Lieut; ein paar Teilchen fehlen, sonst nichts.«

»In der Tüte sind ein paar.«

»Zum Teufel! Nun sehen Sie sich das mal an!«

Kramer verstand sofort, was Brighton meinte. Er griff automatisch zu, um sich das Ding zu schnappen und es selbst zu probieren. Aber Brighton wickelte das Kabel bereits um das Gehäuse des Hörgeräts. Es passte viermal herum.

»Wollen Sie mich vielleicht an der Nase herumführen?«, fragte Brighton argwöhnisch.

»Aber nein!«

»Dann handelt es sich nicht um dasselbe Hörgerät, stimmts?«

Mit diesen Worten schob er ihm den Zehn-mal-acht-Abzug hin und zeigte auf die breite Kabelwicklung mit etwa viermal so viel Windungen.

»Sehen Sie, das Kabel läuft hier rein durch die Öse und ist da angelötet – das Ding ist original, niemand hat etwas daran verändert.«

»Großer Gott …«

»Und an dem Ding auf dem Bild ist ein meterlanges Kabel. Wonach suchen Sie, nach einer tauben Giraffe?«

Kramer blieb ihm die Antwort schuldig, in der Hauptsache deshalb, weil er kaum einen klaren Gedanken fassen konnte. Automatisch förderte er eine Zigarette zutage und zündete sie an. »Die Hörgeräte sind also vertauscht worden?«

»Ganz sicher. Nützt Ihnen das was?«

»Mann, Sie sind eine große Hilfe.«

»Das wärs dann auch, soweit ich sehen kann.«

»Aber warum ein so langes Kabel – dafür muss es doch einen Grund geben!«

»Sollte man meinen, nicht wahr? Sie werden schließlich nicht so hergestellt. War es seins?«

»Ja, es gehörte Swart.«

»Und was macht er normalerweise?«

»Er ist Konstruktionszeichner, hat für die Behörde gearbeitet, wohnte aber in der falschen Gegend.«

»Dann ist also mehr an der Sache?«

»Ein stilles Wasser, falls Sie wissen, was ich meine. Unser Freund hier war in irgendetwas verflucht Eigenartiges verwickelt – kann alles Mögliche sein, ich weiß nur noch nicht, was.«

»Ein Disziplinarverfahren, sagten Sie, Lieut?« Brighton war wirklich durchtrieben, da gabs kein Vertun. Aber Kramer hielt ihn auch für absolut vertrauenswürdig. Es war seine Art.

»Ja, einer meiner Beamten könnte darin verwickelt sein.«

»Das ist übel.«

»Sehr übel.«

»Hilft uns aber auch nicht auf die Sprünge, oder?«

»Das lange Kabel, Mr Brighton – wäre es nicht aufgefallen?«

»In der Tasche um das Gerät herumgewickelt? Wohl kaum.«

»Hm.«

Sie standen da, starrten auf das ausgetauschte Hörgerät

und hingen ihren Gedanken nach. Brighton stellte die Papiertüte auf den Kopf, und mehrere Elektronikteilchen fielen heraus. Er hob die Tüte hoch und hielt sie gegen das grelle Licht, das von dem hohen weißen Übungsturm draußen im Hof hereinfiel.

»Augenblick mal«, sagte er und wies auf einen feinen schwarzen Schatten in einer der Klebekanten der Tüte. Er griff hinein und versuchte, etwas mit Daumen und Mittelfinger herauszuklauben.

»Haben Sie was dagegen, wenn ich sie aufreiße, Lieut? Da ist noch ein Teilchen.«

»Lassen Sies lieber.«

»Na schön.«

Brighton nahm eine Bonbondose voller Kleinzeug in die Hand und rüttelte daran. Schließlich fand er eine Pinzette zum Augenbrauenzupfen und probierte es damit. Aus der Tüte kam ein kleines braunes Stäbchen, um das zwei haarfeine Drähte gewickelt waren und aus dessen beiden Enden jeweils ein Silberdraht herausragte.

»So viel Mühe um etwas, was gar nicht dazugehört.«

»Wie meinen Sie das, Mann? Genau so ein Teil habe ich auf dem Küchenfußboden gefunden, da, wo das Originalhörgerät zertreten wurde. Genau wie das da – nur waren die Streifen gelb statt rot.«

»Interessant.«

»Auf jeden Fall würde mein Sergeant nie etwas in die Tüte tun, das nicht hineingehört.«

»Ist er derjenige, hinter dem Sie her sind, Lieut?«

»Großer Gott, nein. Aber er hat die Tüte beschriftet.«

»Die Tüte ist also dieselbe?«

Kramer verstand gleich, worauf er hinauswollte. Das Originalhörgerät war samt all seinen Teilen von Zondi in die Tüte gepackt worden. Später war das Gerät ausgetauscht worden – aber der Betreffende hatte sich nicht so viel Mühe gemacht wie Brighton, um sicherzustellen, dass er auch wirklich zuerst alles herausnahm. Jemand, der den Austausch womöglich in der Asservatenkammer vorgenommen hatte, wo das Licht schlecht war, und das kleine Teil war so in der Tüte eingeklemmt gewesen, dass es nicht herausfiel.

»Ja, das ist die Tüte, die mein Sergeant benutzt hat. Wir können davon ausgehen, dass dieses Ding zu dem anderen Hörgerät gehörte, nicht zu diesem.«

»Nein, Lieut, das kann auch nicht stimmen.«

»Und warum nicht?«

»Weil dieses hübsche kleine Stück Teil eines Funkgeräts ist, und das andere, das Sie gefunden haben, auch, wie es klingt.«

»Aber sein Radio war unberührt, Mann.«

»Das auf dem Bild? Das wundert mich nicht – alte Dampfradios rüstet man ja auch nicht mit solchen Hightech-Teilen auf! Sie sind sehr selten und sehr teuer – das Feinste vom Feinen, würden die Werbetexter sagen. Hochspezialisiert.«

»Inwiefern?«

»UKW.«

»Ah, zum Empfang verbotener Sender?«

»Ach was. Dazu braucht man praktisch nur ein paar Kristalle. Nein, ein miniaturisierter UKW-Spezialempfänger.«

Kramer drückte seine Zigarette äußerst vorsichtig aus, indem er sie zwischen den Fingern rieb, bis Tabakkrümel aus dem Papier fielen. Das Feinste vom Feinen, hochspezialisiert, miniaturisiert und vollkommen verwirrend.

»Und das heißt?«

»Sieht ganz so aus, als gäbs da noch ein Problem.«

»Ich werde Sie für Ihre Mühe entschädigen«, sagte Kramer.

Brighton setzte sich auf eine Lautsprecherbox und war so zappelig und nervös wie jemand, der versucht, eine Idee aus dem hintersten Winkel seines Geistes zu kramen. »Jaja, aber das kann mir auch meinen Schlaf nicht ersetzen, Lieutenant. Ich bin total groggy, fix und fertig, hatte fast vierundzwanzig Stunden hinter mir, als Sie angeklingelt haben. Ich bin einfach zu müde. Zu müde zum Denken, Mann.«

Brightons Müdigkeit, die nicht zu übersehen war, hatte Kramer schon von Anfang an Sorge gemacht. Jetzt sprach der Feuerwehrmann selbst davon, und damit war das Ende ihres fruchtbaren kleinen Gesprächs nahe. Kramer musste ihn jetzt nur noch ein letztes Mal anspornen, sich anzustrengen.

Doch bevor es dazu kam, schrillte der Alarm los.

»Heiliger Himmel«, sagte Brighton, im Bruchteil einer Sekunde hellwach. »Da muss was Schlimmes passiert sein – ich bin weg.«

Und ehe Kramer sichs versah, war er schon aus dem Zimmer.

Die Witwe Fourie war nicht zu Hause. Kramer war direkt zu ihr gefahren, nachdem er die Papiertüte wieder in die Asservatenkammer zurückgeschmuggelt hatte, ohne Lourens aufzuwecken, und dabei noch beinahe mit Scott zusammengestoßen wäre. Aber eine Nachricht erwartete ihn.

»An alle, die es angeht«, las er. »Keine Sorge, die Kinder wollten bloß unbedingt schwimmen gehen, bevor es voll wird. Bis dann.«

Daraufhin verschaffte er sich mit seinem eigenen Schlüssel Eintritt, nahm ein Bad und aß ein paar Reste.

Dann rief er bei der Feuerwache an und erfuhr vom wachhabenden Beamten – Styles war weg –, dass ein Bus in der Nähe von Ladysmith von einer Brückenauffahrt abgekommen und in das ausgetrocknete Flussbett gestürzt war. Mindestens zehn Menschen hatten ihr Leben verloren, etliche andere waren schwer verletzt; der Fahrer war mit Schnittwunden an den Händen und einem Schock davongekommen. Brandmeister Brighton hatte gemeldet, er würde die Kopfverletzungen nach Trekkersburg bringen, sobald die Ärzte ihre Zustimmung gäben. Das konnte jeden Augenblick sein. Eine Stunde, zwei Stunden – je nachdem.

»An die, die es angeht«, schrieb Kramer. »Habe ein Bad genommen. Und etwas Truthahn gegessen. Musste wieder weg. Es sieht übel aus.« Dann machte er eine Pause, um nicht drunterzuschreiben, was ihm gleich in den Sinn gekommen war. Schließlich schrieb er stattdessen: »Zwölf Uhr mittags.« Und strich es durch.

Aber er ließ den Zettel zurück, ohne etwas davon abzureißen, und fuhr zur Feuerwache.

»Brighton ist aufgehalten worden, Sir«, sagte der Wachhabende, ein waschechter Kapholländer, als Kramer die Wachstube betrat.

»Wie lange schon?«

»Wenn nicht alle Unfallwagen unterwegs wären, wäre er schon längst abgelöst. Sie können den Chef fragen, wenn Sie wollen.«

»Das ändert auch nichts daran.«

»Kann ich sonst etwas für Sie tun, Sir?«

»Nein. Kann ich hier irgendwo warten?«

»Oben im Bereitschaftsraum.«

»Gut.«

»Es gibt auch Billard, Sir, falls Ihnen das lieber ist.«

Kramer sah den Buren finster an und ging in das Bereitschaftszimmer, in dem zwei Betten mit Bettzeug standen. Er machte eins davon frei, lockerte Schlips und Schnürsenkel und streckte sich aus. Vielleicht war es ganz gut so. Er schlief ein.

Eine Tasse Kaffee und ein Schinkenbrötchen weckten ihn; er war stinkwütend, denn die Sonne tauchte die gegenüberliegende Wand bereits in ein mattes Orangerot. Der Frühstücksduft brachte ihn zu der Annahme, dass er einen vollen Uhrzeigerkreis lang durchgeschlafen hatte.

»Nur mit der Ruhe«, seufzte Brighton, haute sich auf das andere Bett und machte die Stiefel auf, die wie sein weißer Kittel voller Blutspritzer waren. »Der verfluchte Tag hat mir gereicht.«

»Was? Wie lange?«

»Man weiß nie, was kommt. Bin wie ein Irrer gefahren, und was passiert? Ich sitze mit vieren da, die bei meinem Eintreffen tot sind. Vieren! Der Frischfleischexpress. Kleine Kinder dabei. Sie hätten das Krankenhaus sehen sollen – als ob es von einer verfluchten Bombe getroffen wäre. In irgend 'ner Straßenkehre am Lion's River kam mir die Idee. Hätte mich umbringen können, ehrlich.«

»Was für eine Idee?«

Kramer schwang die Beine auf den Boden und setzte sich. »Vier und mein Kumpel hinten drin fast am Heulen. Hätte mich umbringen können.«

»Brighton! Reißen Sie sich zusammen, Mann!«

»Da hört mein Job auf und fängt Ihrer an, nicht wahr, Lieut? Wenn sie abgekratzt sind. Jaja, tut mir leid. Walkies, wissen Sie, viele von ihnen hatten Walkies.«

»Was ist denn das?«

»Transistorradios, im Bus. In die Ohren gestöpselt, als sie abkratzten. Hat mich nachdenklich gemacht. Spulen in einem Hörgerät. Funk. Dazu braucht man allerdings eine anständige Antenne, etwas Besseres als in einem Walkie. Die sind zu stark ausgerichtet. Es kommt auf die Hertz an, den Wellenbereich, all das. Ungefähr ein Meter müsste reichen. So muss es bei ihm gewesen sein, er hat die Antenne um das Kabel zum Ohr gewunden – sodass sie kaum auffiel. Dieser Swart hing an einem Funkempfänger.«

»Warum sollte er? Machen Sie um Gottes willen keine blöden Witze.«

»Ha, wissen Sie noch, was Sie selbst gesagt haben, Lieut? Es könnte alles Mögliche sein! Wie gefällt Ihnen denn Abhören?«

»Niemals!«

»Anders krieg ich es nicht zusammen. War immer taub, oder?«

Jetzt sprang Kramer auf die Füße. Er zerrte Brighton hoch, sodass sein Oberkörper am Kopfteil des Bettes lehnte, und schüttelte ihn, bis er die Augen wieder öffnete. Ja, der Pfarrer, Pater Lawrence, war es, der hatte es gesagt: … *wenn es in der Blüte der Jahre passiert.*

»Nein, nein. Noch nicht allzu lange.«

»Da haben Sies. Ich würde gern Ihren Kaffee trinken, wenn Sie nichts dagegen haben.«

Er bekam die Tasse in die Hand gedrückt.

»Wie sind Sie bloß darauf gekommen?«

»Ganz einfach, Lieut. Unser Typ will heimlich ein bisschen mithören. Mäuschen spielen. Nicht wahr? Also bringt er eine Wanze an, die über UKW überträgt, auf einer speziellen Frequenz. Jetzt will er gern was hören, aber wo immer er ist, würden die Leute es merken, wenn er mit einem Empfangsgerät herumliefe. Fragen stellen. Die Kricketergebnisse wissen wollen. Und er kann nicht einmal ein frisiertes Walkie benutzen, weil es nicht der Ort für Walkies ist. An seinem Arbeitsplatz beispielsweise. In der Behörde sieht man es gar nicht gern, wenn sich jemand während der Dienststunden die Sportsendungen von Radio SA anhört, in einer Privatfirma vielleicht, aber nicht im öffentlichen Dienst. Er muss also eine Möglichkeit finden, sich etwas, das groß genug ist für das ganze technische Drum und Dran, ins Ohr zu stöpseln. Was könnte sich ein Mann sonst in die Ohren stecken? Mohrrüben? Möglich. Aber für meine Theorie spricht auch noch das Ding, das Sie heute Morgen mitgebracht haben. Ergibt durchaus einen Sinn, oder?«

Das war nur allzu wahr. Kramer musste an der Tür noch einmal stehen bleiben, um sich die Schuhe ordentlich zuzubinden. Dann merkte er, dass noch Fragen offen waren.

»Sie sagten, dieses Ding hätte nur eine geringe Reichweite – wie gering?«

»Wie weit? Etwa drei bis sieben Meter. Schnüffler schleppen eine Ausrüstung von der Größe einer Reisetasche mit sich herum, wenn sie größere Entfernungen abdecken wollen.«

»Und der Preis? Teuer, sagten Sie?«

»Kostet ein verfluchtes Vermögen, nichts für Amateure. Richtiges 007-Zeug und besser.«

»Was wollen Sie damit sagen? Dass eine fremde Macht die Rechnung begleichen musste?« Das sagte Kramer mit einem Lachen.

»Genau, etwas in der Preislage.«

»Mann, das ist also wirklich ein heißes Ding? Kein Wunder …«

»Was?«

»Vergessen Sies – vergessen Sie alles, Mr Brighton«, sagte Kramer, holte fünfundzwanzig Rand aus seiner eigenen Tasche und drückte sie Brighton in die schlaffe Hand.

Brighton nahm das Geld und starrte darauf, bis seine Augen glasig wurden. Dann kam ein Anflug von einem Lächeln, er rollte sich auf die Seite und gab ein höchst zufriedenes Grunzen von sich.

»Ich weiß von nichts, Lieut – und jetzt verpissen Sie sich.«

Die Witwe Fourie sah vom Küchentisch auf, wo sie gerade einen Teller Drei-Minuten-Nudelsuppe mit Huhn absetzte. »Du hast ja keine Zeit verloren«, sagte sie.

»Hm.«

»Hast du alles per Telefon geregelt?«

»Hm.«

»Dann sag ich nur schnell den Kindern, dass sie jetzt wieder reden dürfen, aber in ihrem Zimmer bleiben müssen – und du kannst mir den Schluss erzählen.«

Kramer nahm die Suppe und stellte sie auf die Waschmaschine. Seit er die Feuerwache verlassen hatte, hatte er nicht mehr ruhig an einem Platz sitzen können. Er brach Brot klein, tunkte es ein und schaufelte Nahrung in sich hinein. Er aß nicht, sondern tankte auf. Und nach jedem Bissen lief er wieder herum. Kaute am Brot.

»Nun steh doch mal still, Trompie! Ich fange noch an zu schielen, wenn du nicht aufhörst. Willst du Pilze in deinem Omelett?«

»Hm.« Er schlürfte den letzten Rest Suppe, knallte den Teller in die Spüle, wischte sich mit dem Arm über das Kinn und zeigte sich gut gelaunt.

»Also wirklich! Willst du Magengeschwüre?«

»Hm.«

»In deinem Omelett?«

»Hm. Was?«

»Ach, manchmal meine ich, gegen eine Wand zu reden. Na, egal, denk erst mal nach.«

Sie schlug vier Eier auf und ging an die Arbeit.

»Wie gesagt, Whipstock wusste die Nummer.«

»Wer, Trompie?«

»Ein *Gazette*-Reporter, er kennt alle hohen Tiere von der Stadt- und Kreisverwaltung. Ein Kerl namens Cheyney ist Swarts Boss. Wie es klang, noch mitten im Feiern, hat mich ›alter Freund‹ genannt – du kennst ja diese Typen. Aber ich habe ihn kräftig bearbeitet, o ja, und er hat mir alles erzählt. Jedenfalls genug. Swart hat nichts mit strengen Geheimsachen zu tun gehabt, aber die drei im nächsten Büro hatten mit den Straßenbauplänen des Heeres zu tun. Cheyney wollte partout nichts mehr sagen, nicht am Telefon, aber wie gesagt, es dürfte reichen.«

»Straßenbaupläne? Klingt nicht gerade wichtig. Willst du die Pilze fein gehackt haben?«

»Hm. Nicht so wichtig? Bei der langen Küste? Du bist ja –«

»Na, na.«

»Worauf es ankommt, mein Mädchen, ist doch, dass Swart Tür an Tür mit Geheiminformationen arbeitete – stimmts?«

Die Witwe Fourie begann, die Eier zu schlagen, und jagte dabei die Schüssel über die Arbeitsfläche. Kramer hielt sie für sie fest.

»Einverstanden, Sir.«

»Als Nächster war der Pfarrer dran, interessant, sage ich dir, weißt du, was er gesagt hat, als ich eben angerufen habe? Ich melde mich mit meinem Namen, und er sagt: ›Haben Sie sich endlich entschlossen, mit offenen Karten zu spielen?‹«

»Wie?«

»Ich sage also: ›Was meinen Sie damit, Herr Pfarrer?‹ Darauf er: ›Seit zwei Tagen haben Sie zwei Männer vor meinem Haus postiert, ist Ihnen nie der Gedanke gekommen, dass ich es gemerkt haben könnte?‹«

»Und was meinte er damit?«

»Sehr, sehr interessant. Besonders, nachdem ich Dan angerufen habe, der bei der Staatssicherheit war, bis er sich an der Schulter verletzt hat, und der jetzt das Café und eine Farm in der Nähe von Drummond besitzt.«

»Fertig – pass auf, die Pfanne!«

Kramer trat beiseite, um sie vorbeizulassen.

»Ich frage Dan ganz beiläufig, ob er nicht zufällig einen katholischen Priester namens Lawrence kennt. Ich arbeitete da an einem Fall, und dieser Priester käme mir spanisch vor. Habs aber so dargestellt, als hätte ich ihn eigentlich angerufen, um ihn zu fragen, ob ich mal auf seinem Land jagen dürfte.«

»Und?«

»Der gute Dan lacht und sagt, ich sollte bloß aufpassen, der Priester sei ein feuerroter Kommunist!«

»Was meint er denn damit?«

»Na, der Kerl ist wohl ein bisschen liberal, wenn es mehr wäre, hätte ich schon davon gehört. Zumindest, was früher betrifft. Verstehst du nun?«

»Gib mir doch bitte mal die Fleischgabel, Trompie. Danke.«

»Siehst du es denn nicht? Das Muster?«

»Nein, um ehrlich zu sein«, seufzte sie, vollauf zufrieden damit, einfach mit dem Mann zusammen zu sein.

»Verdammt noch mal!«, explodierte er.

Die Witwe Fourie drehte sich verblüfft und wütend um. »Dass du mich nie wieder so anschreist!«

Aber Kramer hörte gar nicht zu, er stand einfach nur da, die Augen fest geschlossen. Merkte überhaupt nicht, was um ihn herum vorging – spürte nicht einmal das Brennen der Lucky-Strike-Kippe, die zwischen seinen Fingerspitzen qualmte, bis erst die Härchen ansengten und schließlich die Haut Blasen warf. Sie musste sie ihm aus der Hand schlagen.

»Trompie?«, sagte sie.

Er öffnete die Augen.

»Trompie, was ist los? Bitte sag es mir! Bitte!«

»Zondi …«

»Ich habe dich noch nie so wütend gesehen. Bist du wütend? Auf was?«

»Diese Schweine.«

»Nein, Trompie, schlag bloß nicht gleich los. Das darfst du nicht. Du hast vorhin noch gelacht – ich lasse dich einfach nicht fort.«

Die Witwe Fourie versperrte ihm den Weg.

»Ich habs, mein Mädchen, das wirkliche Muster, seit gerade eben, beim Reden.«

Kramers Stimme war so unnatürlich weich, dass sie fröstelte. Ein Schauer lief ihr den Rücken hinunter, und sie trat angstvoll zurück. Blieb an der Tür zum Flur noch einmal stehen und drückte sie hinter sich zu.

»Was – was hast du vor?«

»Ach, nur ein paar Leute anrufen«, sagte er mit einem bösen Lachen und nahm den Hörer ab.

»Wen denn?«

»Einen Kaffernarzt.«

»Was? Und wen noch?«

»Colonel Muller, ein Ferngespräch, er wird wohl seine Ferien abbrechen müssen.«

»Du rufst ihn hierher zurück?«

»Ja.«

»Aber warum?«

»Weil mir nichts anderes übrig bleibt, bevor ich selbst ins Mordgeschäft einsteige. Klar?«

13

Zondi kam am 27. Dezember gegen sechs Uhr morgens wieder zu sich; Dr. Mtembu war ihm behilflich. Sein Kopf fühlte sich immer noch so an, als sei eine Gewitterwolke hineingestopft worden, seine Wange brannte, und sein Arm schmerzte, aber seit Jahren hatte er sich nicht so gut ausruhen können. Er spürte es im ganzen übrigen Körper bis hinunter zu der Hornhaut an seinen Fußsohlen; im Augenblick bereitete ihm nur sein Hunger Verdruss. Er war schonungslos mit diesem Körper umgegangen. Der war ihm jetzt dankbar. Und weigerte sich, wieder in Gang zu kommen, sodass Zondi Hilfe brauchte, um bis zum Stuhl zu kommen.

»Überstürzen Sie nichts«, riet ihm Mtembu. »Sie haben zwei Tage lang geschlafen, eine lange Zeit.«

»Shabalala, wo ist er?«

»Der Festgenommene?«

»Ja.«

»Tot. Er ist in dem Auto ums Leben gekommen.«

Zondi seufzte mit einem klagenden Ton nach Art seines Volkes, wenn es trauert. »Dabei hat es mir so viel Mühe gemacht, ihn zu finden.«

»Setzen Sie sich, ich hole Ihnen etwas Milch.«

»Wo ist denn die Schwester?«

»Sie ist anderweitig beschäftigt.«

Zondi sah zu, wie Mtembu hinauseilte, und wunderte sich. Merkwürdig, wenn ein Arzt solche Dinge für einen erledigte. Er humpelte herum und zog die Vorhänge von seinem Bett zurück – es war noch ein Patient auf dieser kleinen Station, der unter einem Plastikzelt lag und wie ein brünstiger Bock atmete, aber sonst niemand. Als er sich wieder auf dem Stuhl niederlassen wollte, hätte er sich beinahe danebengesetzt.

»Schäm dich«, zischte er seinem Körper zu. Dann erinnerte er sich mit Schaudern an die Frauen, die hinter ihm her waren, und den Schweiß in den Augen, als er rannte. Alles umsonst. Vielleicht hatte er es auch nur geträumt in seinem langen Schlaf. Ein Albtraum.

Mtembu kam mit der Milch und einem Teller mit Brot und Butter zurück. »Essen Sie wie eine alte zahnlose Frau«, warnte er, »und trinken Sie wie ein Piepvögelchen.«

»Bin ich ein Bauernjunge, dass Sie so mit mir reden?«, sagte Zondi scharf und stieß das Glas weg.

Mtembu lachte zu laut und zu nervös, als dass man ihn einen humorvollen Menschen hätte nennen können. Er war voller Angst, und auch das war merkwürdig.

»Antworten Sie mir, Mr Stethoskop.«

»Entschuldigen Sie, Sergeant, ich wollte bloß …«

»Ich habe meinen Kopf befühlt«, redete Zondi jetzt auf Englisch weiter. »Wo ist eigentlich die Wunde, durch die ich das Bewusstsein verloren habe?«

»Es war ein allgemeiner Schock, Sergeant.«

Das war Zondi ganz neu, aber ein anderer Gedanke schoss ihm durch den Kopf. »Warum haben Sie mich so früh geweckt?«

»Sie sind von selbst aufgewacht.«

»Aber warum soll ich jetzt unbedingt aufstehen?« Wieder dieser merkwürdig ausweichende Blick, das Befeuchten der Lippen mit der Zunge.

»Weil Ihr Vorgesetzter möchte, dass Sie so bald wie möglich bei ihm sind.«

Zondi kam unsicher zum Stehen. »Warum haben Sie das nicht gleich gesagt? Geben Sie mir meine Kleider.«

Mtembu zeigte auf den Spind. »Kann ich Ihnen behilflich sein, Sergeant?«

»Rufen Sie mir einen Streifenwagen.«

»Ihr Vorgesetzter wird Sie abholen.«

»Hat er das gesagt?«

»Ja, mir persönlich.«

»Dann rufen Sie ihn an – *checha!*«

Mtembu eilte davon, und Zondis Zweifel und Verwirrung wuchsen. Die Welt war nicht mehr so, wie er sie verlassen hatte.

Als Colonel Muller endlich seine Familie abgesetzt hatte und im CID-Hauptquartier angekommen war, hatte Kramer alles im Sack und erwartete ihn auf der obersten Treppenstufe. Muller, immer noch in Freizeitkleidung mit gelbem Sweatshirt, Kakishorts, Sandalen und blauen Socken, schüttelte bloß den Kopf, statt zu grüßen. Kramer drehte sich um und ging voran. Die Treppe hinauf und den Korridor hinunter. Außentür, Innentür, ramm, tamm, halt.

Sie redeten vierzig Minuten miteinander.

Dann stand Muller von seinem Platz an der Ecke des großen Schreibtisches unter dem Porträt des Premierministers auf und ging herum, bis wieder Gefühl in seinem einen Bein war. Er brach die dritte Umrundung des Schreibtisches ab, setzte sich wieder und benutzte das Haustelefon.

»Zentrale? Muller. Rufen Sie bitte Colonel Du Plessis an, und bitten Sie ihn, so schnell wie möglich ins Hauptquartier zu kommen. Und Lieutenant Scott. Sind sie? Gut. Und dann finden Sie heraus, ob sich eine Verbindung zu Brigadekommandeur Willems beim BOSS in Pretoria herstellen lässt. BOSS – das Amt für Staatssicherheit, Sie Trottel! Nicht irgendein Boss! Gott im Himmel, mit wem spreche ich eigentlich? De Kok? Hätte ich mir denken können. An die Arbeit.«

Kramer nahm auf seinen Wink hin auf einem Stuhl Platz; er ergriff die kleine Zigarre, die ihm zugeschoben wurde, und zündete sie an. Er genoss das alles.

»Tromp.«

»Sir?«

»Ich habe vor, mit dieser Sache bis ganz oben zu gehen«, sagte Muller und hielt den Rauch in der Lunge.

»So.«

Muller atmete aus, um nicht husten zu müssen. »Minister. Verzeihung. Bis zum Minister persönlich.«

»Aha.«

»Von wegen aha! Ich lasse mich von niemandem verarschen und meinen Männern die Zeit stehlen! So eine verfluchte Frechheit!«

Dem war von Kramers Seite aus nichts mehr hinzuzufügen – Muller hatte den Nagel auf den Kopf getroffen. Also nickte er einfach ein paar Mal.

»Es wäre etwas ganz Anderes gewesen, Tromp, wenn sie uns um unsere Mitarbeit gebeten hätten. Etwas völlig anderes. Aber uns so zu behandeln, als sei uns nicht zu trauen, das lasse ich mir nicht bieten! Ha! Was glauben sie eigentlich, wer wir sind? In Russland ausgebildete Spione?«

»Nein, Sir, nur nicht etwas so Spezielles wie sie. Wir sind Hundemarken-Cops.«

»Diese Schweinebande.«

Das Haustelefon piepte.

»Muller. Was gibts? Dann geben Sie mir seine Privatnummer – natürlich steht die nicht im Telefonbuch, Sie –« Er knallte den Hörer wieder auf die Gabel.

»Schreien hilft auch nicht. Selbst wenn das Hirn dieses Mannes aus Zündstoff wäre, würde es nicht reichen, um seinen Kopf in die Luft zu jagen. Und das gilt ebenso für einige andere, die wir kennen.«

»Was mich wirklich umhaut«, sagte Kramer, »ist, dass man doch meinen sollte, Swart in Einzelhaft zu stecken, wäre genug gewesen – hundertachtzig Tage, um sich zu besinnen und zu beichten.«

»Sie müssen also in Eile gewesen sein. Oder wollten die anderen so richtig abschrecken. Aber war ein guter Einfall: Die Öffentlichkeit verdächtigt immer den Farbigen zuerst, während Swarts Freunde sich denken konnten, dass ein Liberaler wie er nicht von seinem eigenen Koch tranchiert wird. Sie sagen, er hat den Bantu Shabalala verwöhnt?«

»Ja, der brauchte höchstens bis acht Uhr am Tisch zu bedienen.«

»Da haben wirs, nicht wahr? Verhätschelte Schwarze tun so was nicht. Abschrecken, ködern – nennen Sies, wie Sie wollen, die Idee war jedenfalls gut.«

Kramer behielt seine Meinung für sich – nach seiner Auffassung trug die Affäre ganz den Stempel des Stümpers Du Plessis. Gott, war das ein Schock gewesen, als ihm aufgegangen war, dass der Mann nicht etwa wegen seiner Inkompetenz von Muller abgelöst worden war, sondern weil er die Treppe hinaufgefallen war. Um genau zu sein, bis an die Spitze: zur Staatssicherheit. Und die Staatssicherheit war, wie jeder Polizeischüler lernte, der wichtigste Teil der Polizeiarbeit. Er konnte es einfach nicht fassen.

Piepiep.

»Sind auf dem Weg? Danke, De Kok. Von jetzt ab will ich nicht mehr gestört werden – verstanden? Was? Nein, wird sie nicht.« Muller hielt den Hörer in der Hand, nachdem die Leitung tot war, und prüfte sein Gewicht, als erwäge er die Möglichkeiten, ihn als stumpfe Waffe zu benutzen – er war in äußerst gereizter Stimmung. Doch dann gab er sich einen Ruck und schmetterte den Hörer auf die Gabel, dass ein Stück vom Kunststoff absprang. Sein Telefon war längst ein Schrotthaufen. »Ab gehts, Tromp. Das Reden überlassen Sie bitte mir. Okay?«

»Gerne, Sir.«

Ein doppeltes Klopfen, dann streckte Du Plessis, ohne ein »Herein« abzuwarten, den Kopf durch die Tür. »Morgen? Was soll die Hektik? Versäume meine Nierchen auf Toast.«

»Treten Sie bitte ein«, sagte Muller.

Du Plessis warf Scott mit hochgezogenen Augenbrauen einen Blick zu, und beide kamen herein und nahmen ungebeten Platz. Dann stand Muller auf; er wirkte sehr groß vor dem hohen Fenster, und sein Gesicht war im Gegenlicht nur schwer zu erkennen.

»Ich habs«, sagte Scott. »Es haben sich plötzliche Entwicklungen ergeben. Stimmts, Colonel Muller?«

»Könnte man sagen.«

»Muss im Fall Wallace sein«, mischte sich Du Plessis ein, wie jemand, der gern Spielchen spielt.

»Nein.«

»Aber der Fall Swart kann es nicht sein!«, sagte Du Plessis.

»Doch.«

»Wer ist hineinverwickelt?«

Muller schnippte Kramer einen neuen Stumpen zu

und steckte sich selbst den letzten aus der Packung an. Das tat er nicht aus theatralischen Gründen, sondern um das unwiderrufliche Wort voll auszukosten, das er jetzt fallen lassen würde.

»Sie«, sagte er, »Sie beide.«

Dümmere Kerle hätten es jetzt mit Lachen versucht, mit Gesten und gegenseitigen Püffen in den Rücken; es war ernüchternd, wie gut sich Du Plessis und Scott in der Gewalt hatten. Der eine wurde gelb und der andere weiß, aber keiner sagte einen Ton. Eine Stille trat ein, unterbrochen nur vom Klopfen der Herzen, das schwer auf das Trommelfell drückte und kaum auszuhalten war. Die Stille hielt sehr lange an.

Dann regte sich Du Plessis und zog ein weißes Taschentuch aus der Hosentasche. Nachdem er sich artig damit die Nase geputzt hatte, steckte er es fesch in seine Hemdtasche.

»Colonel Scott? Wollen Sie diesen Herren irgendetwas sagen?«

Zum Colonel befördert! Das Netz wurde immer dichter. Darin waren sich Muller und Kramer ohne Worte einig.

»Ich kann dazu nur sagen«, bemerkte Scott höflich, »dass ich Sie, Colonel Muller, bitte, sich zu erklären. Ich bin sicher, dass Sie eine solche Feststellung nicht treffen würden, wenn Sie nicht mit entsprechenden Fakten aufwarten könnten.«

Muller wäre in diesem Augenblick vielleicht ins Schwanken gekommen, hätte Scott nicht versäumt zu fragen, inwiefern sie denn hineinverwickelt seien, und damit ihre Komplizenschaft stillschweigend anerkannt.

»Leugnen Sie«, begann Muller und legte den Stumpen weg, »dass Sie in der Nacht des 23. Dezember vorsätzlich einen meiner Beamten, Lieutenant Tromp Kramer, hier anwesend, von einem Mordfall in Skaapvlei abgezogen haben? Dass Sie nicht wünschten, dass dieser Beamte in der für ihn typischen Gründlichkeit die Ermittlungen durchführt? Dass Sie den Mord als reinen Banturoutinefall abhandeln wollten?«

»Wie sollten wir das denn gemacht haben, Colonel?«, fragte Scott mit einem Lächeln, das nicht zu seinem finsteren Blick passen wollte.

»Zu Ihrem Pech, *Colonel,* ist in jener Nacht in Trekkersburg kein weiterer Mord geschehen«, fuhr Muller mit festerer Stimme fort. »Wäre das der Fall gewesen, wäre dieser Betrug wohl nie ans Licht gekommen. Sie hatten aber keinen Mord. Deshalb mussten Sie *irgendeinen* gewaltsamen Tod nehmen und einen Verdacht auf die Begleitumstände dieses Todes lenken, um den Lieutenant dafür zu interessieren. Den Mann an etwas anzusetzen, was man auch eine Jagd auf Gespenster nennt. Habe ich recht?«

»Zondi blieb ja an dem Fall«, sagte Du Plessis.

»Genau – Zondi. Ein Bantu. Ein Kaffer, der das tat, was ihm befohlen wurde.«

Du Plessis schaute Scott an. Sie lasen sich das Gleiche von den Augen ab und zuckten die Achseln.

»Wir leugnen nichts ab«, sagte Scott.

Nun rang Muller unwillkürlich nach Luft.

Als Zondi erfuhr, dass der Plan geändert worden war und er ein Taxi nehmen sollte, fuhr er damit zuerst nach Kwela Village, wo Miriam und die Kinder sich freuten, ihn lebend wiederzusehen. Er zeigte ihnen den Gipsverband an seinem Arm, und sie zeigten ihm die Bücher, die weiße Kinder nicht hatten haben wollen und für das Schulweihnachtsfest gespendet hatten. Dann trank er eine große Tasse Tee mit seiner Frau und erzählte ihr, was er vom Unfall noch im Gedächtnis hatte. Sie nahm den Faden auf und lieferte ihm eine vollständige Beschreibung des Morgens im Peacevale Hospital, als sie an sein Bett gerufen worden war, und von dem Besuch, den ihr der Lieutenant abgestattet hatte. Gleich danach fuhr Zondi weiter, nachdem er nur noch schnell ein anderes Hemd und ein Paar saubere Hosen angezogen hatte.

Wieder im Büro, das er inoffiziell mit Kramer teilte, ging er ruhelos auf und ab und wartete ungeduldig darauf zu erfahren, was los war. Der Wachhabende unten am Eingang hatte ihm gesagt, der Lieutenant sei in einer Besprechung mit Colonel Muller und dürfe nicht gestört werden. Diese Besprechung sei aber schon über eine Stunde im Gange, sodass er wohl nicht mehr lange warten müsse.

Zondi schaute immer wieder auf die Uhr und hielt sie ans Ohr, ob sie auch wirklich tickte. Stoßfest, wie der indische Händler ihm versichert hatte.

Das Nichtstun konnte Zondi nicht lange ertragen, es verursachte ihm Bauchgrimmen. Deshalb setzte er sich mit zwei Akten, die er vom Schreibtisch des Lieutenants genommen hatte, in seine Ecke. Die eine hatte etwas mit Boss Swart zu tun, die andere – seltsamerweise – mit einem Mann namens Wallace, der bei einem Autounfall ums Leben gekommen war.

Der Swart-Ordner war fast leer. Er enthielt ein paar ziemlich uninteressante Fotos vom Tatort und Formulare, die von der Spurensicherung, dem Labor und Dr. Strydom ausgefüllt worden waren. Keine Aussagen, keine Liste der Verdächtigen, nichts, was die Denktätigkeit anregen würde. Aber Zondi las trotzdem jedes Wort.

Dann schlug er, nach einem weiteren Blick auf die Uhr, die Wallace-Akte auf. Die Angaben auf der ersten Seite stammten von der Verkehrspolizei und waren alle eindeutig: Rasse, Name, Alter, Adresse, Beruf, Zeit, Umstände, Ort, Maße, Beobachtungen und eine Beurteilung. Danach kamen mehrere, ebenfalls von der Verkehrspolizei eingeholte Zeugenaussagen von Nachbarn, die den Knall gehört hatten und Angaben über die Unfallzeit machen konnten. Die Autopsieergebnisse waren sehr prosaisch. Die Fotos nicht minder. Bisher alles ziemlich langweilig. Das Nächste war eine kleine Überraschung: ein Bericht der Spurensicherung über den Unfallwagen – offenbar ergebnislos, aber nichtsdestoweniger eine höchst ungewöhnliche Sache. Zondi fragte sich, warum sich der Lieutenant die Mühe gemacht haben mochte, so weit zu gehen – warum er sich überhaupt mit einem solchen Fall abgab. Der ebenso unerwartete Laborbericht, der danach folgte, war auch rätselhaft, denn außer der Blutgruppe, der Feststellung, dass der Alkoholspiegel sehr hoch war, und einer etwas sarkastischen Bemerkung über Glassplitter stand nichts darin. Am erstaunlichsten jedoch war ein Vorabbericht des Lieutenant, eines Mannes, der nichts für Papierkram übrighatte. Er hatte sein Gespräch mit einem Kollegen des Toten aufgezeichnet; drei volle Seiten darüber, wie Wallace im *Comrade's Club* aufgetaucht war und sich hatte vollaufen lassen – datiert vom 24. Dezember. Alles in allem eine schöne Zeitverschwendung – sah ganz nach Colonel Du Plessis aus.

Er trug die Akten wieder zum anderen Schreibtisch und legte sie dort nebeneinander ab, wie er sie vorgefunden hatte. Dann öffnete er mit einem seiner Dietriche die mittlere Schublade, nahm sich eine Lucky Strike und schloss wieder ab. Von den ersten drei Zügen wurde er ganz schwindelig und musste sich da, wo er gerade war, hinsetzen, und das hieß auf Kramers Sessel. Was die Dinge in eine andere Perspektive rückte, denn er sah auf einmal, was los war und wie er sich nützlich machen konnte, statt herumzuhängen.

Wegen seines Arms musste er erst einen Fahrer finden, war aber bald schon mit den Fotos auf dem Weg nach Skaapvlei.

Plötzlich hatte ein anderer die Stiefel an, und der holte zum Tritt in Kramers Rippen aus.

»Mann, ich muss schon sagen, genial«, bemerkte Scott, während er einen Stumpen aus dem neuen Päckchen annahm, das Muller hervorgezogen hatte.

»Ja, Tromp, habe ja immer gesagt, Sie sind einer meiner Besten«, fiel Du Plessis ein, »gehen nur zu schnell hoch.« Kramer stand verärgert auf.

»Zuerst sagen Sie, Sie würden nicht leugnen, mich vom Fall Swart abgezogen zu haben, geben auch sonst noch Gott weiß was zu, und jetzt erzählen Sie dem Colonel, wir hätten alles in den falschen Hals gekriegt. Was soll das heißen?«

»Immer sachte, Mann, sachte«, beschwichtigte Muller und bedeutete Kramer, sich wieder hinzusetzen. Er hatte seine Anklagen alle vorgebracht, und am Ende hatte ihm der Typ von der Staatssicherheit ins Gesicht gelacht. Das hatte wehgetan und ihn vollends verwirrt.

»Das Komische ist«, fuhr Scott fort, selbstgefällig wie eh und je, »dass Colonel Du Plessis mir erst gestern Abend vorgeschlagen hat, wir sollten uns vielleicht doch an Sie wenden und von Ihren speziellen Talenten Gebrauch machen.«

»Bitte?«

»Was geht hier eigentlich vor?«, fragte Muller, der allmählich in helle Wut geriet. »Sagen Sie mir das endlich, Colonel Scott! Verraten Sie mir, wie Sie diese Tatsachen erklären wollen.«

»Und es handelt sich um Tatsachen«, betonte Kramer.

»Das bestreite ich ebenso wenig«, sagte Scott, »wie Ihre Nase eine Tatsache ist. Aber gehen Sie doch einmal im Vergnügungspark am Strand von Durban ins Spiegelkabinett, und schauen Sie sich an. Was geschieht? Sie sehen Ihre Nase, Ihre Augen, Ihren Mund und Ihr Kinn, aber alles völlig verzerrt. Das Gleiche ist mit Ihren Tatsachen passiert.«

»Danke.« Scheißfreundlicher Mistkerl.

Das Haustelefon piepte, und Muller hob rasch ab. »Was? Ach, das? Nein, nicht nötig – ich brauchs nicht mehr.«

So belustigt, wie Scott aussah, wusste er offenbar, worum es bei dem Anruf nach Pretoria ging. Er ging zum Fenster, um einen Aschenbecher von der Fensterbank zu holen, blieb jedoch dort stehen, etwas seitlich hinter Muller, dem das äußerst unbehaglich war.

»Was mich beeindruckt hat«, sagte Scott, »ist, wie oft Sie recht hatten, Lieutenant – nur, dass Sie zu den falschen Schlüssen gekommen sind. Stimmts, dass Sie eine gewisse Antipathie gegen Colonel Du Plessis oder mich haben? Wodurch Ihr exzellentes Urteilsvermögen beeinträchtigt sein könnte?«

Kramer gab keine Antwort.

»Aha. Dann habe ich also richtig vermutet. Als Sie wegen meiner mangelnden Sonnenbräune an dem Nachmittag am Swimmingpool Verdacht schöpften – ein Versehen meinerseits, das mir peinlich ist, aber es war ja auch sehr heiß –, kamen Sie sehr korrekt zu dem Schluss, ich sei nicht der, der zu sein ich vorgab. Doch dann haben Sie weiter vermutet, Colonel Du Plessis und ich müssten in eine dunkle Geschichte verwickelt sein – dass wir vielleicht aus guten Gründen so handeln könnten, haben Sie von vornherein ausgeschlossen. Das war Ihr erster Fehler, von dem dann alles Übrige beeinflusst wurde. Sie hatten das Gefühl, irgendwie ausgenutzt zu werden, und beschlossen, herauszufinden, inwiefern. Offen gestanden, hätten wir nie gedacht, dass Sie Kontakt zu der Bantufrau Miriam Zondi aufnehmen würden – dabei haben wir auch da aus lauteren Motiven gehandelt. Sie hatten recht mit Ihren Folgerungen über das Hörgerät, und in diesem Punkt haben Sie meines Erachtens hervorragende Arbeit geleistet, aber Sie sind zu völlig falschen Schlüssen gekommen.«

»Sie reden einen ganz schönen Scheiß zusammen«, sagte Kramer ungerührt. »Was meinen Sie denn eigentlich dazu, Colonel? Ist das vielleicht eine Erklärung?«

Und er sah Muller scharf an, der seinerseits scharf seine Füße ansah.

»Ach, wir können es ihnen genauso gut mitteilen«, sagte Scott zu Du Plessis. »Jetzt ist eh nichts mehr zu verlieren.«

Damit ging er wieder zu seinem Platz zurück und nickte Du Plessis aufmunternd zu.

»Tromp, alter Freund, es tut mir wirklich leid, dass Sie so schlecht von mir denken«, sagte Du Plessis. »Ihrer Ansicht nach haben wir nur gewartet, bis Colonel Muller seinen Weihnachtsurlaub antrat, um uns eines Subversiven zu entledigen, der Geheimnisse an einen Priester mit linken Tendenzen verriet. Sie meinen, dieser – äh, politische Mord sei als Abschreckung gedacht und möglicherweise als eine Maßnahme, um noch ein paar andere aus dem hohen Gras aufzuscheuchen. Und Sie sind verärgert, weil Sie nicht in das Geheimnis eingeweiht wurden, sondern Ihre Zeit – und die Ihres Bantubeamten – mit einer Jagd auf Gespenster verschwenden sollten. Und das ist gar nicht nett, Mann, und schon gar nicht von einem alten Kumpel. Aber zugleich machen Sie mir ein Kompliment.«

»Wieso sollte ich?«

»Ich bin nicht von der Staatssicherheit, nicht im Entferntesten. Wünschte, ich wärs.«

»Was?«

»Und natürlich haben Sie den armen alten Swart in genau die entgegengesetzte Ecke geschoben und sich zurechtgelegt, er sei ein schlechter Hund und wahrscheinlich sogar für eine fremde Macht tätig gewesen.«

»War ers denn nicht? Wo hat er dann seinen Spezialfunkempfänger hergehabt?«

»Von uns«, sagte Scott klipp und klar.

Wodurch die Dinge und besonders Colonel Muller ein völlig anderes Gesicht bekamen. Der unglückliche Mann schrumpfte in seinem Sessel zusammen und mied den Blick der anderen, während Kramer ein Gefühl wie in seiner Kindheit hatte, als er zum ersten Mal mit einem schnellen Aufzug abwärtsfuhr. Sein Magen hob sich gegen das Zwerchfell und sank dann in die Eingeweide. Einmal hin und zurück.

»Allmächtiger!«, sagte er. »Aber das war immer noch kein Grund.«

»Lassen Sie mich erst mal erklären, Tromp, warten Sies ab. Denken wir mal an die Nacht zum 24. zurück. Es geht eine Meldung ein, dass ein gewisser Hugo Swart erstochen in seiner Küche aufgefunden wurde. Sofort wird die Mordkommission informiert, und Colonel Muller setzt Sie an den Fall. Richtig? Ich komme um zehn an und finde Colonel Scott in meinem Büro vor – in diesem Büro, um genau zu sein. Er weist sich aus und erklärt mir die Situation. Dieser Swart ist ein Spezialagent seiner Abteilung. Vielleicht sollten Sie lieber diesen Teil erzählen, John.«

Scott hörte auf, Rauchringe zu blasen.

»Wie Sie bereits gehört haben, Kramer, hat Pater Lawrence sich durch seine Aktivitäten einen schlechten Ruf eingehandelt. Uns hat schließlich interessiert, wie weit er es treiben würde, deshalb haben wir es arrangiert, dass Swart in die Gemeinde zog und die Augen offenhielt. Er war bereits bei der Behörde und in der entsprechenden Abteilung als Konstruktionszeichner tätig, weil er als absolut sicher eingestuft wurde.«

»Tragen Sie nicht so dick auf, John!«, kicherte Du Plessis, in der Hoffnung, dass er genau das tun würde. Aber diese plumpe Vertraulichkeit bekam ihm nicht gut: Ein so funkelnder Blick traf ihn, dass ihm davon seine Wimpern hätten verschmoren können.

»Wie gesagt, wir haben Swart eingesetzt. Seine Mutter war katholisch, er musste zur Messe gehen, bis er fünfzehn war, wusste also, wie man sich da benimmt. Es dauerte nicht lange, und er war in die Kirchengemeinde aufgenommen, fand jedoch nichts zu berichten. Seine Verbindungsleute auf unserer Seite setzten ihn ordentlich unter Druck, aber nichts. Dann war ihm, wie er bei einem Treffen sagte, etwas aufgefallen: Viele der Leute, die zur Beichte gingen, kamen von auswärts.«

»Du liebe Güte, das ist doch normal!«, warf Kramer ein. »Zeigt nur, was für ein Unsinn das alles ist.«

»Das bestreitet ja niemand, Lieutenant, aber es war ein guter Einwand. Von wie *weit* sie kamen, das ist die Frage, die man stellen muss. Vergessen Sie nicht, dass Swart diesen Pfarrer bis in den letzten Winkel seiner Hosentasche ausspioniert hatte und all seine Bewegungen und Termine kannte, ihn jedoch nie bei einer verdächtigen Tätigkeit ertappte – es gab keine geheimen Zusammenkünfte.«

»Der Beichtstuhl also?«

»Sieh an, Sie können ja doch flexibel sein. Selbstverständlich hat uns dieser Gedanke gereizt. Besonders, da der Beichtstuhl dieser Kirche in eine Wand eingebaut und vollkommen schalldicht ist. Auch vollkommen vor Blicken geschützt, also ideal zur Weiterleitung von Nachrichten oder sogar Dokumenten.«

»Pfarrer tun so etwas nicht«, wandte Muller ein. »Sie legen schließlich ein Gelübde ab.«

»Und kommen auf komische Ideen, Colonel«, erwiderte Scott. »Sie meinen oft, dass Gott ein Auge zudrückt, wenn sie das, was sie tun, in seinem Namen tun – war es nicht so mit dem Saboteur neulich? Es kommt ganz darauf an, wie man die Bibel auslegt, ist es nicht so?«

Muller murmelte eine Entschuldigung.

»Ich habs«, sagte Kramer, »in der Kirche kann man kein Radio hören!«

»Genau – das meinte ich damit, als ich sagte, wie oft Sie recht hatten, Lieutenant. Wir mussten uns etwas einfallen lassen, und unser hauseigenes Genie kam auf die Idee mit dem Hörgerät. Zuerst musste Swart vor den anderen Gemeindemitgliedern über sein schlechtes Gehör klagen, und dann haben wir ihm die Ausrüstung beschafft. Unter dem Gitter im Beichtstuhl ist ein kleines Brett, an dem er den Sender angebracht hat. Ein Spezialgerät, das eine Menge gekostet hat und nötigenfalls sogar das Rascheln von Papier überträgt, denn wir konnten keine Kamera einsetzen. An Colonel Mullers Gesicht kann ich ablesen, dass er über dieses Arrangement auch nicht gerade glücklich ist, aber welchen Schaden konnte der Pfarrer schon davontragen, wenn er seinem Beruf ehrlich nachging?«

»Oh, da irren Sie sich«, sagte Muller hastig.

»Schön. Dann ist Folgendes passiert. Einen ganzen Monat lang hat Swart gelauscht und nichts gehört, was er nicht hören sollte. Ich habe mich schließlich mit seinen Trekkersburger Kontaktleuten in Verbindung gesetzt und gefragt, ob wir nicht Zeit und Geld verschwenden – Swart hat gleich reagiert, kann ich Ihnen sagen. Sie sind zu ihm hin und haben ihm meine Zweifel mitgeteilt. Und genau einen Tag später kann er mit einer Information aufwarten. Mann, das war sein Glück.«

»Können Sie uns sagen, worin sie bestand?«

»Nur eine beiläufige Bemerkung, die unser Interesse geweckt hat. An sich nichts Besonderes – nun, Sie wissen ja, wie das ist. Wir sagen ihm also, er soll dranbleiben. Das ganze Zeug ist ziemlich vage, aber manches knüpft an etwas an, was wir bereits wissen. Wir haben nichts unternommen, weil wir damit nur unsere Chancen vertan hätten, etwas wirklich Brauchbares herauszubekommen.«

»Wie hat er die betreffenden Besucher denn identifiziert?«

»Das war das große Problem. Zu Anfang hat er sie einfach nur bis nach draußen verfolgt – und uns so eine Personenbeschreibung geliefert: Manche waren weiß, manche schwarz. Dann wollte er die Autonummern dieser Leute herausfinden. Diese Mistkerle waren jedoch clever, sie sind zu Fuß verschwunden oder weiter weg auf der Straße mitgenommen worden, sodass die Nummernschilder nicht klar zu erkennen waren.«

»Haben Sie denn draußen keinen Mann postiert?«

»Manchmal ja, aber erst seit Kurzem. Wir hatten nicht

genug Personal für eine Dauerüberwachung, wissen Sie – bei all unserer Arbeit. Der Mist war, dass wir nur zweimal einen Mann dahatten, als ein Verdächtiger die Kirche verließ.«

»Und haben Sie die Autokennzeichen ermittelt?«

»Ja, aber wir haben in beiden Fällen nichts unternommen. Ein paar, die Swart für Treffer hielt – vorher einmal –, haben wir überprüft.«

»Waren sies?«

»Nein, alles ehrbare Bürger – gut, dass wir sie uns nicht offen vorgeknöpft haben. Wir brachten alles über sie in Erfahrung und gaben es an Swart weiter, und er ließ die Namen mal beiläufig vor dem Pfarrer fallen – keine Reaktion. Wir hatten auch ein Auge auf sie, aber vergebens.«

»War das die Schwäche Ihrer Methode – die Identifizierung?«

»Nur solange die Ermittlungen keine Priorität genossen. Als Swart letzte Woche mit etwas viel Heißerem ankam, habe ich zwei Männer fest für die Zeit der Beichte postiert. Aber die Freunde des Pfarrers müssen gleich am ersten Abend verschwunden sein, denn Swart hat nichts mehr gehört.«

»Sie hätten auch Swart verschwinden lassen können, Colonel.«

»Ja, das war auch unsere Überlegung. Aber ich sehe beim besten Willen nicht, wie.«

»Was ich nicht verstehe, ist, dass Sie sich den Pfarrer nicht vorgeknöpft und in Einzelhaft gesteckt haben«, beharrte Kramer.

»Das ist nur die Vorgeschichte, das Übrige wird Dupe Ihnen erzählen.«

Dieses eine Mal war Kramer wirklich gespannt darauf, was der alte Hundsfott zu sagen hatte.

»Na schön, ich will mein Bestes tun. Sehen Sie, die weitere Entwicklung hat mich ein bisschen in die Klemme gebracht. Wenn Sie nicht schon nach Skaapvlei rausgefahren wären, Tromp, wäre alles kein Problem gewesen. Die Sache war die, dass Colonel Scott keinen guten Beamten auf den Fall ansetzen wollte.«

»Himmel …«

»Nein, ehrlich, Mann, so wars einfach. Sie hätten die ganze Sache versauen können, wenn Sie Ihre Nase hineingesteckt und Fragen gestellt hätten, durch die unter Umständen alles aufgeflogen wäre – alles, was sich im Verborgenen abspielte, in alle Winde zerstreut.«

»Sehen Sie«, schaltete sich Scott ein, »mir war gleich klar, dass es am besten wäre, die Sache wie einen normalen Mordfall zu behandeln. Das würde die Halunken verwirren und die Möglichkeit eröffnen, dass der eine oder andere wieder Kontakt zu dem Pfarrer aufnahm. Sie mussten denken, dass es vielleicht ein Fehler gewesen war, Swart umzubringen. Sie würden vielleicht darüber reden wollen.«

»Alles Leute mit Gewissen, vergessen Sie das nicht«, sagte Du Plessis höhnisch.

»Fahren Sie fort«, sagte Scott.

»Ich musste Sie also von Swart weglotsen, nicht wahr, Tromp? Und wie Sie ganz richtig vermutet haben, musste ich etwas Anderes finden, hatte aber nur diesen Autounfall. Ich entschuldige mich dafür, doch wie Sie sehen werden, war es nur zum Besten.«

»Hm.«

»Zondi ließen wir dran, weil Shabalala einen guten Sündenbock abgab, solange wir den Richtigen noch nicht hatten.«

»Sie waren sicher, dass er ihn finden würde?«

»Natürlich – wahrscheinlich sogar schneller als wir, und leichter auch. Wir hatten aber selbstverständlich ein Auge auf ihn.«

»Selbstverständlich.«

»Also: Als Sie zum Unfallort gefahren sind, haben wir – das heißt der Colonel und seine Leute – uns die zwei Verdächtigen geholt, deren Autokennzeichen der Posten vor der Kirche aufgeschrieben hatte. Wir haben nichts aus ihnen herausbekommen, sie haben jede Kenntnis von politischen Gesprächen oder Verbindungen mit dem Pfarrer bestritten. Allerdings hat der Farbige heute Morgen schon anders geredet, aber vielleicht will er nur endlich schlafen.«

»Kommen wir zum Schluss«, sagte Scott, der keine Geduld mehr für Du Plessis' Beredsamkeit aufbrachte. »Nach dem Mord haben wir jede Informationsquelle überprüft – nichts. Den ganzen nächsten Tag haben wir das Haus des Pfarrers beobachtet – nichts. Wir haben einen in die Messe geschickt, aber er berichtete, alles hätte normal gewirkt. Mann, das ergab doch alles keinen Sinn. Deshalb beschloss ich, ein bisschen Druck auszuüben. Ich habe den Männern, die sein Haus überwachten, befohlen, sich zu zeigen, damit er sie sehen könnte. Immer noch nichts.«

»Was war denn mit der ›viel heißeren‹ Information, die Swart Ihnen letzte Woche geliefert hat? War da ein Name dabei?«

»Ja. Eine Frau. Sie leugnet gleichfalls alles ab. Kategorisch. Jedes Wort. Hat allerdings versucht, sich in der Zelle zu erhängen.«

»Hm. Und weiter?«

»Am Abend vorher habe ich einen meiner besten Bantus noch einmal mit Shabalalas Stadtfrau reden lassen.

Sie hat ihn an Shabalalas Vetter verwiesen, und dieser Mann erzählte uns, Shabalala sei wahrscheinlich davongerannt, weil seine Familie umzieht. In unseren Augen ein vollkommen idiotischer Grund, aber Sie kennen ja diese Schwarzen, sie sind völlig unberechenbar. Heiligabend fing ich dann an, mich zu fragen, ob Shabalala nicht doch irgendetwas wusste – bei genauerer Betrachtung des Zeitpunktes konnte er durchaus Zeuge gewesen sein. Also habe ich meine Leute über Funk angewiesen, Zondi im Auge zu behalten und nachzufragen, wie es aussähe. Sie sagten mir, er veranstalte einen Teufelstanz in Jabula, und man könnte sich dem Platz jetzt nur noch mit Maschinengewehren nähern. Ist er immer so, Kramer?«

»Ab und zu schon.«

»Aha. Jedenfalls habe ich ihnen befohlen, in der Nähe zu bleiben – wollte natürlich kein Aufsehen erregen – und den Gang der Ereignisse zu beobachten. Kurz vor Mitternacht kommt ihre Meldung: Zondi sei plötzlich mit seinem Gefangenen aufgetaucht und davongefahren. Ob sie ihn ruhig hierherfahren lassen sollten, oder was? Ich sage ihnen, ich würde Shabalala gern sofort ein paar Fragen stellen; da Zondi aber keinen Funk habe, sollten sie ihn auf der Straße stoppen.«

Kramer umklammerte die Armlehnen seines Stuhls fester, sodass die Knöchel weiß hervortraten. Muller beugte sich besorgt vor.

»Ja, ich kann an Ihrem Gesicht ablesen, was Sie denken, Lieutenant, aber ich schwöre Ihnen, dass meine Männer nicht im Entferntesten an das gedacht haben, was dann geschah. Es war Ihr Kaffer – er hat wie ein Verrückter aufgedreht, als sie auf gleicher Höhe mit ihm waren. Frikkie hat zu ihm rübergeschrien, wer sie sind, aber er hat nicht darauf geachtet. Hat sie beinahe alle ins Grab gebracht, sagt Frikkie, sie haben noch versucht abzubremsen, aber – was solls, Sie können ihn selbst fragen.«

»Das werde ich.«

»Ich wollte natürlich immer noch wissen, was Zondi aus Shabalala herausgeholt hatte, aber ich wollte nicht, dass Sie es wissen, weil – na ja, weil Dupe gesagt hat, Sie würden es sehr persönlich nehmen, Ihre Nase hineinstecken und, wie er sagte, alles auffliegen lassen. Der Schlaf hat ihm nicht geschadet.«

»Auch das werde ich ihn fragen.«

Scott war überrascht über diese Äußerung – so sehr, dass Kramer noch eine Fahrstuhlfahrt erlebte und seinen großen Mund verfluchte. Damit konnte er wirklich keine Punkte gewinnen. »Dieser verdammte Kaffer tut sowieso nichts Anderes als pennen!«, fügte er also hinzu.

Befreiendes Gelächter.

»Und wir erzählen Ihnen das alles«, sagte Scott auf einmal müde, »weil wir am 27. Dezember, das ist heute, zwei Tage später, immer noch keine Ahnung haben, wer es war. Uns wird nichts Anderes übrigbleiben, als uns doch den Pfarrer vorzuknöpfen und damit die Aussicht auf mehr zu verspielen.«

»Hm. Was ist eigentlich mit dem Ding, das Sie aus dem Arbeitszimmer entfernt haben? Irgendetwas ist verschwunden, und Sie haben nicht gesagt, was.«

»Ach, es war nur das hier«, sagte Scott und reichte ihm ein abgegriffenes Messbuch, das er aus seiner Aktentasche holte.

Kramer blätterte die Seiten mit den Eselsohren durch und hielt bei ein paar Zahlen inne, die in schwacher Bleistiftschrift über einer Feiertagslitanei standen.

»Autonummern – die, von denen ich vorhin erzählt habe, Tromp. Alle aus Trekkersburg, alle harmlos. Swart hat dieses Buch dazu benutzt, um in der Kirche seine Notizen zu machen – auf einigen Seiten sind Gespräche aufgezeichnet; das Zeug kennen wir alles schon, lohnt sich nicht zu lesen. Woran wir arbeiten, ist ziemlich weit vorn.«

Chemikalien, las Kramer da auf Afrikaans. »Sprengstoff?«, wagte er zu bemerken.

»Was denn sonst, Mann? Und das ist neu. Swart hat nämlich gesagt, es sei von Sprengstoff die Rede gewesen in einem Gespräch zwischen dem Pfarrer und einem Mann, der herausfinden wollte, welche Stoffe jenseits der Grenze erhältlich seien. Er hat aber nie davon berichtet, dass sie tatsächlich über die nötigen Chemikalien gesprochen hätten.«

»Dann haben sie das Thema vielleicht absichtlich angeschnitten, um zu sehen, ob er reagierte – wahrscheinlich haben sie die Wanze gefunden.«

»Meine Gedanken, Tromp – und das war an dem Abend, als er ermordet wurde.«

»Hmm«, sagte Kramer einen Gedanken weiter.

»Zweifel, Lieutenant?«

»Nein, ich nehme mal an, er hat es aufschreiben können, nachdem er die Kirche verlassen hat, denn sonst hätten sie ihm wohl das Buch abgenommen. Der Pfarrer, zum Beispiel, hatte Zeit genug in dem Haus, bevor er uns benachrichtigt hat.«

»Wissen Sie was?«, sagte Scott. »Ich bin diese ganze Klugscheißerei leid, holen wir uns doch diesen Mistkerl von Pfarrer, und nehmen wir ihn in die Mangel. Ein Spatz in der Hand, wie das Sprichwort lautet – empfehle mich, Colonel Muller.«

Damit verließ Scott abrupt das Zimmer, und Du Plessis folgte ihm auf den Fersen.

Dann stand Kramer auf, ging langsam zum Schreibtisch hinüber, blieb davor stehen, straffte sich und hob das Kinn. »Tut mir leid, Sir«, sagte er nach einer Pause.

»Aus Ihrem Munde will das was heißen, vermute ich mal«, sagte Colonel Muller. »Aber machen Sie bloß, dass Sie mir aus den Augen kommen.«

14

Das größte Leid, schlimmer als alles, was Kramer mit seinem Gewissen vereinbaren musste, war das, was dieses Fiasko über die Witwe Fourie gebracht haben musste. Sie hatte vergeben und vergessen, war zurückgekehrt, war Weihnachten zurückgekommen, das schönste Geschenk, das er je ausgepackt hatte, und hatte ein solches Willkommen erleben müssen. Zwei Stunden eines ungewissen Glücks und dann Gott weiß wie viele Stunden peinvoller Qual und schließlich noch das ganze Theater um die Bälger eines Schwarzen, der in dieser verfluchten Sache genauso dumm und blind gewesen war wie er selbst. Ja, Zondi traf ebenfalls Schuld, wenn auch nur wenig. Das meiste ging auf Kramers Konto. Er ginge zu schnell hoch, hatte Du Plessis gesagt. Er ließe sich von Vorurteilen leiten, hatte Scott gesagt. Und sie hatten recht, diese Schweine. Nein, keine Schweine, ausnahmsweise mal nicht.

Himmel, was war er doch für ein Narr gewesen an dem Morgen, als ihn die Meldung über die Zugankunft erreichte. Er hätte gleich alles fallen lassen und ihnen allen was husten sollen. Es wäre nicht das erste Mal gewesen, dass er Du Plessis gesagt hätte, er könne sich seinen Bericht irgendwohin stecken. Scott hatte ihn ja bloß aus dem Weg haben wollen, es hätte also ohnehin keine Rolle gespielt. Aber nein; Stolz, Eitelkeit, Arroganz, wie immer man es nennen wollte, hatten die Oberhand gewonnen. Ihn herumgescheucht und zwei und zwei zusammenzählen lassen, bis er zweiundzwanzig herausbekam. Toll. Wäre er einfach am Swimmingpool auf Scott zugegangen, wäre er womöglich ins Vertrauen gezogen worden und hätte den übrigen Tag und den nächsten mit ihr und den Kindern verbringen können. Hätte noch einmal von vorn anfangen können, anders, sodass es von Dauer war und sie nie wieder fortgehen musste. Heiliger Himmel.

Er griff zum Telefon, um erneut die Wohnung anzuwählen, brachte es aber noch immer nicht über sich. Vielleicht bekam er keine Antwort. Wieder einmal.

Das Telefon gab einen Ton von sich, hatte aber keine Chance, richtig zu klingeln.

»Ja? Hören Sie –«

»Old McDonald hier, Lieutenant. Sie sind es doch, nicht wahr?«

Kramer wollte schon wieder auflegen, doch dann entschloss er sich, es hinter sich zu bringen. »Kramer am Apparat, Mr McDonald. Ich wollte Sie schon selber anrufen und Ihnen sagen, dass wir die Sache haben fallen lassen.«

»Ach so.«

»Ja, es war nichts Besonderes – haben wir auch nie gedacht. Aber wir müssen ja in einem solchen Fall Gewissheit haben.«

»Es war nur etwas –«

»Ja?«

»Am ersten Arbeitstag, Lieutenant, wieder beim Schuften, beim Ordnungschaffen. Habe natürlich mit dem begonnen, woran mein verstorbener Kollege gearbeitet hat. Ein Elend, wirklich – und sehr eigenartig.«

»Inwiefern?«

»Nun, um es kurz zu machen: John hat vor einer Woche seine sämtlichen Versicherungen aufgelöst.«

»Wie bitte?«

»Hat sie gegen Bares eingelöst, und das irgendwie in aller Stille. Alles in allem zwanzwigtausend Rand.«

»Zwanzig haben Sie gesagt?«

»Ja, das gibt einen hübschen Packen.«

»Aber was zum Teufel hat er damit gemacht?«

»Es liegt nicht auf seiner Bank, da habe ich diskret Erkundigungen eingeholt, und seine Frau hat auch keinen Pfennig davon gesehen.«

»Waren Sie bei ihr?«

»Ich musste – ein Anruf von der Hauptgeschäftsstelle wegen des Firmenwagens, den er benutzt hat – Sie wissen ja, wie die Leute in den oberen Etagen so sind, ohne Zartgefühl oder Mitleid. Ich hatte gehofft, sie würde sagen, ihr eigener Wagen wäre in jener Nacht außer Betrieb gewesen, hat sie jedoch nicht. Aber sie können doch wohl nichts von dem Eigentum einklagen, nicht bei dieser Sachlage!«

»Vergessen Sie das Auto – erzählen Sie mir mehr von dem Geld. Wie ist es ausbezahlt worden?«

»Von unserer Partnerbank. Die Bank – hören Sie, erzählen Sie bitte niemandem so viel davon, dass mein Freund Angst um seinen Job haben muss.«

»Reden Sie, Mr McDonald. Keine Daumenschrauben.«

»John hat sich das Geld bar ausbezahlen lassen – in kleinen Scheinen.«

»Und niemand wollte wissen, warum?«

»Mein Freund konnte ja heute Morgen nicht gut herumfragen, oder? Aber er erinnert sich, dass einer der Kassierer gesagt hat, der nette Mr Wallace hätte anscheinend auch heimliche Laster.«

»Wie zum Beispiel?«

»Spielen. Er hat gesagt, er brauche es für Spielschulden – ein Mann, der nicht mal samstags mit uns anderen im Pferdetoto spielte! Und Pferde sind eine einfache Sache: Die Art von Spiel, die er andeutete, ist etwas ganz Anderes.«

»Mannomann.«

»Ja, Lieutenant, genauso gings mir.«

Sie lauschten beide eine Weile den Geräuschen in der Leitung. Dann schlug Kramer sein Notizbuch auf. »Wissen Sie noch, dass er am Abend im Comrade's Club mit Ihnen sprechen wollte, Mr McDonald? Vielleicht über diese Angelegenheit?«

»Ich habe unentwegt daran denken müssen – es ist nicht das erste Mal, dass ich versucht habe, Sie zu erreichen.«

»Tut mir leid, Mr McDonald – ein anderer Fall – eine dicke Sache. Dies alles klingt allerdings auch …«

»Ja, Lieutenant?«

»Nach einer dicken Sache, Mann. Jetzt möchte ich nur, dass Sie mit niemandem darüber reden, verstanden? Ich komme nachher vorbei, dann können Sie mir die Papiere zeigen. Okay?«

»Sie finden mich hier.«

Kramer würgte das Gespräch ab, indem er auf die Gabel drückte, blätterte sein Notizbuch drei Seiten weiter, fand eine Adresse, fand die Telefonnummer im Telefonbuch und wählte sie. »Guten Morgen, Madam. Polizei, CID. Können Sie mir bitte sagen, ob Miss Samantha Simon da ist?«

»Oh, tut mir leid, nein, sie ist zur Arbeit gegangen.«

»Wann ist sie gegangen?«

»Da muss ich nachdenken. Ein bisschen früher als sonst, glaube ich – gegen acht. Ja, gleich nach dem Frühstück. Mit dem Bus um zehn nach acht.«

»Beziehen Sie eine Zeitung, Madam?«

»Bitte?«

»Die *Trekkersburg Gazette,* bekommen Sie die?«

»O ja.«

»Hat Miss Simon zufällig einen Blick hineingeworfen?«

»Mein Mann und ich geben sie immer zuerst ihr – wir sind Rentner, wissen Sie. Haben den ganzen Tag Zeit dafür.«

»So. Als sie gegangen ist, hat sie da etwas bei sich gehabt? Einen Koffer vielleicht?«

»Bitte?«

»Hat sie Gepäck gehabt, Madam?«

»O nein, nur ihre Handtasche.«

»Danke, auf Wiederhören«, sagte Kramer und drückte wieder auf die Gabel.

Bei der nächsten Nummer musste er es längere Zeit klingeln lassen, bis jemand abhob.

»Bibliothek am Apparat«, sagte etwas, das wie ein Anrufbeantworter klang.

»Oh, guten Morgen, entschuldigen Sie, dass ich störe, aber ich habe eine Monatskarte gefunden, für den Bus, mit Ihrer Adresse.«

»Und?«

»Ich dachte, ich könnte vielleicht mit der Person sprechen, der sie gehört, mit Samantha Simon.«

»Miss Simon? Ist gerade beschäftigt.«

»Das ist doch die Hübsche, nicht wahr?«, bemerkte Kramer hörbar anzüglich.

»Kommen Sie mir doch nicht mit solchen Tricks!«

Der Bibliothekar knallte den Hörer auf die Gabel und ließ Kramer in der ziemlich festen Gewissheit zurück, dass das coole kleine Miststück durch nichts alarmiert werden würde, bis er dort war.

Ja, cool war das richtige Wort. Ihr musste klargeworden sein, dass jetzt, wo der Mann tot war, seine Finanzen ein Defizit aufweisen würden, das sie wieder auf den Plan bringen musste. Aber sich stehenden Fußes davonzumachen, wäre ihr Untergang gewesen. Sie wollte offenbar bluffen, hatte, wie es aussah, womöglich ein paar Vorsichtsmaßnahmen getroffen. Er freute sich schon darauf zu sehen, wie lange sie cool blieb in der Hitze dessen, was er vorhatte.

Gerade in dem Augenblick, als Kramer ein Paar Handschellen einstecken wollte, kam Zondi ins Zimmer und hielt sich mit der unverletzten Hand die Nase zu.

»Du, du Mistkerl! Wo warst du?«

»Hau!«, erwiderte Zondi. »Seit wann sammelt der Boss denn Müll?«

»Was zum Teufel meinst du?«

»Im Chevy, im Kofferraum, überall Müll bis obenhin, und ein schrecklicher Gestank dazu.«

Kramer hätte ihm beinahe eine runtergehauen – seinetwegen hatte sich die Witwe solche Mühe gemacht. Stattdessen stieß er Zondi grob an der Schulter beiseite und hatte eine perverse Freude daran, als der Gips mit einem Bums gegen den Aktenschrank krachte. Draußen vor der Tür stieß er mit drei verblüfften Schwarzen zusammen.

»Verdammt noch mal!«, schrie Kramer. »Was zur Hölle kommt denn noch? Was wollt ihr hier, *slima?«*

Dieses Zuluschimpfwort traf das Trio ebenso hart wie der Tritt, den er ihnen gern verpasst hätte.

»Sie wollen nichts«, sagte Zondi von der Tür her und rieb sich die Schulter. »Ich brauche sie hier. Und Sie auch, Boss, denn sie sind Zeugen.«

»Wofür?«, fragte Kramer und wandte sich im Gehen um.

»Im Fall Swart natürlich, Boss. Sie alle haben den weißen Herrn gesehen, der es Ihrer Meinung nach war.«

Kramer und Zondi ließen die schwarzen Hausangestellten bei dem Bantubeamten, der Zondi hergefahren hatte und jetzt die genauen Aussagen der drei aufnehmen sollte. Sie selbst gingen wieder ins Büro und schlossen die Tür.

»Gute Arbeit«, sagte Kramer und bedeutete Zondi, sich seinen Stuhl an den Schreibtisch zu ziehen.

»Danke, Boss. Haben Sie auf mich gewartet und deshalb diese Leute noch nicht befragt?«

»So was Ähnliches. Zigarette?«

Er schloss die mittlere Schreibtischschublade auf, zündete zwei Luckys an und reichte eine hinüber.

»Aber nun sag mir mal, Zondi, wieso du heute früh so schnell gespurt hast. Ich war doch gar nicht da, um dich über den Fall zu informieren.«

Zondi drückte seine Lucky aus und schüttelte sich.

»Ich komme her, niemand da, um mich zu begrüßen. Also schaue ich mir die Akten ein wenig an. Ich lese sie und wundere mich, warum sich mein Boss mit einem Verkehrsunfall abgibt. Ich lege die Akten wieder so hin, wie ich sie vorgefunden habe, und, *hau,* auf einmal sehe ich die Wahrheit.«

»Was genau meinst du?«

»Die Art und Weise, wie die Akten Seite an Seite liegen – der Boss bearbeitet die Fälle zusammen. Sehr, sehr clever, das mit dem Nasenbluten.«

»Was? Erzähl mir doch einfach mal, was du gedacht hast – es interessiert mich.«

Schmeicheleien waren Zondis Achillesferse, mochte dabei auch eine Sehne draufgehen.

»Folgendes, Boss. Als dieser Mann, Wallace, zum Trinken geht, erzählt er den Leuten dort, es sei so heiß, dass er Nasenbluten bekommen habe, sie sehen kleine Blutspritzer auf seinem Hemd, und er tut ihnen leid.«

»Hm.«

»Jetzt zum Labor, Boss: Ich sehe, dass diese Arbeit in Durban durchgeführt wurde, weil unser Labor über Weihnachten geschlossen war. Also schicken Sie die Kleidung und eine Blutprobe, bitten um eine Analyse, und die dort finden nichts Merkwürdiges, weswegen sie Sie anrufen müssten.«

»Nein?«

»Ikona, denn die Männer am Steuer von Fahrzeugen haben oft das Blut von Passagieren an sich.«

»Wallace hatte aber keinen Passagier – oder?«

»Das nicht, Boss, aber haben Sie dem Labor das gesagt? Sehen Sie, mich können Sie nicht hinters Licht führen. Sie bekommen nur das eine Hemd, den einen Anzug, das eine Formular mit dem Namen drauf. Das, woran Sie wirklich interessiert sind, ist der Alkoholspiegel. Die dort geben an, er wäre sehr hoch. Dann testen sie noch schnell die Blutspritzer, wahrscheinlich in der Überzeugung, dass Sie verrückt sind, und schreiben Blutgruppe 0 und A. Wallace hat Blutgruppe 0, stimmts?«

»Werd nicht frech.«

»Und Boss Swart hat A – die geringere Menge, ganz einfach! Und dann das Glas, über das sie ihre Witze machen, das verstehe ich jetzt auch.«

Kramer, der den Bericht am Morgen kurz vor Mullers Ankunft aus dem Umschlag genommen hatte, ohne mehr als einen flüchtigen Blick auf den Alkoholpegel zu werfen, schaute sich jetzt den ganzen Bericht mit ungeteilter Aufmerksamkeit an.

Der Labortechniker hatte vermerkt: *Glassplitter im*

linken Hosenaufschlag, nach dem Bleigehalt möglicherweise Muranoglas. Was hat er aus seinem Auto gemacht, eine Bar?

Teufel, Kramer hatte zwar das Wort »Glassplitter«, gelesen, wenn ers recht bedachte, aber er hatte das schreckliche Gekritzel nicht weitergelesen, weil er zu sehr in Eile war. Er hatte auch ganz allgemein »Glas«, gelesen und detaillierte Ausführungen über Windschutzscheiben erwartet, nicht über Glas im Sinne von »ein Glas«, sonst hätte er den Rest nicht übersprungen. Die Wahrheit war – und die behielt er besser für sich –, dass er sich das Ding überhaupt nur angeschaut hatte, weil er sehen wollte, ob das Labor mitspielte, wenn Du Plessis ein vernichtender Schlag zugefügt werden sollte. Er hatte ihnen gesagt, es sei nur eine Übungssache aus Jux und Tollerei, sie täten ihm damit einen Gefallen, den er ihnen später erklären würde.

»Und deshalb hast du diese Bilder mit nach Skaapvlei genommen?«, sagte Kramer und legte die Bilder nebeneinander, auf denen Mark Wallace und sein schrottreifer Firmenwagen zu sehen waren.

»Es schien mir das zu sein, was ich für Sie tun konnte, Boss. Die zwei Frauen haben beide dieses Auto in der Nacht, als Swart erstochen wurde, in der Nähe des Hauses gesehen. Sie saßen auf dem Bordstein nahe der Stelle, wo es abgestellt wurde. Sie sahen den Herrn auch ins Haus gehen und wieder herauskommen, nachdem der andere Herr heimgekehrt war. Sie merkten, dass er es auf der Brust hatte, denn seine Lungen machten ein Geräusch wie ein alter Hund.«

»Katarrh«, sagte Kramer nach einem raschen Blick auf Strydoms Autopsiebericht.

»Ich habe den Sinn nicht gleich verstanden, als ich es gesehen habe, Boss.«

»Es sei dir vergeben. Aber warum haben sich die Frauen nicht gemeldet?«

»Sie haben gedacht, es sei Shabalala gewesen, der ihn getötet hat, Boss. Das hat jeder gedacht, der Polizist hatte es gesagt.«

Der verdammte Van der Poel und seine verfluchte Zuhälterseele! Mit seinem voreiligen Geschwätz hatte er gleich zu Beginn alles vermasselt.

»Was ist denn mit dem Mann, den du mitgebracht hast?«

»Ein Freund von Shabalala, der auf der gegenüberliegenden Straßenseite arbeitet. Er hat um sieben frei und ist manchmal rübergegangen, um beim Aufwaschen zu helfen, damit es schneller ging.«

»Und?«

»Er kann schwören, dass Shabalala den Schlüssel unter einen Backstein neben der Hintertür legte, wenn er nach der Arbeit das Haus verließ.«

»Wusste Swart das?«

»Wie soll ich das wissen, Boss? Aber viele Diener machen es so, weil ihre Herren ihnen keinen Schlüssel anvertrauen, ist es nicht so?«

Kramer war diese Binsenweisheit mit ihrer verrückten Logik vertraut, und er konnte sich nur leise wundern, dass Swart ihr auf den Leim gegangen war. Vielleicht hatte er nie überprüft, ob Shabalala diese Gewohnheit von anderswo übernommen hatte. Viele Hausbesitzer versäumten die einfachsten Vorkehrungen für die Sicherheit ihres Hauses. Am nachlässigsten waren in dieser Hinsicht Alleinstehende wie Swart, die meinten, sie hätten nichts zu verlieren.

Aber sie schweiften vom Thema ab.

»Jetzt sag mir noch, Zondi«, sagte Kramer mit einem

Blick auf die Uhr, »was Shabalala dir erzählt hat und was du Miriam nicht weitererzählen wolltest.«

»*Hau,* Boss, zwei sehr seltsame Sachen!«

»Leg los.«

»Zuerst ein blauer Volkswagen, der mich umzubringen versucht. Zwei Freunde von Boss Swart, sagt Shabalala, er –«

»Und was noch?«

»Shabalala hatte manchmal einen verrückten Job, Boss. Sein Herr ließ ihn zum Kofferraum von Autos gehen, die auf der Straße geparkt waren, und Päckchen herausnehmen.«

»Päckchen? Mit was drin?«

»Das wusste er nicht – aber sie waren sehr leicht, wie Papier.«

Kramer legte den ganzen Weg im Laufen zurück.

Der Bibliotheksleiter wollte sich einmischen, wurde jedoch durch zwei Worte davon abgebracht, eins davon von der Art, die er in keinem Buch in seinen Regalen duldete. Allerdings sprach Kramer sie sehr leise, sodass niemand sonst gestört wurde, nicht einmal der ungepflegte alte Mann, der in der Abteilung *Neue Romane* nach verführerischen Buchumschlägen Ausschau hielt. Samantha Simon hingegen drehte sich schon beim bloßen Klang seiner Stimme um.

»Sie?«

»Ich. Zu einer weiteren Plauderei, bitte. Okay?«

Sie kam schwankend zwei Schritte auf ihn zu.

»Hier?«

Das Mädchen, das jetzt vor ihm stand, unterschied sich vollkommen von der trotzigen kleinen Miss, die ihm zuletzt in dem Café gegenübergesessen hatte. Ihr Gesicht hatte die Farbe von breiigem Porridge, und ihre Augen waren so glanzlos wie Hühnereier. Ihr Mund, zuvor das Attraktivste an ihr, war schlaff und hässlich, vermochte die Worte kaum zu formen, als müsste erst eine zahnärztliche Betäubung verfliegen. Bestimmt hatte das alles etwas mit dem Betäuben von Schmerzen zu tun.

»Nein, Miss Simon, ich glaube, oben auf der Galerie sind wir ungestörter.«

Einen Moment lang blitzte etwas in den geröteten Augen auf, dann ging sie achselzuckend auf die Treppe zu. Der Aufstieg begann quälend langsam, bis sie etwa auf der Mitte immer zwei Stufen auf einmal nahm. Kramer eilte hinter ihr her und war bei ihr, als sie in Tränen ausbrach.

»Sie brauchen nicht unbedingt zu reden«, sagte er, reichte ihr ein kakifarbenes Taschentuch und wagte es, ihr den Arm um die Schultern zu legen. »Zeigen Sie mir nur, wo Mark gestanden hat, als er sagte, ein Mann würde Sie beide beobachten. Ich frage seinetwegen. Ehrlich.«

Samantha ging wortlos zu der Stelle und beendete ihr Schluchzen mit einem tiefen, schweren Atemzug.

»Dort«, sagte sie und zeigte darauf.

Das nächste Regal trug das Schild *Chemie,* ein Wort, das in Afrikaans auch *Chemikalien* bedeuten konnte. Kramer bekam selbst Atemprobleme, als er sich bückte, um die Unterseite des auf Taillenhöhe befindlichen Regalbrettes zu begutachten. Doch sie waren da: drei kleine eingebohrte Löcher. Nicht von einem Holzwurm oder gar Bücherwurm, sondern das Markenzeichen einer wahrhaft seltenen Spezies – der dreibeinigen Wanze.

Alle hohen Tiere – Scott, Du Plessis und Muller – erschienen an jenem Tag um Punkt fünf Uhr nachmittags im Leichenschauhaus, wo Samantha Simon die Leiche identifizieren sollte.

»Es tut mir leid, aber sie ist noch nicht hier«, sagte Kramer entschuldigend, als er um zehn nach fünf ankam und sie erwartungsvoll in dem kleinen Vorraum versammelt fand. »Zondi wird sie herbringen, wenn sie fertig ist.«

Um genau zu sein: Zondi würde sie erst herbringen, wenn die Witwe Fourie entschieden hatte, dass das Mädchen dazu in der Lage war – aber das behielt er für sich. Sie zu ihr zu bringen, war ein genialer Einfall gewesen; die Witwe Fourie hatte Samantha sofort unter ihre Fittiche genommen und Kramer wieder weggejagt, wie er gehofft hatte. Wodurch er natürlich die Zeit gewann, ein paar erbauliche Telefongespräche zu führen und gewisse erfreuliche Rückschlüsse zu ziehen.

Seine Hochstimmung war nicht zu übersehen.

»Raus damit, Mann«, zischte Scott, der es gar nicht komisch fand, dass man ihn seit der Mittagszeit im Dunkeln gelassen hatte. »Wie weit sind Sie mit den Autonummern aus dem Messbuch gekommen?«

»Weit genug, Sir – aber ich würde lieber warten, bis wir Swart eindeutig identifiziert haben.«

»Scheiß was drauf. Meine Männer haben die Fahrzeugbesitzer überprüft, nicht einer davonkam als subversives Element infrage. Ich will wissen, was Sie gefunden haben.«

»Opfer.«

»Wie?«

»Erpressungsopfer.«

»Alle?«

»Nur die zwei, dieser Wallace und ein Lehrer. Aber es muss noch andere gegeben haben, denn er hatte vierzigtausend in bar unter –«

»Augenblick mal«, unterbrach ihn Scott, »Sie wollen doch nicht etwa behaupten, einer meiner Leute hätte Gelder erpresst?«

»Doch, Colonel, es tut mir leid, aber genauso war es.« Du Plessis rang nach Luft und lief dann gefährlich rot an.

»Sie täten gut daran, Beweise für solche Verdächtigungen zu erbringen, Lieutenant – und zwar schnell!«

»In diesem Stadium würde ich noch von Vermutungen sprechen, Colonel, aber ich glaube, Miss Simon wird Ihnen bestätigen, dass ich recht habe. Es passt alles zusammen.«

»Legen Sie einfach los«, drängte Muller ihn ruhig.

Das war etwas Anderes.

»Gut, Sir, soweit wir kommen. Am besten fangen wir da an, wo Swart in dieser Kirche tätig wird. Sie werden sich sicher daran erinnern, dass der Colonel hier gesagt hat, es sei nichts dabei herausgekommen, bis Swart die Idee hatte, eine Wanze im Beichtstuhl anzubringen. Einfach genial und offensichtlich eine Schwachstelle. Aber hat er dann gleich etwas geliefert, Colonel?«

Scott schüttelte den Kopf.

»Nein, es verging einige Zeit bis zur ersten Meldung. Und jetzt denken Sie einmal scharf über diese Meldungen nach: Sie waren alle vage, und die Namen, die vorkamen, waren aller Welt bekannt, gar nicht zu reden von uns. Vergessen Sie auch nicht, dass alle, als sie letzte Nacht von Ihnen hergeschleppt wurden, samt und sonders abgestritten haben, etwas von dem zu wissen, was Swart über sie berichtet hat.«

»Na und?«, fragte Du Plessis verächtlich. »Das ist nur eine Frage der Zeit.«

»Sir, Sie glauben, dass diese Leute lügen – ich glaube eher, dass *Swart* der Lügner war. Er musste lügen, um

Colonel Scotts Leute bei Laune zu halten, sonst hätten sie ihn da rausgeholt – auch aus seinem hübschen, komfortablen Haus in Skaapvlei. Es kann sein, dass seine ersten Meldungen nur dazu gedient haben, ihn im Geschäft zu halten, bis er sich überlegt hatte, wie er sein behagliches Leben aufrechterhalten konnte.«

»Großer Gott«, sagte Muller.

»Sir? Sehen Sie, worauf ich hinauswill? Wir haben die ganze Zeit die Hauptsache an diesem Beichtstuhl übersehen. Wir haben politische Geheimnisse als die einzigen Geheimnisse betrachtet, die dort drin zu hören gewesen wären. Wie wärs denn mit all den anderen Geheimnissen? Die nicht gerade dem Vaterland schaden, aber für die Betroffenen ausreichen, um ihr Leben zu zerstören, falls sie nach außen dringen? Kleine schmutzige, hässliche Geheimnisse – ja, aber sie hatten eins mit den anderen gemeinsam, soweit es Hugo Swart betraf: den Geldwert.«

»Unmöglich«, schnaubte Du Plessis.

»Für einen intelligenten Menschen nicht«, sagte Kramer mit Genuss, »und Swart war bis zu einem gewissen Punkt intelligent. Das Übel war, dass er nicht viele solche Geheimnisse zu hören bekam, denn es handelte sich, wie immer Ihre persönliche Meinung auch sein mag, um gottesfürchtige Leute, die er belauschte. Doch in jeder Gruppe gibt es Außenseiter mit Persönlichkeitsproblemen, die man hasst, aber nicht loswerden kann, oder Typen wie Wallace, die vom rechten Weg abkommen. Wer weiß, vielleicht hat Swart ein ganzes Dutzend in der Kirchengemeinde gefunden und ausgemistet. Dann musste er seinen Aktionsradius vergrößern. Er stößt auf Wallace und einen Lehrer, der nach weiblicher Unterwäsche verrückt ist.«

»Was soll das?«, fragte Du Plessis. »Fakten oder wieder Ihre verfluchten Fantasievorstellungen?«

»Fakten. Er war einer der Fahrzeugeigentümer von der Liste im Messbuch. Ich habe den armen Kerl heute Nachmittag befragt, und er hat die Liefermethode per Mietwagen und so weiter bestätigt – auch, dass Swart seine Drohungen telefonisch abgab.«

»Und die anderen Wagenbesitzer?«

»Swart hat sie zur Tarnung benutzt.«

»Hat uns benutzt, meinen Sie wohl!«, brauste Muller auf.

»Ja, Sir, eine Unverschämtheit, aber so war es leicht für ihn, die gewünschten Namen und Adressen zu bekommen. Er konnte darauf zählen, dass die Erkundigungen des Colonels diskret und rein politischer Natur waren.«

Scott sagte immer noch nichts.

»Der Lehrer musste sein Auto verkaufen, um sich Swarts Schweigen zu erkaufen, und damit war bei ihm nichts mehr zu holen. Aber bei Wallace sah Swart erheblich bessere Chancen. Ich habe übrigens heute Nachmittag bei Frau Wallace nachgefragt. Wie sie sagt, hat er eine ›Krise durchgemacht‹, und zwar etwa zu dem Zeitpunkt, an dem Swart nach meiner Berechnung von seiner traurigen kleinen Affäre Wind bekommen haben muss.«

»Und das heißt, Tromp?«

»Er ist dann nicht mehr in die Kirche gegangen. Der Pfarrer wollte sich nicht dazu äußern, aber er hat zugegeben, dass manchmal jemand in ähnlicher Lage wie Wallace zu ihm kommt und von ihm zu hören erwartet, dass alles sehr harmlos ist und ruhig so weiterlaufen kann. Der Pfarrer hat ferner zugegeben, dass er ihnen dann sagt, es sei keineswegs so – sie müssten das Herzchen auf der Stelle aufgeben. Und er hat zugegeben, dass jemand dann manchmal sehr wütend wird und davonstürmt. Mit dem, was zwischen den Zeilen herauszulesen ist, hat er uns meines Erachtens weitergeholfen.«

»Sehr nett von ihm, ich kann Ihnen folgen«, sagte Muller.

»Sie könnens albern nennen, wenn Sie wollen, aber ein Mann, der verliebt zu sein glaubt, kann verfluchte Dummheiten machen«, sagte Kramer, hauptsächlich, um Du Plessis eins auszuwischen. »Aber kommen wir zu Swart zurück: Er ruft Wallace an und fordert soundso viel. Wallace gerät in solche Panik, dass er das Geld sofort beschafft – wieder ein Zeitfaktor, den Sie später in der Hauptgeschäftsstelle der Versicherungsgesellschaft überprüfen können. Aha, denkt Swart, da könnte mehr zu holen sein.«

»Aber warum gibt Wallace das Mädchen denn nicht auf, Tromp? Das wäre doch das einzig Vernünftige!«

»Warum sollte er? Mit der Kirche ist er fertig, der Schaden ist nicht wieder gutzumachen, und der Erpresser hat versprochen, ihn in Ruhe zu lassen. Alles auf dieser Welt widert ihn an – das einzig Gute, das noch geblieben ist, ist das Mädchen. Sehen Sie, was ich meine? Ich persönlich glaube allerdings, wenn ich jetzt darüber nachdenke, dass Wallace doch mit ihr Schluss machen wollte – er hat mit seinem Kollegen McDonald darüber gesprochen –, aber auf nette Art, langsam und sanft, der übliche Schmus. Aber bevor er das konnte, hat Swart beschlossen, noch einen Versuch zu machen. Und den schwersten Schlag konnte er Wallace versetzen, wenn er ihm ganz intime Geheimnisse unter die Nase rieb, ihm das Gefühl vermittelte, keinen Ausweg mehr –«

»Er bringt also die Wanze in der Bibliothek an«, sagte Muller. »Er hat seine Wanze da und kann noch einmal zuschlagen – allerdings dumm von ihm, sich dort vor Wallace blicken zu lassen.«

»Vielleicht, vielleicht auch nicht. Wallace hatte bis dahin natürlich noch keinen Kontakt zu ihm. Wie dem auch sei, Swart hat das Gespräch der beiden belauscht und den armen Hund wieder fertiggemacht. Diesmal bricht Wallace, nachdem er gezahlt hat, mit Samantha. Alles kommt wieder in die Reihe. Ich habe mir in seinem Haus ein Bibliotheksbuch ausgeliehen, damit ich – ach, egal –, jedenfalls habe ich es mir heute Morgen noch einmal angeschaut und ihm das Trennungsdatum entnommen. Das Datum war vom gleichen Tag, an dem Wallace sich seine zweite Versicherungspolice ausbezahlen lassen hat.«

»Wie hat er denn Kontakt zu Swart aufgenommen, denn darauf wollen Sie doch hinaus, oder?«

»Als Swart sich zu verdammt clever vorkam und einen dritten Versuch wagte. Er schickte Wallace eine Weihnachtskarte, unterschrieben mit ›Samantha‹ – und das Wort ›Wohlstand‹ war unterstrichen.«

Du Plessis blickte verständnislos drein. »Na und?«

»Nun, dieses Wort hat Samantha das eine Mal in der Bibliothek, als Swart mithörte, ziemlich oft gebraucht. Es war ein Wort, das Wallace noch lange in den Ohren nachgeklungen sein muss. Vorher hat Swart offenbar darauf geachtet, nicht aufzudecken, wie er an die Informationen kam, aber das war ein klarer Hinweis darauf, dass ein bestimmtes Gespräch abgehört worden war. Ich nehme an, dass Wallace sich an den Mann erinnerte, den er gesehen hatte, dass er, angeregt durch den Jesus auf der Karte, ins Nachdenken kam, dass ihm daraufhin Swart einfiel, den er aus der Kirche kannte – er saß immer in der Nähe des Beichtstuhls –, und dass er zwei und zwei zusammenzählte. Vielleicht hat er sogar schon früher Verdacht geschöpft – wer weiß? –, jetzt reichte es jedenfalls. Er hatte alles ausgespuckt, was er besaß, hatte das Mädchen aufgegeben, hatte versucht, zur Normalität zurückzukehren, nur um dann, genau zu Weihnachten, wieder vor dem Ruin zu stehen. Beachten Sie bitte, dass das Wort ›Wohlstand‹ auch als Androhung weiterer Forderungen verstanden werden konnte. Er fährt also mit dem Firmenwagen zur Kirche, weil der nicht erkannt wird, verfolgt –«

»Musste er denn nicht schon in dem Haus sein?«, wandte Muller ein.

»Auch hier hat mir der Pfarrer weitergeholfen. Swart ist anscheinend vor der Messe nach Hause gefahren, um noch etwas zu holen – da muss Wallace ihm gefolgt sein. Wallace wartete, bis er wieder abschob, fand den Schlüssel im bekannten Versteck unter dem Ziegelstein und ging ins Haus. Was genau er im Sinn hatte, können wir nicht sagen, aber er muss in einer hundsmiserablen Verfassung gewesen sein. Wenn er einen Mord vorhatte, dann sollte man meinen, dass er eine Waffe mitgebracht hätte. Wie dem auch sei, Swart kommt nach Hause, und Wallace sieht ihn in der Küche, mit laufendem Radio und ohne Hörgerät. Vielleicht hatten sie einen kurzen Wortwechsel, wer weiß? Swart bleibt gelassen und mixt sich einen Drink, bietet Wallace aber keinen an. Oder Wallace sieht bei seinem Anblick einfach rot, schnappt sich ein Messer vom Tisch und stößt zu!«

Die drei Colonels warfen sich untereinander Blicke zu, dann schauten sie Kramer an; Muller war beeindruckt, Du Plessis bestürzt, Scott undurchdringlich.

»Wenn ein normaler, anständiger Mensch wie Wallace so etwas tut«, sagte Kramer nach einer Pause, »dann bleibt er dabei manchmal völlig kalt. Seelenklempner nennen diesen Zustand Dissoziation oder so ähnlich.

Die Leute morden und gehen ganz ruhig nach Hause, es ist gar nicht wirklich für sie. Unter Umständen haben sie auch das Bedürfnis, anderen zu erzählen, was sie getan haben – wie die Frau, die angab, ihre Kinder mit Plastiktüten umgebracht zu haben. Deshalb ist Wallace, wie ich vermute, zum Comrade's Club gefahren, um mit McDonald zu reden, aber McDonald war zu sehr damit beschäftigt, Lieder von irgendwelchen Hirten zu singen, die des Nachts ihre Herden hüten. Wallace betrinkt sich also und macht sich auf den Heimweg, er kommt an die Kurve und denkt, was solls – tief in seinem Innern weiß er, dass er ohnehin ein toter Mann ist.«

Dieses Mal dauerte die Pause minutenlang. Dann brach Scott schließlich das lastende Schweigen.

»Ich kann dazu nur noch sagen, dass Swart Glück hat, dass auch er ein toter Mann ist, Freunde, großes Glück!«

»Hört, hört!«, knurrte Muller.

»Der Schweinehund! Ich übertrage ihm eine Vertrauensaufgabe, und was macht er damit? Nutzt die Schwächen anderer Leute aus, beutet seine –«

»Sie ist da!«, flüsterte Du Plessis.

Sie drehten sich wie ein Mann um. Samantha Simon mit dunkler Brille und einem lieblichen Geruch nach Gin erschien ganz allein an der Fliegengittertür.

Der Beamte des Leichenschauhauses, Van Rensburg, der ohne Zweifel selbst ein wenig gelauscht hatte, kam aus seinem Büro, räusperte sich und trat mit angemessener Würde vor.

»Hier entlang, bitte, Miss, es dauert nicht lange.«

Als Samantha wieder erschien, hatte sie keine Brille mehr auf. Die Augen leuchteten wieder, sie leuchteten und glänzten und waren schrecklich anzuschauen.

Scott näherte sich ihr sehr formell. »War das der Mann, den Sie in der Bücherei gesehen haben, während Sie in Gesellschaft von Mark Clive Wallace waren?«, fragte er.

»Ja.«

»Sind Sie dessen ganz sicher, Miss Simon?«

»Ja.«

»Würden Sie das vor Gericht beschwören?«

»Bei Gott!«, würgte sie. »Ja, ja, ja! Er ist es! Der Mistkerl, der uns hinterherspioniert hat! Wollen Sies mit Blut besiegelt?«

Dann floh sie zwischen ihnen durch, ehe ihr jemand erklären konnte, warum es unumgänglich war, auf Nummer sicher zu gehen. Die Fliegengittertür klappte auf und fiel mit einem Knall wieder zu.

»Es bleiben natürlich noch ein paar Einzelheiten – «

Scott wirbelte zu Du Plessis herum. »Reden Sie keinen Blödsinn, Mann! Wenn Swart da war, haben wir mehr als genug Beweise!«

Du Plessis warf ihm einen finsteren Blick zu. »Na ja, ich dachte, wenigstens einer würde mir danken. Wenn ich nicht diese ganze Sache zufällig so arrangiert hätte, dann – «

»Zufällig? So nennen Sie das? Heute Morgen hörte sich die Sache noch ganz anders an. Der Tod von Mr Wallace war eine logische Folge, Sie verdammter Idiot! Der einzige Zufall war, dass es in jener Nacht keinen anderen Mord gab – kapiert?«

Tief verletzt schlich Du Plessis davon zu seinem gebührenden Platz im bürokratischen Dämmerdunkel. Muller begleitete taktvoll Van Rensburg in sein Büro und schloss die Tür, sodass Scott allein mit einem überglücklichen Mann im Vorraum zurückblieb.

»Danke«, sagte Kramer grinsend.

»Tromp, ich bin es, der zu danken hat!«, erwiderte Scott. »Meine Abteilung steht tief in Ihrer Schuld.«

»BOSS?«

Scott schüttelte kaum wahrnehmbar den Kopf. Kramer wusste, dass er für heute genug Fragen gestellt hatte. Und so trennten sie sich mit einem kurzen Handschlag.

Ein paar Minuten später kam Zondi vom Parkplatz herein und fand Kramer in Gedanken verloren.

»Alles klar, Boss?«

»Perfekt.«

»Das ist gut.«

»Ach, Colonel Scott hat mich gebeten, dir zu danken.«

»Wofür denn, Boss?«

»Ich will es mal so ausdrücken«, sagte Kramer und schob ihn auf dem Weg nach draußen zur Seite. »Wenn du nicht gewesen wärst, Zondi, alter Knabe, dann *quis plus ipsus couscous?*«

Kramer und Zondi ermitteln

Song Dog

Lieutenant Tromp Kramer und Detective Michael Zondi lernen sich in Zululand kennen, als Kramer ein Sprengstoffattentat an einer jungen weißen Frau und einem Polizisten untersucht. Die Ermittlungen des Duos werden von inkompetenten Kollegen behindert, und je näher sie der Wahrheit kommen, desto mehr begeben sie sich in Lebensgefahr.

Steam Pig

Aus Versehen kommt die verstorbene weiße Musiklehrerin Theresa Le Roux auf den Obduktionstisch. Das Ergebnis: Es war kein natürlicher Tod, die Frau wurde ermordet. Lieutenant Kramer und Sergeant Zondi übernehmen die Untersuchung. Bald decken sie eine Tragödie auf, wie sie sich nur im Südafrika der Apartheid ereignen konnte.

Caterpillar Cop

Ein 12-Jähriger wird tot aufgefunden. Erdrosselt mit einem Draht, grausam verstümmelt. Der Akt eines Pädophilen? Auf dem Grundstück des Golfclubs, Tabugebiet der weißen Reichen? Für Kramer und Zondi beginnt eine intensive Zeit. Ein grausamer Mord an einem Kind – das ist auch für die beiden erfahrenen Ermittler ein harter Brocken.

Die noch nicht als Print-Ausgabe erschienenen Bände der Reihe sind bereits als E-Book erhältlich:

Snake

Raubüberfälle und eine von ihrer Python erwürgte Tänzerin: Schlaflose Nächte für Kramer und Zondi.

Sunday Hangman

Ein gekonnt erhängter Bankräuber, keine Beute, aber eine Bibel in der Hand. Wer ist der *Hangman?*

Blood of an Englishman

Ein brutaler Riese versetzt Trekkersburg in Schrecken – wer sonst könnte so unmenschlich kräftig töten?

Artful Egg

Kramer untersucht den Mordfall an einer berühmten Autorin, doch ein Postbote spielt auch Detektiv.

Herman Charles Bosman *Mafeking Road*
In seinen originellen Erzählungen führt uns Herman Charles Bosman in die tiefste südafrikanische Provinz und macht sie zur Weltbühne. So intensiv sind all diese Geschichten, dass der Leser am Ende glaubt, die Gegend und ihre Menschen zu kennen wie seine Nachbarschaft.

Zakes Mda *Der Walrufer*
Der Walrufer ist überzeugt, dass das Glattwalweibchen seine Liebe erwidert, wenn sie zu den Tönen aus seinem Horn im Wasser tanzt. Während er den Wal umwirbt, wird er selbst von Saluni umworben. Saluni stellt sein Leben auf den Kopf und ist nicht gewillt, das Dreiecksverhältnis zwischen Mann, Frau und Wal zu akzeptieren.

Zakes Mda *Die Madonna von Excelsior*
Trotz strenger Rassentrennung treffen sich der Bürgermeister, der Pfarrer, der Metzger, der Polizist heimlich mit jungen schwarzen Frauen in einer Scheune. Als die Frauen eine nach der anderen hellhäutige Kinder zur Welt bringen, gerät die verschlafene südafrikanische Kleinstadt ins Scheinwerferlicht der Weltöffentlichkeit.

Südafrika fürs Handgepäck *Geschichten und Berichte*
Nadine Gordimer flieht durch den Krüger-Park · Nelson Mandela spielt Dame als Häftling auf Robben Island · Thomas Mofolo kämpft mit einem Löwen · William Bloke Modisane trauert um Sophiatown · Breyten Breytenbach kennt die Sonderheiten Montagus · Dies und vieles mehr über Südafrika …